北京汉阅传播
Beijing Han-read Culture

IKENAMI SHOTARO

七曜文库

池波正太郎

吉林出版集团有限责任公司

真田太平记 三 · 上田攻防战

班健 译

第一章　上田攻防战

第壹话

四十四岁之前，德川家康几乎没生过病。

痈不是内脏器官的疾病，却是家康第一次在战场以外的地方，体会到肉体在生死间徘徊的痛苦。

如果我就这样离开人世，德川家族会怎样呢……家康深感忧虑。

家康的重臣本多平八郎忠胜曾说："表面上看不出有何变化……但我们这些一直陪侍大人身边的人能明显察觉，大病初愈后的大人，其处事方法和往日完全不同。"

言下之意，家康变得更坚忍、更慎重了。

若织田信雄再跟羽柴秀吉闹翻，就算他亲来寻求家康帮助，家康亦不会再像小牧·长久手之战时那样斗志昂扬、霸气外露了。

家康深知儿子秀康、秀忠都太年幼，不能把天下大业交给他们，所以决定抓住机会和秀吉讲和，但又不能让人看穿他的这些忧虑。

病情稍一好转，尚未能完全下床之际，家康就吩咐重臣们道："加快准备，进攻上田。"

忍者们的报告纷纷送来。这些报告如实反映出了上田城的防卫和兵力，家康分析之后，认为："以一万兵力便可攻陷上田。"

重臣们的看法同样都很乐观。

上田不是一座地势险恶的山城，根据德川军攻城作战的经验，不免让人觉得上田不难攻陷。

倘是岩柜，真田昌幸会凭借地势据守，德川军无法轻易攻克。如此一来，德川军的战线就会拉长，大军补给就会变得困难，从而碰到小牧·长久手之战时羽柴秀吉所面临的困境。

但若是进攻上田城，就没有这些顾虑了。德川大军可以在千曲川两岸的盐田平一字排开，逐渐逼近上田。

军队补给方面更是无需担心——和上田相邻的甲州，已是家康的囊中之物。所以，家康才说："二十日后，我亦出阵。"而重臣们则认为大病初愈的家康没必要亲自出马。

家康采纳了重臣们的谏言。换言之，他根本就不担忧此战。在进攻上田的大军编排上，家康也没派出本多忠胜、榊原康政这些头等重臣，而是让远州的二俣城主大久保忠世及一直被家康弃用的平岩亲吉这些二级部将来担任进攻上田的指挥。

家康的长男信康切腹之时，平岩是他的辅臣，所以家康事后便将他闲置。此番上阵，平岩亲吉十分踊跃，只因家康给了他东山再起的机会。

德川的进攻大军据说有七千甚至一万以上。

家康下令在骏府整军——骏府，就是现在的静冈市。当时，德川家康的本城是远州浜松，但就地势而言，浜松作为大军的集合处无疑略显狭小。家康因此有意将本城迁至骏府。

　　骏府气候温暖，位于安倍川东一望无际的平原之上，地处要害，历朝各代都曾在这里设城。

　　往昔的骏府是今川氏大本营，年少时的家康曾作为今川义元的人质，在骏府生活过一段时间。义元被织田信长打败后，其嗣子今川氏真不堪忍受武田信玄和德川家康的攻势，最终离开骏府，据说眼下正潦倒没落，栖居京都的某处聊以度日。

　　坊间称今川氏真是个蹴鞠天才——所谓"蹴鞠"，是京都举朝公卿们都喜爱的一种游戏。据说他每天早起梳洗之后，只要有空就会去踢球。所以，他没有继承家业，当上战国时割据一方的大名。

　　话说回来，骏府只是今川氏当时的居馆，尚不算武将的"城"。当然，居馆也有城防、战壕、堤台，但后来武田军攻城之时，这些设施都被他们烧毁，被完全破坏掉了。

　　德川家康这次在骏府集合大军进攻上田，正有顺便进行骏府城的工事建设之意。

　　这是一种给全天下人看的"示威"行动。

　　针对外界流传自己暴死的传言，家康必须展示一下威势。而且，他打算让不听话的真田昌幸彻底变得服服帖帖。

　　家康告知小田原的北条父子："我会亲自攻下上田。所以你们无需担心，只管进攻上州的沼田便是。"

　　因之，北条父子发出了进攻沼田的命令。

　　盛夏将逝。

第贰话

"一日便可定胜负。"

德川和北条大军的动向，被草者巨细靡遗地报知了上田城。

壶谷又五郎把分布京都、大坂、近江的大部分手下都召了回来。

这些草者化装成四处行走的商人、朝拜者、云游僧或是山间修行的僧侣，潜入浜松、骏府至小田原一带。

无疑，德川家麾下甲贺、伊贺的忍者肯定潜进了上、信两州。

对前来刺探军情的忍者，真田昌幸的态度是置之不理。他苦笑着说道："藏也藏不住啊。若在岩柜还能封锁消息，但上田城满眼都是敌人耳目。"

不愿掩饰劣势，反倒希望将军情全部暴露给家康知道——这就是昌幸的意图。

面对敌人近万军团的进攻，昌幸只有两千兵力迎战。

他不能把沼田、岩柜的兵力全部调到上田。

"既然如此，就让源三郎来上田吧。"

昌幸充分了解岩柜城代矢泽赖康及长男源三郎的战将价值。

　　眼下可以暂且不管岩柜。虽然有部分北条军进入了吾妻山的中山城，但他们构不成任何威胁。仅凭三五百人的小部队，绝无攻下岩柜的可能。

　　倘若北条军没有占据进攻沼田城的有利地形，中山城的敌人就不会出动。而且，名胡桃城主铃木主水正替昌幸密切监视着中山城的动静。

　　因此，昌幸决定将兵力三分，由出色的将领统领各路。

　　源三郎信幸带兵五百，从岩柜进驻上田。

　　凝视着来到主殿大堂的源三郎，昌幸甚感惊喜——这孩子虽仅二十，却是威风凛凛，沉稳大方。

　　很明显，源三郎决意要打这场必败之仗。

　　真田昌幸有了死战的觉悟，绝不苟延残喘。

　　最近，源二郎幸村变得有些古怪。源三郎因此双手抱拳，喊了一句"父亲"，异常冷静地问道："要不要让上杉把源二郎接走？"

　　"嗯？"

　　"若不然，就在战争结束后，把源二郎派去春日山吧。"

　　"战争，结束……"

　　"是的。"

　　（我的儿，你觉得这战争会如何收场？）

　　"三河守大病初愈，想来不会主动上阵。"

　　"的确……"

　　"那么，事情就一如父亲所想了。"

　　"你也这样认为？"

　　"对。三河守根本没把我们放在眼里嘛。"

“嗯。”昌幸颇有同感地点头附和。

为了麻痹敌人，昌幸才故意将上田城的内外都暴露在敌人眼前。

“我们完全可以据城而战。”

“不，盘踞城内只会被围攻。所以，我要出城作战。”

“出城战斗的应该是我们。父亲您必须待在城内。”

“非也……”昌幸欲言又止。

“总大将不能离开本城。”源三郎淡然对父亲说道。

这话就像千斤大鼎，压在了昌幸头上。

昌幸有些不快，一时沉默不语。

一旁的矢泽赖康也赞成源三郎的意见。

“此战必须速战速决。”源三郎又说道。

“当然。”昌幸也如此认为。

战争拖的时间越长，兵力上不占优势的一方便越会被动挨打。

“一日便可定胜负。”

“这样啊……”真田昌幸仿佛听懂了源三郎的话中真意，只好说道，“这样啊，我知道了，源三郎……”

“您明白了吧。”

“嗯，嗯！你的心意，我领了。”

源三郎人高马大，纵是坐着，看起来都像是在俯视身材矮小的父亲。

平日里不愿入耳的话，此刻的真田昌幸却没有反驳。听完源三郎这番话，他终于想通了百思不得其解的问题。

如何抗衡兵力五倍于己方的德川军，昌幸此刻已是胸有成竹。

源三郎信幸真可谓是一语惊醒梦中人。

作战的细节问题犹需斟酌，但昌幸决定既不出城作战，亦不采用防守战术，不会让全军困守上田。

源三郎和矢泽赖康退下后，昌幸久坐地炉间，命人送来酒菜，自斟自饮。

源三郎所想，似乎就是我所思啊——昌幸思忖着。

果然如此的话，源三郎信幸无疑是个让人恐惧的家伙。

（一日定胜负的作战策略……除此再无他法。然而，源三郎竟比我先想到了这个策略！）

昌幸本就打算利用熟悉的上田台地，主动迎击敌军先锋。

他要以雷霆之势痛击敌人，打击一直轻敌的德川军的气势。昌幸把一切都赌到了这场一日决战上，但如何才能摧毁敌方斗志，给予他们致命一击呢？

昌幸百思不得其解。

此前，昌幸曾几次出城考察作战地形，调研作战策略。他的头脑中逐渐形成了很多构想，但其中决定性的一个要素，直到今晚之前，都迟迟没有结论。

现下，昌幸知道该怎样做了，而且意识到了一个先前一直没有察觉的问题。

他要以总大将身份留守城内，由源三郎和矢泽赖康带兵出城。

而且，拜源三郎那句"一日便可定胜负"所赐，昌幸瞬间就想到了一个绝妙的作战策略，一个他先前完全没有想到的杀招。

"嗯……好……"昌幸饮着酒自言自语，双目中光辉熠熠。

只要决定了作战的基本方针，成功克敌的办法就会源源不断地浮现脑中。

“有没有人在？”昌幸大喊道。

在走廊下守候的家臣应声而入。

“源二郎现在何处？”

“他和源三郎公子一起，都在小山田夫人屋内。”

“这样啊……”

“要去叫他吗？”

“那倒不必。”

这时，一名家臣从走廊外匆忙跑进。

“大人，越后使者到。”

“深更半夜的，有何要事……”

三名全副武装的骑士，从上杉景胜那儿一路飞奔到上田。

昌幸站起身来，心下暗自思量：想必出大事了。

第叁话

幸村的变化如此之大，竟使得某些家臣暗自议论："大人是不是身体不适？"

上杉的使者带来了好消息——景胜捎话称："我命海津城代须田满亲在川中岛集合兵力了。一旦有需要，他们就会去上田帮你。"

只因羽柴秀吉密令景胜："助真田一臂之力。"

秀吉虽避免和家康直接作战，但若有他人和家康作战，只要能打击德川势力，对秀吉而言便是可喜可贺之事。

就算景胜不能去上田城和真田并肩作战，但只要把兵力集结到距上田仅十里远的海津城，便会给德川军带来巨大的影响。

而且，上杉景胜完全可以用"保卫自身领土"的名义出兵上田。

德川家康也好，北条父子也好，他们都知道真田和上杉是同盟。因此，当看到上杉要助阵上田之时，德川家康顿时明白：战事久拖，对吾不利。

如此一来，真田昌幸的计划就会如愿以偿。

昌幸隆重接待了上杉派来的使者，并在城内留宿他们一晚。次日一早，昌幸派了十余名骑士护送他们去坂木。

这一天的炎热如同盛夏。

接近正午，源三郎信幸以"很久没到砥石城看看了"为由，对弟弟源二郎幸村说道："一起去看看吧？"

"好的，哥哥。我陪您去。"

兄弟俩叫上矢泽赖康，带着十余名家臣出了上田城。

当时，砥石城正在加紧修筑城防。虽然砥石曾几乎成为废城，但现在看来，万不可放弃砥石。

砥石位于上田城和真田庄之间。

一旦敌人攻不下上田，转而夺了砥石，那又会怎样呢？

那样的话，上田和真田庄及岩柜的联系通道就会被切断。

虽说这里几近废城，但砥石的城郭和箭楼并未被破坏。

"这是一座地势险恶的山城，只要有了驻兵，马上就能复活。"源二郎骑着残月，对源三郎如此讲道。

"所以，源二郎你就进驻砥石吧。"

"哥哥……"

"让你指挥满城士兵，如何？"

"不，我要出城作战。"

"不行。"

"哥哥，你必须陪在父亲大人身边！"

"不行，你不能白白去送死。"

"理由呢？"

"战争结束后，你要去上杉那里。"

源三郎这话让人难辨真假。源二郎听了，有些反常地瞥了哥哥一眼，继而垂下眼帘，沉默不语。

陪侍在源二郎坐骑一侧的向井佐平次察觉此事，暗自思量着："咦，有些奇怪……"

这一年来，源二郎变化很大，不再是早先的源二郎了。佐平次曾对妻子茂枝说过："真不知该如何形容他这一年来的变化。"

以前的源二郎言行奔放，讲话辛辣，不顾对方颜面，有时却又天真得像是五岁毛孩。从未有事情让他烦恼，也从未见他担忧某事。

然而，佐平次近来几次看到幸村久坐砥石城的居馆，凝神贯注，深深思索。他对待家臣们的态度同样有着三百六十度的变化，不但变和善了，而且再没做过什么任性胡来的举动。

幸村的变化如此之大，竟使得某些家臣暗自议论："大人是不是身体不适？"

而茂枝却这样评价源二郎的变化："源二郎公子长成大人了呢。"

"这样啊……"佐平次点头附和，但内心不免存着一丝疑虑——当真如此？

越接近砥石，山石、田野、道路就越让人有一种紧张之感。

平静、湛蓝的天空下，随处可见苦力搬运着木材和石头，以及骑着马指挥吆喝的半武装的家臣们在流血流汗地劳作着。

从上田到真田庄的路上，到处都是人马和货车的队伍。

真田昌幸将上田城附近的居民都撤走了。虽然是和上田城一起建设起来的城下町，此刻亦唯有放弃。

居民可以迁去真田庄，可很多人为了躲避战火，纷纷逃往他国。

源三郎从岩柜带来的五百将士已进驻砥石城，再加上从上田调来的两百人，总共七百兵力。

"但马守大人，"源三郎回头看着叔父矢泽赖康，"有件事想听听您的意见。"

"你指的是？"

"我想去砥石。"

"这个嘛……"

"我想让但马守大人进驻矢泽的砦①。"

矢泽砦位于上田城附近，是矢泽赖纲、赖康父子的老家。

"悉听遵命。"

源三郎点了两三下头，对弟弟道："源二郎，你要陪着父亲。"

"是。"

源二郎爽快答道，脸色却有些苍白。

哥哥源三郎不可能看不到弟弟的变化，却视若无睹。

向井佐平次不了解曾在岩柜城一起生活过的兄弟俩的关系，所以此刻有些不快。源三郎说话的口气好像真田家的总大将，对源二郎呼来喝去，这让佐平次很不舒服——这些事明明该由上田的父亲昌幸来决定才是！

路经砥石城门之际，佐平次拉着残月的缰绳，吆喝着引导源二郎先于源三郎进入城门。在士兵、苦力来来往往的人潮中，他们突然看见一位晒得黝黑、身材高大的平民女子。

"好久不见……"女子朝他们施礼。

是阿江。

"啊……"

----

① 砦，守卫用的栅栏、营垒。

"哟……"

源二郎和佐平次同时惊呼。

而源三郎信幸则淡然问道："来啦？"

"是。"阿江双腿跪地，低着脑袋。

"是这样啊——你们这些草者，全来到砥石了啊。"

"正是如此。"

"听说壶谷又五郎都来了？"

"嗯。"

"我想见他。"

"我会转告他的。"

阿江说完，看都不看源二郎和佐平次，在源三郎面前起身离去。

佐平次一抬头，只见马背上的源二郎久久凝视着远去的兄长、阿江和矢泽赖康的背影，目送他们直至不见。

第肆话

佐平次对源三郎行礼之后，壶谷又五郎对佐平次说道："那，能让我看看你的孩子吗？"

当晚，真田源三郎、源二郎兄弟留宿砥石城的居馆。

矢泽赖康视察完砥石城便返回了上田。

源三郎睡在父亲昌幸在砥石留宿过的居室，源二郎则回了房间。

兄弟二人共进晚餐，却几乎没有交谈。服侍二人用完餐后，向井佐平次回到后厨，向茂枝说起刚才的情形。

"是吗？"茂枝双眉紧蹙，"莫非出事了……"

"其实……也没什么特别的事……"

用罢晚饭，兄弟二人各自回房。源三郎叫来壶谷又五郎彻夜长谈。

此前，佐平次从未见过又五郎。

虽曾听说又五郎来访上田，可他怎会来见服侍源二郎的佐平次呢？

源二郎幸村告诉佐平次："我也没见到他。"

"高远之战，壶谷又五郎大人救了我的命。因此，我才能够服侍您。我想见见他，表达我的感恩之情……"

"懂了，我也想见见他。"

来砥石之前，源二郎曾到昌幸的地炉间，询问："又五郎现在何处？我问过家臣们，他们都说不知。"

"他出城了。"

"几时回来？"

"不知道。我只能告诉你，他就在上田附近，早晚都会回来的。"

听说壶谷又五郎来到了砥石，统领草者，源二郎和佐平次当然更想见他，可偏偏又五郎一大早就出城了。

因此，兄弟二人决定在砥石留宿一晚。

夜晚，又五郎现身居馆，却没看到源二郎幸村的身影。

源二郎和兄长用完晚膳回房间后，忽然吩咐侍臣们说："告诉佐平次，让他明天回上田。"说完便只身骑上残月，返回了上田城。

又五郎回来后，源三郎命人："喊源二郎来。"

"他回上田了。"侍卫答道。

源三郎一惊，又问道："他一个人回去的？"

"是。"

"咦……"源三郎若有所思，想了想道，"好吧，等下让向井佐平次来这儿一趟，如实告诉他吧。"

"是。"

源三郎和又五郎继续畅谈。

直到午夜之后，源三郎才喊来了佐平次。

"哎呀，哎呀……"壶谷又五郎满面笑容，"长大了呢。"只言片语却是饱含真情，听得佐平次忍不住热泪盈眶。

"他都成家立业了。"源三郎从旁说道。

"呵呵，是吗……"

"都有孩子了。"

"哦……"

又五郎一直盯着佐平次看。

佐平次激动得甚至有些结巴："这多亏了阿江。我什么忙也没帮上，内心很愧疚。"

又五郎轻轻点了点头。

佐平次对源三郎行礼之后，壶谷又五郎对佐平次说道："那，能让我看看你的孩子吗？"

"您要看吗？"

"嗯，让我看看吧。我想看看。"

又五郎说得十分热切。

他们是在黑暗的大殿走廊下说话，所以看不清又五郎的表情，但又五郎会如此关心他的孩子，真是佐平次绝未想到的事。

壶谷又五郎是佐平次的亡父向井猪兵卫之挚友。高远城沦陷之际，他就是冲着这份因缘才拼死救出了佐平次。在城池陷落、兵刃相搏的激烈战斗中，又五郎置手下阿江于不顾，费尽周折救出了佐平次。这足以说明又五郎和佐平次亡父的交情非比寻常。

又五郎对佐平次的深厚感情不难理解，但他对佐平次的孩子同样如此关心，便不免让人奇怪。

佐平次带领又五郎来到靠近厨房的一处两间相连的小屋，茂枝从屋内疾步而出，不等佐平次介绍，茂枝就开口说道："我是佐平次之妻茂枝。谢谢您救了我丈夫的性命。您的大恩大德，我铭记在心，永世难忘。如果没有壶谷大人，我和佐平次就不可能成为夫妻。真是太感谢您了。"

一口气说完这番话，茂枝双手伏地，叩首相谢。

"这真、真不敢当……"壶谷又五郎不知如何应对，一时竟呆立那里，片刻后方始说道，"真是位贤妻良母！"

"而且……"又五郎声音哽咽，转脸望着凝视自己的佐平次，"故去的向井猪兵卫也会欣慰的吧。"

随后，众人走进屋内，茂枝已经备好了酒菜。

由此看来，佐平次从一开始就打算在此招待又五郎吧。

居馆之内，他和又五郎能开怀畅谈的场所，只有这处小屋。

佐平次刚出生的儿子——佐助，在大大的摇篮里熟睡着。

这孩子如果像佐平次的话，长大后一定是个美男子。然而，佐助长得更像茂枝。

低鼻梁、圆脸，脸色红润。体型虽不算大个，但佐助自出生后一次都没病过，而且只要把他放进屋内的摇篮，纵然茂枝不在一旁守着，他也甚少啼哭。

"嗯……多好的孩子啊！"

"但我总觉得这孩子看起来像只小猴……"

"小孩儿小时候都长这样。"

茂枝劝酒，又五郎欣然一饮而尽。

"听说你这次打算跟随源二郎和敌人作战？"又五郎问佐平次。

"是的。"

"果然……"又五郎微微颔首，忽又叹道，"事已至此，别无他法了呀。"

第伍话

当夜，源二郎幸村在床上躺了半天，仍旧是双目圆瞪，无法入眠。

德川的一万大军日渐逼近上田。

三天前开始，源二郎上床就寝时总是身披盔甲，里面还穿着贴身衣裤，绑腿亦不脱下。

安房守昌幸专为源二郎制作的金色细纹多缝盔甲和全铁头盔，就放在床头枕边。

源二郎曾瞒着父亲悄悄奔上战场，有着实战的经历。

这一仗攸关真田家生死存亡，他们无疑会和敌人决一死战。

不平常的是，敌人越逼近上田，真田昌幸反倒越是淡定。

战事日益紧张，战争的悲凉气氛也越发浓重。只有昌幸一人悠然自得，依旧是平日装束，每日和侍臣一起下围棋。

如果士兵们看到身为大将的昌幸能如此镇定，必定士气大涨。或许昌幸就是考虑到这一点，才故意做出样子给士兵们看吧。

但是，实情并非如此。

就连源二郎都认为："虽说是我父亲，但竟然一点都不恐惧……"

昌幸告诉源二郎："万事俱备。"——换言之，迎击五倍于己方兵力的敌军的准备工作都完成了。

昨日，昌幸派特使到川中岛的海津城，知会上杉方的相模守须田满亲："敌军日渐迫近，望贵方出兵相助。"

据说，昌幸夜晚时睡得很香，而源二郎则久久无眠——当然，他不是害怕战争。此番战事，源二郎比任何人都想出城作战。兄长源三郎命他留在父亲身边，他不能抗命，内心深处却有种无法割舍的东西，让他难以释怀。所以他才会睡不着。

现在，源三郎信幸已进驻砥石城。此举并非是要保卫砥石——只要有敌人接近上田，源三郎就会亲自带兵从砥石出击。

源三郎将此想法向父亲昌幸禀告时，昌幸立刻就点头同意了。

当时，源二郎并不在场。

昌幸派人叫他了，可他故意不去。

源二郎之所以回避了作战讨论，只因："一旦去了，若被父亲征询意见就必须回答。"如此一来，源二郎就会觉得："对不住哥哥。"

一年前的源二郎幸村，绝不会有此种体贴顾虑。

我这是怎么了？——他忍不住如此自问。

他不能再像以前那样随便跟哥哥说话了。这是为什么呢？

源二郎百思不得其解。

自从源三郎为了此役从岩柜来到上田，他似乎就觉得："哥哥有些顾虑我啊……"

是的，哥哥曾明确说过："战争结束后，你要去上杉那里，所以一定要好好保重……"

而父亲昌幸更命令源二郎道："别离开我！"

这场战争到底会如何收场？

源二郎觉得；若立刻就能想到这问题的答案——"无论是兄长还是我自身，只怕都不会再彼此顾忌而缚手缚脚了吧……"

当然，源二郎明白他们的劣势现实。

可是，一直以来，亲眼看到、亲耳听到父亲、哥哥和矢泽赖康三人制定的作战计划和为此而做的准备，源二郎总觉得他们未必会输掉这场战争。

但是，做好战斗准备的源三郎毕竟是以死的觉悟去突袭敌人了。

一开始，源二郎没有想到哥哥会进驻砥石，担此重任。

安房守昌幸就这样听从了长子兼继承人源三郎的建议，默许他这样做了。

这是为什么呢？

没必要是哥哥本人……纵然是矢泽赖康或小山田茂诚，都能替源三郎出战。

父亲为何会同意哥哥的请求？哥哥为何会提出这样的想法？

莫非他早就抱有了必死之心？

"唉……"源二郎长长一叹，翻了个身。

这里是上田城的本丸居馆。源二郎的卧房就在面朝本丸北面战壕的一处屋子之内。

上田城内，要塞要地都点燃篝火，严加警备。可到了夜里，却几乎听不见任何声响。

"战争尚未开始，大家没必要慌张，只管酒足饭饱，好好大睡就是了！"真田昌幸如是对士兵们说道。

真田军已进驻上田城周边的砥石、矢泽、丸子等城镇、城寨。而且，草者遍布上田城外方圆十里。所以，不必担忧上田城会被敌人突袭。

对，明天就去找父亲，求他让我去砥石的哥哥身边——源二郎打定主意。

可是，源二郎也明白，父亲和哥哥都不会答应这请求的。

咦？——源二郎突然感觉屋内有人。

"什么人！"

源二郎大喝着从床上一跃而起，只听得卧房一隅有人轻轻一笑。

"咦……"

"我是阿江。"

昏暗的烛光中，浮现出阿江的身影。

"你几时来的？"

"刚才。"

"真是的……"

"好像你睡不着嘛。"

"哪有……我睡着了。"

"哼，久别重逢，我好不容易才来一次……怎么，你心里不痛快？"

阿江缓缓来到床畔，和上次在砥石城时一样，一副农妇打扮。

"阿江……"

"怎么了？"

"我问你，上次我和哥哥同去砥石，你明明看到了我，为何不理不睬？"

"那个啊……"

“你笑什么？”

“人多眼杂之处……”话未说完，阿江便以双手环绕住源二郎的脖子，低喃道，“又不能对你这样。”

湿润、柔软的双唇摩擦着源二郎的耳朵。她的手抓住源二郎的手，引他伸向她的乳房……

“啊，阿江……”

“怎么了？”

“你能否也和壶谷又五郎一起，为我潜伏在上田？”

“这还用说，那是当然。”

“那……我们，还能再见面……”

“那我可不知道。”

阿江缓缓把源二郎推倒到了床上，身体贴在他的身上，紧紧抱住了他。

阿江的大腿像是贴了层薄薄的鞣皮，结实而且有力。源二郎闯进了阿江体内，他的舌头被紧紧缠绕进女人口中。

第陆话

隔着道沟的二丸北口一带，战马的嘶吼声不断传来。

源二郎突然被惊醒了，唤道："阿江……"伸手摸索着躺在身边的阿江的身体。可是，阿江已不在了。

昨夜恍若梦境。两人强烈地相互需要，源二郎就像沉醉在母亲乳房上面的婴儿一样，在阿江的怀抱中沉沉睡去。

阿江那浓浓的体味，伴着被窝的温暖，兀自萦绕床上。她果然离去了啊……源二郎虽然失落，却有着一种前所未有的感觉。

——对啊，听天由命吧。

事已至此，想什么都于事无补。

你和哥哥彼此顾虑，这真是愚蠢透顶——昨夜，源二郎向阿江抱怨"我倒愿意先出城死战一番"时，阿江如此答道。

"这场战争，前无古人，后无来者。"

这是实话。

纵然是勉强打赢，真田家的明天亦必定充满苦难，遍布荆棘。

阿江还说："你体恤哥哥的一番苦心，哥哥肯定感受到了。所以，哥哥同样也万事为你考虑……人心这种东西就是相互的，你敬我一尺，我还你一丈。"

"就像照镜子一样？"

"不错。我们之所以能看到对方的好坏，正因对方的神情和一言一行使我们从中看到了自身的影子。"

"有道理……"源二郎坐在床上，仔细回味着阿江昨夜的话。

夜犹黑着，天色尚未全亮。夜灯的烛火在房内的薄霭中轻轻作响，似将燃尽。城内各处士兵的喊声和战马的嘶吼声逐渐传来。

现在起床，未免太早了些……

源二郎如此一想，便又俯身躺下。

不久，一定会再见到阿江的吧！

源二郎闭上双眼，嘴角浮出一丝微笑。睡意又一次朝他袭来。

忽然，走廊传来匆忙的脚步声，源二郎只得睁开双眼。那足音如此熟悉，肯定是向井佐平次。

佐平次还未打开卧房的板门，源二郎就问道："出什么事了？"

"啊……您醒了……"

"有什么事？"

"出大事了。"

"讲。"

"角兵卫，他……"

"什么……角兵卫被抓了？"

佐平次摇了摇头。

"那，他到底怎么了？"

“他回来了。”

“回来这里了？”

“是的。骑着马，带了五名家臣，刚才从大手口……”

源二郎微微一哼，跳起身来，在佐平次的服侍下更衣起床。

“父亲大人知道了吗？”

“是的。”

不知是否心情使然，源二郎觉得本丸这会儿突然变喧闹了。

“他为何突然回来了啊……”

“这就不清楚了。”

“好吧，你跟我来。”

刚一走出居馆大门，便看见一群士兵聚在对面二丸的木门附近。

黎明前淡紫色的天空放射出些许光亮，此刻只让人疑似黄昏。

只见聚着的士兵们分成两列，让出来一条道路，安房守昌幸骑马当前，二十名城兵端着枪朝这里走来。

源二郎在门外驻足。

“他们朝这里走来。这里……”佐平次小声说道。

“在哪儿？”

“就在……您父亲身后……”

“啊……”

那就是樋口角兵卫？源二郎一时间真是难以相信。

角兵卫身披一件不知从何处搞来的黑色盔甲，甩开臂膀，大步走来。他本就人高马大，此刻更觉得身材魁梧，胡须浓密，脸庞晒得黝黑。仅凭他的相貌，很难让人相信他只是个十五岁的少年——看上去更像是三四十岁的人。

向井佐平次曾问源二郎："你像角兵卫这年龄时，胡须是不是那样浓密？"

"不记得了——只要是四方脸，都会长胡子吧？"

源二郎回答得满脸不悦，益发觉得角兵卫真是个怪物。

角兵卫确实只有十五岁——其生母久野既是源二郎的姨妈，这问题自是确凿无疑。然而，真不知是经历了几代人的遗传和基因变化，她才会生出如此一个怪物。

安房守昌幸走近了，下马说道："是源二郎啊……"

昌幸的脸色有些苍白。和源二郎一样，他此刻同样满腹疑问。

樋口角兵卫恭恭敬敬将战马、大刀和长枪逐一交给士兵，走到了源二郎的面前。

他身后站着五名浪人——他们大概是追随角兵卫来到上田的吧，都和角兵卫一样蓄须，邋遢，头发蓬乱，不修边幅。虽不齐整，却都带着兵器，个个体格健壮。

昌幸微微扭头，瞥了一眼源二郎的脸，继而目光一垂，低语道："听着，源二郎，角兵卫听说我们真田家要出大事，故而赶到上田。他很后悔以往干的那些肮脏勾当，想参加这次战役，身先士卒。"

角兵卫突然双膝跪下，两手伏地："源二郎哥哥，请原谅我。"

嗓门的洪亮一如既往。

警戒在角兵卫周围的士兵们一脸木然。恐怕大家都看呆了，一时忘记反应了吧。

"一切谨遵父命……"

源二郎说完，便招呼佐平次一同返回了居馆。

第柒话

天正十三年（1585 年）的闰八月一日，相当于现在的九月二十四日。

德川方的一万大军在千曲川南岸的八重原台地（长野县北佐久郡御牧村内）构筑起了大本营。德川家康任命的"先遣军大将"是鸟居元忠、平岩亲吉和大久保忠世。

大久保忠世是德川家的重要家臣，这一家从家康祖父清康时便是得力臂助。忠世时年五十有四，任远江二俣城主，是足以执掌千军万马的大将。他有弟二人，小弟大久保彦左卫门忠教是一位二十六岁的青年将校，和忠世相差近三十岁，感觉更像忠世之子。

大久保忠世的副将由柴田康忠、菅沼重直等人担任。而且，家康又通知了甲州和信州的武将们候命出征。

八月一日，驻守八重原的德川大军开始缓缓推进。上田城内的安房守真田昌幸针对这一情况，断言道："明后两日，德川军定会猛攻上田城。"

从敌军的大本营八重原，穿过北佐久和小县的边境，到上田只有不到三里路程。

八重原台地辽阔平坦，和御牧之原相邻，其西面山脚是丸子城，那儿早就是真田家的属地了。

两年前的正月，真田昌幸率部攻打丸子城，成功将之拿下。当时，初次上阵的源二郎和向井佐平次一起，瞒着父亲昌幸参加了战斗，却被批评道："这是你的初阵，岂可选择这种小战役！"

丸子城主丸子三左卫门归顺真田昌幸之后，日益信赖昌幸。此次，他固守丸子城，家康屡次诱降道："只要你归顺了我，我保证既往不咎。"但丸子三左卫门都拒绝了。

这多少也因为现在的丸子城和上田城的联系密切，真田昌幸很重视双方的联络，每逢重要的作战会议，一定会邀请丸子三左卫门来到上田城内。

昌幸担忧德川军会先进攻丸子城。德川军若攻下丸子城，接着就会攻打盐田平，归顺昌幸的豪族们若再被德川降服，德川军进攻上田就更占优势。到了那时，战况就会变得难以收拾……

但是，很显然的是，德川的一万大军尚不足以成事。

车到山前必有路。总之，真田昌幸做好了以不变应万变的准备——以上田城为据点，组织突袭，扰乱敌军。

德川家康虽未前来督战，亲自指挥，但从兵力配备情况便能看出家康是打算让德川军一路挺进，直捣上田城。

昌幸对此当然心中有数。

"家康没有倾其全力，没有调动全部人马进攻信州上田。"若要使用这样的表述，倒不如说家康坚信以此兵力足以攻克上田小城。

真田昌幸的父亲幸隆威名远扬，家康亦有耳闻，但他对安房守昌幸确实是一无所知。

昌幸只是在领地内打过几场仗，尚未在全国的大战场上露脸。和德川家康相比，他只是个无名小卒。

家康此番的确没太把真田昌幸放在眼里。

上田之战，对德川家康来说根本谈不上性命攸关云云。

德川、真田两军隔着三里的距离对峙，战争一触即发。此际，小田原的北条氏直正逐渐逼近上州的沼田城。

氏直将进攻沼田的指挥权交给了叔父北条氏邦（武州钵形城主），辅以弟弟太田氏房（武州岩槻城主）。他们和德川军一样，挥兵万余，大举开来。

守卫沼田城的是萨摩守矢泽赖纲。北条父子几次攻打沼田，都没能突破矢泽赖纲的防线。北条军由此士气大挫，一时束手无策，双方僵持不下。

北条氏坚信德川军定会攻下上田，所以决定全力夺取沼田。他们史无前例调动了一万大军，就是这一信念的最好证明。

第捌话

直到一行人起身之际，源三郎信幸才开口说道："明日我便会战死沙场，所以大家都要拼死一战！"

闰八月一日的夜晚，黑云低沉，格外闷热。

"明日之战，看来是要在雨中进行喽。"真田昌幸在地炉间对壶谷又五郎说道。

"看来是啊……"又五郎点头附和，"不管晴天、雨天都无所谓。"

当晚，上田城内出奇安静，只有篝火在城内外肆意燃烧。

本丸居馆的地炉间内，昌幸和壶谷又五郎相对而坐。

一切都准备妥当。

源三郎信幸率七百将士驻守砥石。

但马守矢泽赖康驻守矢泽砦，手下虽仅二百来人，但从上杉方海津城出发的五百余名支援部队已于昨日抵达矢泽。

"来，喝一杯吧。"昌幸亲自取过酒瓶，给又五郎斟满，"神川的上流地区，你派人去了没有？"

"当然不敢疏忽大意。"

"德川的忍者有没有渗透到这一地区？"

“目前尚未发现。”

“嗯……”

壶谷又五郎指挥草者，这一个月内不分昼夜地辛苦奔波。刺探来犯的敌军军情固然是他们的任务，而且更要对上田、砥石、矢泽三城形成的三角形地带加强戒备，丝毫不敢松懈。

真田庄的男女老幼纷纷前来支援，将木材、石头和各种行李货物从真田庄的草者小屋里搬运出来，以布置乱桩和鹿角。

乱桩和鹿角都立在地上，上面张着网，能绊住来敌及战马的腿脚，阻碍他们行进。

这种东西随处可用。在上田城外，从东面至南面，士兵和百姓合力挖掘、构筑沟渠，也就是现在所说的战壕。

壶谷又五郎指示手下：“一定不能让敌人的忍者刺探到真田的战事筹备。”

所以，草者们布下了一张“滴水不漏”的警戒网。

据又五郎的禀告，德川忍者尚未来到上田城附近。但是，几年前的小牧·长久手之战中，德川忍者的活动当真让人不寒而栗。

此次进攻上田竟然没看到他们的身影，这不免惹人猜疑……

“哼哼……”安房守昌幸苦笑道，“三河守这家伙，没把我们当回事嘛。”

当然，此次战斗中，真田军兵力甚寡，这是个无法改变的事实。两千人的兵力无论怎样排兵布阵，都无法战胜五倍于己的德川大军。

敌人因而放言道：“不出三日，定可将上田城牢牢包围。”

这一夜，上田城内的真田昌幸望着德川军的篝火，欣然点头说道：“很好。”

他确定敌军明日便会总攻。

德川军当然担心战争一旦拖久，越后的上杉景胜便会派兵来援——那样一来，形势就会对真田有利。所以，他们要速战速决。

"干……"喝完杯中酒，真田昌幸说道，"明日就看源三郎的了。"声音平静、低沉，"又五郎，你觉得呢？"

"您指的是？"

"让源三郎打头阵，你意下如何……"

"没什么……"又五郎轻轻摇了摇头。

"没什么——是什么意思？"

"我……觉得这样做并无不妥……"

安房守昌幸瞪大双目，追问道："你果真这样认为？"

"是的。"

"这样啊……"昌幸的嗓音依旧低沉，明显是克制着感情，"我很高兴又五郎你有同样的想法。"

"但是……源三郎没准会战死沙场。"

"嗯。"

"您要做好思想准备啊……"

"我知道。"

担任明日进攻先锋的源三郎，要打一场生死未卜的突袭战。

他必须拼死一战，才能取得真田昌幸理想中的作战效果。

真田氏的嗣子源三郎必须亲自迎击德川大军。

这一仗的意义，便是借此鼓舞友军，同时震慑敌军。

此战之后，德川军定会明白围城对真田军没有用处——他们会拼死防守。

“源二郎尚不足以担当此战先锋……”

昌幸辩解道。

又五郎像要制止他似的，朗然答道：“您别这样说了。”

昌幸微微一笑：“我疼爱源二郎，依赖源三郎，这是两回事。”

“是的。”

“这一点，我也希望大家能理解……但这似乎很难。源二郎这小子，最近都看不到他。弟兄俩的这点事，大臣们也都知道了，所以这次让源三郎打头阵，大家一定会在背后议论吧。”

“议论什么？”

“难道你不知道？又五郎，你不可能不知道。”

“您是说大家会觉得殿下让源三郎做先锋打必死之战，是因为疼爱源二郎这件事？”

“正是。”

“您担心的是……”又五郎笑了一下，“您内心不安？”

“所以，我才会对你讲。”

“您不必这样。殿下不必如此担心他们兄弟，他们心灵相通。”

昌幸目光一垂，喃喃说道：“我正是这样想的。”

夜深了，壶谷又五郎骑马出了上田城，返回砥石城。

片刻之后，真田昌幸也回了卧房。

上田城内，昌幸、幸村、樋口角兵卫他们睡下时，砥石城内的源三郎却刚刚睡醒，步出卧房。

这天，尚未到黄昏，源三郎就喝得大醉，回卧房睡了。

源三郎睡在居馆内的卧房。

砥石城的外围也加固了竹围挡和栅栏，还新挖掘了战壕，四处立起围墙，加强防备。

是夜，上田城一片寂静，等待着明日决战。而砥石城则是随着夜色加深，人马渐渐骚动起来。

虽然大家都尽量悄无声息地准备着，但全副武装的将士们集结城内，兵器的动静免不了从各处的城门传来。

源三郎信幸在其父昌幸的居室整装待发。

这时，壶谷又五郎回来了。

"我刚从上田城回来。"

"嗯，父亲大人一切都好吧？"

"是的。"

"那太好了。"

源三郎穿着一件两片铁黑漆的盔甲，上面披了件阵羽织。这件阵羽织是其母山手殿亲手给源三郎缝制的，白底、熏革领，后背上用金银线绣着家纹——六文钱。

源三郎魁梧高大，恰如一位威风凛凛的先锋大将。就连久经沙场、阅人无数的壶谷又五郎都觉得此刻的源三郎器宇不凡，完全看不出他只是位年仅二十的血性青年。

源三郎信幸自参战以来，和矢泽赖纲、赖康父子一起，几次击退了北条军对上州的进攻。就这一点而言，其弟源二郎幸村根本无法和他相比。

所以昌幸才决定把明日事关存亡的头仗重任交给信幸。

此刻的源三郎异常冷静，这不是他故意做给别人看的。

信幸和又五郎的对话、他的一举一动，都没有夸张或紧张之感。

源三郎当然做好了必死的觉悟，别人却察觉不到他的决然，只觉得他是惊人的淡定自如。

"又五郎，你是否小睡了一会儿？"

就连问话的声音都是平静如故。

"身为草者，三四天不睡都没问题。这种时候，不睡更好一些。"

"哦？"

"我们的身体，时刻准备着战斗。"

"原来如此，你们是这样的啊……"

源三郎把十四名部将都喊到了居馆里铺着木板的大屋，让他们再次确定先前屡次商讨、确立的作战策略。

只见源三郎将一张大大的地图铺在折凳上，一言未发。

一切都由壶谷又五郎进行说明。

直到一行人起身之际，源三郎信幸才开口说道："明日我便会战死疆场，所以大家都要拼死一战！"

只此一句。

源三郎面带微笑，只若无其事说了这一句话。

又五郎倍感惊讶。

虽说源三郎天性如此，但这话确实让人怀疑他是有意故弄玄虚。

天亮之前，源三郎信幸率五百将士，分四队出了砥石城。

守卫砥石的兵力只剩下两百人了。

星月寂寥的黑夜，行将结束。

第玖话

八月二日天亮时，德川军的先头部队已越过千曲川，一路向北进发。

德川军沿着千曲川北面挺进，一步步逼近了上田城。

雾气被微风丝丝吹散。

号角声此起彼伏，那是各个部队统一行动的信号。

长枪兵阵走在前面，驱散河岸的雾气，在北岸平缓的斜面一字排开，不断推进。

德川军和鸟居元忠、大久保平助（日后的彦左卫门）的七百人马一起沿千曲川岸边行进，其前锋是甲州部队。

德川军的右翼是平岩亲吉、柴田康忠和冈部长盛的部队，其中包括以前和真田昌幸共侍武田家的诹访赖忠。

诹访赖忠本是信州诹访郡的豪族，母亲是武田信玄之妹。武田家落败后，赖忠归顺德川家康，德川、北条两家争夺甲、信两州之时，他又投靠了北条氏直。德川、北条和解后，赖忠再次归顺家康。

诹访赖忠如此善变，皆因诹访一带的地势特殊，所以，赖忠暗暗下定了决心："我一定要拿出真本事让大家瞧瞧。"希望以此重获德川家康的信任。

作为一名战国的武将，必须要屡破敌军，取得战功，才能获得主公认可。

先遣军大将之一的大久保忠世率两千骑兵紧随其后。

在千曲川和依田川会流之地，忠世驻扎了约一千五百兵力。

沿依田川向南五公里，就是真田的属城——丸子城。

若从丸子城出兵袭击德川军的背后，将对德川军造成致命打击。

正是要防止出现这种情况，监视丸子城的动向，德川军才会来此驻兵。

德川军曾对丸子城再三招降："归顺我们的话，绝不会亏待你。"但每次都遭到了丸子三左卫门的坚决回绝。

德川在八重原台地集结一万兵力，威慑丸子城，不料丸子城竟是泰然不动。大久保忠世因此推测："真田安房守恐怕在丸子投入了相当多的人马。"

将领们都同意忠世的看法。

虽未曾亲眼目睹安房守真田昌幸的战场英姿，但人人都知道昌幸承袭了其父幸隆的谋略和奇袭奥义，这让北条父子深感压力。他们当然想到了真田军可能采取的作战方针——在丸子集结兵力，把德川军引到上田，再从背后偷袭。

黎明时分，一名骑兵从监视丸子城的部队策马而来，向大久保忠世报告道："丸子城风平浪静，未见一兵一卒出城。"

"当真？"

“是的。”

“好，你们继续密切监视。”

“是。”

待骑兵返回后，大久保忠世下达了指令：“全面进攻！”

德川军此前因要防备真田的突袭，行军速度十分缓慢。此际，德川军立刻加快了前进步伐。

军号齐鸣。军马的嘶鸣和马蹄声骚乱起来。

同一时间，德川军的先头部队——诹访赖忠的部队——到达了神川东岸。

从这儿到上田城，大概有一里地。

神川长七里，起源于真田庄腹地的菅平高原，向南流淌，最终和千曲川会流。河面几乎都是一路朝南倾斜，水流湍急。其两岸芒草遍布，西北方延伸着几条通往上田的小路。

这些小路都在浓密的森林中蜿蜒，只有千曲川沿岸的道路较宽，视野亦相对开阔。

“就是那儿。”诹访部队开始横渡神川。

侦察兵报称对岸前方没发现敌军。

可是，这些侦察武士的本领似乎不太过硬。

神川的上流方向突然传来了人马的动静。

那动静不是从对岸，而是从神川东岸——诹访部队集结准备渡河处的侧面杂木丛中——传出来的。

“啊？”

诹访部队尚未完全辨明形势，杂木丛中便突然现出了真田铁炮队的身影，齐齐朝着他们开火。

火炮声惊吓了诹访部队的军马，受惊的战马开始狂奔。

敌人若从正面出现，军马毫不恐惧，但它们一旦受到这种突如其来的炮火攻击，有几匹甚至被击倒时，就会变得异常狂躁。

诹访赖忠只觉得铁炮队的后面或是杂木丛中随时都会有敌军杀出。

果然——刹那间，高喊口号、举着长枪的真田部队从杂木丛中纷纷现身，悍然冲进了诹访部队。

诹访赖忠的部队很快就溃不成军，散兵败将沿着神川东岸向千曲川方向逃窜。

渡河的士兵被对岸的铁炮队击中，倒了下去，溅起水花。

"追！"

从诹访部队后面赶来支援的柴田、冈部两支部队奔到河边时，真田的奇袭兵早就退到神川对岸去了。

出兵之快，打击之准，让诹访赖忠茫然失措。

沿千曲川河岸行进的鸟居元忠部队和甲州部队此时同样正横渡神川，却没有受到奇袭。

但是，看到诹访部队落败逃窜之势，士兵开始骚乱。马背上的鸟居元忠怒吼着命令道："别慌张！不要管诹访部队，快点渡河！"

鸟居元忠不愧是深得德川家康信赖的大将，临危不惧。

第拾话

小牧·长久手战役之中，德川军占据天时地利，这一次却完全丧失了地利优势。

从入夏决定攻打上田时起，德川就派出伊贺、甲贺的忍者，详细侦察上田周边地势。抛开攻打砥石、真田、岩柜不说，区区上田城在德川看来只不过是座孤城。

只有丸子城需要万分戒备。

忍者们随军出动，侦察敌情，却只探知真田方为了备战忙于修筑战备工事和军力筹备。这是必然、正常的战备，因此，大久保忠世也好，鸟居元忠也好，都认为真田方并无特别之处。

结果，真田军不但突袭了诹访赖忠部队，而且在己方发动反击之前就成功全线撤离，让大久保他们惊叹不已。

这支部队是如此训练有素，以致多年之后，鸟居元忠竟这样评价道：“此远非织田、丰臣部队所能及啊。”

话说……

鸟居元忠部队抵达神川西岸时，大久保忠世的大军也到了岸边。

德川军的主力部队将要渡过神川，鸟居部队因而迅速渡河，严阵以待。

如今，危险已过。

真田昌幸只有两千余兵，纵一齐出城应战，也无法抵挡德川的一万大军。

德川军开始横渡神川，这时，对面上游忽有一队真田的人马，沿着岸边的小道，疾奔而来。

大概有四五百人。

"他们这是要来迎战？"

大久保忠世心下大奇，惊讶中不乏担心。

莫非……

他赫然看到了带有真田氏家纹"六文钱"的战旗。

这意味着敌人的大将随军同来。

莫非……安房守昌幸亲自出马了？

忠世惊疑不定，眼睁睁看着真田的大将旗威风凛凛地接近。

兴许，来迎战的其实是他的长男——源三郎信幸？

大久保忠世从未亲眼见过真田父子。

不管怎样，忠世认为，敌人的主力此番出城，是意欲在神川和千曲川合流之地跟他们决战。

莫非安房守觉得围城打持久战难有胜算，故决定出城应战？果真如此，除了沿神川岸边朝此进发的这一部队，别处肯定还有敌人。

"万不可掉以轻心。"

大久保忠世向部队传话下去。

天空依旧阴云密布，北面的群山被灰色的天幕遮盖，完全看不清楚，只能听到神川的水流之响。

一瞬间，两军仿佛都静止在了地面上，没有一丝动静……

突然，岸边一字排开的德川铁炮队齐齐开火——对岸的真田军突然冲进了二十米宽的神川，冲进了德川军中！

突袭宛如一阵旋风。

年轻的武将身穿黑色盔甲，端着长枪，左右两侧各有七八名骑兵护卫，率先渡河而来。大约五百名士兵沿河散开，高喊"杀呀"紧随其后。

"进攻！"

德川军得到的命令是全体迎击，但此处地势狭窄，不利排兵布阵，纵有数倍于真田军的兵力，亦无法全军扑上。

德川军只能在神川河面、狭隘的小道和空间狭小的河岸边展开兵力。

真田军就像一把尖锥，直插进德川军的心脏。

一位身穿黑色甲胄、骑着栗色战马的年轻武将挥动长枪，刺中了几名德川军的士兵，将他们挑起来向两侧丢去。

那正是源三郎信幸。

护卫在源三郎两侧的战马和德川军的战马相逢，双方混战一处，好几匹马倒在了地上。

真田军的大部分士兵都没有骑马，就这样扛着长枪直冲上来。

一旦被真田军冲进了德川大军，后果将不堪设想。

如若战场辽阔，德川军便会占据马战的优势。骑马作战能驱散徒步的士兵，从马上发动进攻，更容易击溃敌人。

可是，面对眼前越过羊肠小道冲杀过来的真田军，德川的骑兵们只能退避到北面的斜坡及树丛之中。

再往南就是千曲川了，若想在此处排兵布阵，就只能在河水中回转。

千曲川是条大河，神川根本无法和它相提并论。

大久保忠世的主力形成枪林，拼死阻挡真田军的进攻。

忠世的主力集结在一处小神社前面的宽阔高地。

"铁炮，把铁炮架上来……"

不知谁人如此喊道。

此处可以用铁炮队狙击敌人。

果然……

开阔的台地上，德川军一字排开，真田军终于被拦截在其面前。

一片混战，敌我难分。

此时，正横渡神川的鸟居元忠得知真田军发动了进攻，立刻命令部队："好，就从后面拦截他们！"

恰是这时，千曲川沿岸的小路树荫中射出了铁炮子弹，击中了正要追击真田军的鸟居部队。

这是另一支悄悄靠上来的真田小队，鸟居部队根本就没有发觉他们。

接近鸟居部队的真田小队人数很少，都没有骑马，半武装，行动迅捷，像猛兽一样在树荫中匍匐，一步步逼近而来。

这为数不多的真田小队四处出没，用铁炮或弓箭袭击敌人。

只要能令对方惊慌失措，区区十人士兵都会让他们觉得像有半百之众。

倘若战场辽阔，双方的人马一目了然，德川军自能从容应对。然而，他们此刻和真田军激战之处的地理条件极其恶劣。

这就如同身处一片狭小之地的时候，可以透过建筑物间的缝隙看到对面风景。这时，眼前驶来一辆大卡车，停在路上，远处的风景被车身遮挡，人的视线就这样被完全封锁。

此刻的德川军亦同此理，他们搞不清真田军到底出动了多少人马。

鸟居部队骤然大乱，战马彼此相撞，还有些竟跌进了千曲川中。

这时，源三郎信幸的部队被大久保忠世的主力部队包围了。

"那就是真田小儿。打！包围起来，狠狠地打！"

大久保忠世手持长枪，亲自出战，指挥大军。

源三郎信幸苦苦支撑着，他的长枪事先曾被铁条加固，所以一直没有折断。他靠着那一杆长枪横扫敌军，将一名又一名敌人挑下马来。

保卫源三郎的骑士们大都战死。足轻们补了上来，接替他们的任务，不顾性命迎击四周敌军，誓死保卫少主。

恰是这时，鸟居元忠的部队受到了铁炮袭击。当神川方向传来枪响之际，真田部队就像得到信号一样，从德川部队背后的树荫中打出铁炮。

其实，这股真田部队就是适才搅乱诹访赖忠部队后又消失不见的那队人马。

指挥这支别动队的是部将池田长门。安房守昌幸曾称赞他是真田家数一数二的奇袭良将。

在极近的距离内受到狙击的德川军纷纷倒下。

第拾壹话

真田源三郎率领的这支先锋突袭队，基本上是要覆没了。

因此，大久保忠世的主力大军全线压上，势在必得。

他们完全没有想到，池田长门率领几十人组成的铁炮队正悄悄接近大军集结台地北面神社的树荫。

大久保忠世的主力受到了比鸟居元忠部队更猛烈的攻击，场面一片狼藉。

他们以为又有一支奇袭部队从神社树荫后杀出来了。一时间，战马嘶吼狂奔，德川军的将士纷纷惊呼："戒备…戒备！""铁炮队、铁炮队来了！"

德川军阵脚大乱，源三郎信幸趁乱掉转马头，脱身而出。

"啊？"德川军顿时傻眼。

之前冲进敌军内部、袭击德川军主力的真田军，此刻竟然掉头而去，开始退兵。

此时的真田军，算上源三郎，骑着战马的武士不足三十。

四五百名先锋军的绝大部分都没有骑马。

"别跑！围住他们！"大久保忠世高喊着，纵马从台地冲下。

方才没和真田军对阵的柴田部队和冈部部队重整旗鼓，意欲痛击打算撤退的真田军："准备铁炮！铁炮！"

真田军在源三郎信幸的带领下避开他们，转而向北面的斜坡行进。那不是一处平常的斜坡——那上面杂木丛生，无路可寻，而且生满了红黏土，只适合赤足行走。

而大半部分真田军恰恰正是赤足！所以，他们就像小鸟一样，在树丛间穿梭来去。

无论德川军如何呐喊着要包围他们，都无法将之围住。

真田军化整为零，没了队形，士兵们随意奔行于树丛之中，谈何包围！

此刻，箭又不知从何处飞来，还传来铁炮的声音，分不清是敌是友。

真田军就这样一路撤退，方才举着六文钱大旗突袭而来的真田安房守之长男源三郎信幸，此刻竟被德川军一路追赶，落荒而逃。

敌人纷纷大喊："追上他们！""一鼓作气，打到上田城下！"

被真田军突袭得一片混乱的德川军，此际军心大振。敌人的退却让他们再度确信了敌我双方的兵力悬殊。

德川军一路追来，视野逐渐开阔。他们能清楚看到平缓台地前方那落败而逃的真田军。

神川奇袭中，德川军伤亡了四五百人，他们事后才得知真田军的损失居然少得出人意料，池田长门指挥的游击队更几乎没有损失。

当然，那是后话。

　　且说德川军重整队伍，一部分人马沿千曲川边的道路朝常田口进发。

　　负责指挥这支队伍的是鸟居元忠。

　　大久保忠世的主力则从染屋口出发，逼近上田城下。

　　就在染屋口，一路撤退的真田源三郎打了场反击战。

　　这场战斗的时间虽短，却极其惨烈。

　　源三郎信幸率一百五十人殿后，掩护其余士兵撤退。

　　这场战斗中，源三郎的坐骑被敌人击中，倒在地上。

　　"快！抓住他！"

　　德川的武士们纷纷向源三郎猛冲过来。刹那间，真田的骑士们急奔而来，护卫源三郎。源三郎纵身骑上另一匹马，命令士兵："撤退！撤退！"策马穿过了染屋口的城门。

　　这处城门没有真田武士守卫的哨岗。

　　常田口和染屋口一样，都是面向东方的一道关口，但真田方没有在这里布置特别的防备。

　　所以，此处只能任由德川军践踏。而这正是真田方"预料中"的事情。

　　当瞭望台向上田城报告"敌人已过常田口"、"染屋口也被敌军攻破"时，安房守昌幸正在本丸居馆的大殿中，和家臣祢津长右卫门下棋。

　　昌幸未穿甲胄。

　　"终于来了啊……"昌幸轻轻将手中的白棋落到盘上，悠然说道，"长右卫门，就到这儿吧？"

　　这不是昌幸故意做给家臣们看的。

　　在决意进行这场战争之前，在作战计划没有确定之前，安房守昌幸曾独自一人徘徊、犹豫、苦恼——能否如此？那样能行得通吗？

　　很多家臣都没看到主君苦恼的情形，但源三郎、源二郎兄弟和矢泽赖康、壶谷又五郎、祢津长右卫门确确实实都看见了。

　　那时的真田昌幸，在外人眼里可谓胆小超过谨慎。

　　然而，他一旦下了决定就不再犹豫，只会全身心准备战斗。

　　源二郎幸村曾信口说道："父亲大人既胆小又胆大。"昌幸知道这是幸村的性格使然，听后只意味深长地答道："如果不胆小，就不会胆大。人是难以捉摸的动物。我不擅长隐藏内心的想法。源三郎绝不会让外人看到我的胆小。你们都是我的孩子，可……"

　　此时，真田昌幸站起身来，一旁伺候的家臣帮他披上甲胄。

　　伊予小片的通体黑色盔甲，腿罩上用金箔拼出了六文钱家纹。

　　盔甲不大，乍一看像是青年用的。昌幸轻快地穿上，戴上了装饰有圆月图案的软头盔。

　　上田城内，此刻正一片骚乱。

　　但不是混乱无章。

　　守城将士各司其职，准备迎击德川方的部队。

　　一位侦察武士发现了新情况，朝大殿飞奔而来，大声禀道："源三郎公子从染屋口朝城门的方向一路撤退而来。"

　　"嗯。"昌幸把脸埋在头盔下面，似乎微微一笑……

　　他一直在等待这个消息。

　　向瞭望武士询问"源三郎情况如何"的念头，从开战以来，就被昌幸拼命克制着。

　　昌幸只是低声说道："他没战死？"

"是的。"

"确定？"

"千真万确。"

"好，走吧！"

"喔！"

昌幸身旁的家臣们得知源三郎平安无事，不禁一片欢呼。安房守昌幸阴沉着脸，怒斥道："不得喧闹，镇静！"

家臣们强忍着欢呼，脸上则溢满笑容。

那笑容确实无法抑制。

此时，全副武装的源二郎幸村像风一样匆匆赶来。

"父亲大人……"他的话音里同样饱含着无法克制的喜悦之情，"哥哥平安归来！"

"知道了。"昌幸肃容说道，"源二郎，我们父子三人一定要同生共死！"

几乎是同一时间……

樋口角兵卫出了二丸城门，骑着大马，手拿六尺余长的铁棒，带领五名来路不明、以"手下"自居的浪人，怒发冲冠、满面红光地冲向战场。

第拾贰话

天空黑云密布，就像一片巨大的屋檐，笼罩着上田城。

德川军兵分两路逼近上田城下。

源三郎信幸所率先头部队躲到了城内三丸战壕外的横曲轮后。

此处横曲轮是专为此次战役而设的。在外壕边的空地上挖设土堤，土堤的外面打上空壕，四圈竖起墙壁。

源三郎他们一退至横曲轮后，墙门便立刻关上。

到达城下町的德川军合兵一处，继续杀奔上田城。一些士兵要放火烧了民房，大久保忠世和鸟居元忠立刻禁止："不可放火！"

如果风向能助火势向城内蔓延倒无所谓，但此刻风是由西北方向吹来，一直吹向东南。

而且，风势不强。

这种风，别说助火势烧向上田城，搞不好倒会困住将要进攻的德川军。何况，城下町的道路大都曲折不平，不便于人数众多的部队顺利通行。

因此，合流后的德川军再度分散，各自沿道路抵达三丸之外。

一路上都没受到真田方的任何抵抗。

不，德川军认为他们是无力抵抗。

当真田的先头部队退到横曲轮后面之际，鸟居元忠的部队亦顺着千曲川沿岸的道路，堂皇抵达了三丸之外。

战士的呐喊、战马的嘶鸣、马蹄的踢踏声中夹杂着军鼓和军号的响动，这一切动静都回荡在漫天飞扬的尘埃之中。

鸟居元忠下令："火攻横曲轮！"

然而，逃到横曲轮后面的先头部队根本无意阻止德川军纵火，只沿着外壕继续向北撤退。

这些，德川军看得一清二楚。

鸟居元忠看到此番情景，心头顿生疑惑——此处横曲轮到底为何而建？

土堤、空壕、墙壁……这些都位于城门之前，所以建造得很是结实，但那对面既没有墙壁也没有栅栏。

因此，才能看清沿着战壕逃走的敌人。

换言之，此处只是一处"装饰性的曲轮"罢了。

可惜的是，鸟居元忠根本没时间推敲这些问题——德川士兵不断抵达三丸之外，而且包括大久保忠世的大军。

士兵们高呼口号，准备攻破三丸的城门。

如此一来，若对着横曲轮放火，烟雾就会淹没自家的军队。

鸟居元忠急忙吩咐停止火攻。

三丸的战壕同样是处空壕，无人防守。

但是，从立在石墙上的栅栏缝隙中，真田军射出了铁炮和箭。

几个德川军的士兵相继倒地，跌进战壕，但这完全阻止不了德川军进攻的步伐。

而且，三丸的战壕中没有蓄水。

"怎么回事？"

"不管了，先攻下城门再说！"

士兵们争先恐后地跳进空壕，开始攀登石墙。

德川军的铁炮队冲在最前，子弹齐发，射向城内敌人。

铁炮队排成三排，接二连三射出子弹，那响动震耳欲聋。

令人吃惊的是，真田军很快就放弃了抵抗。

城门被攻破了。

德川军一拥而上，冲进三丸之内。

从三丸的大门到现在还保留在上田市的二丸城门，大概有六百米远。

现在上田市政府、工商协会和电话局所在的政务区，就是以前的三丸地带。

守卫三丸的真田军毫不恋战，放弃了抵抗，一路撤退。

三丸城内同样建了一处横曲轮，他们正是逃进这里。

三丸内的横曲轮和三丸外的横曲轮有天壤之别，虽然都是临时建的，可不管土堤还是土围墙都不一样。而且，此处横曲轮前面的战壕宽约十五米，蓄满了水，将士们进去之后，吊桥立刻就被收了起来。

在外面横曲轮没受到任何抵抗就攻进三丸的德川军，对此势在必得。

二丸的城门就在他们眼前，如若攻下二丸，就只剩本丸了。

忍者早已将侦察到的情况报告给了德川军——本丸的面积是三千五六百坪；二丸围绕本丸而建，大概有两万五千坪吧。

由此可见，二丸的面积不大。

而且，城墙平坦无奇，一路打下来，德川的将领们认为上田城尚未建成。

在三丸外横曲轮未受到丝毫抵抗的德川军一路猛进，打到二丸。

二丸的战壕中，多少蓄了些水。

但纵然掉了下去，水也不及胸部。

蜂拥而上的德川军虽然受到了石墙缝隙中的铁炮袭击，但这根本不能阻挡他们。

三丸内，到处都是德川军的士兵。

第拾叁话

二丸大门的吊桥此刻当然被吊了起来。

大门里内壕的宽度约三十米。越往北面，内壕越窄——大概二十米吧，那里同样架设着临时的横曲轮，敌人无法轻易攻进。

三丸的内径不短，面积不小，但真田家臣们的房屋就建在其中。数千德川军及马匹蜂拥而至，使这里变得一片混乱，将官们甚至都无法正常联络。

二丸的石墙上布满土栅栏，大门上竖着瞭望台，这些都用树枝凌乱地遮盖住了。

一路打来，按说德川军总该察觉真田军的防备有些异常，但斗志昂扬的他们就算是有所疑惑，亦没空细细推敲。

毕竟，他们进攻的速度太快了，竟致无暇思索。

德川军和城内的真田军用铁炮、流矢对射，当城内安静下来之后，他们便高呼："冲啊！"犹如惊涛拍岸一般，蜂拥而上。

战士们跳进战壕，相继爬上石墙。

德川军的铁炮、弓箭如雨林般射向城堡，掩护士兵们的进攻。一部分进攻横曲轮的士兵几乎没遭遇任何抵抗。

德川军很快便布满了三丸的东面。没能冲进三丸内的部队则将三丸围得水泄不通。

一开始，指挥进攻上田的大将大久保忠世曾有意从城北进攻。但若从北面进攻，德川军虽可以铺开兵力，却必须防备砥石、矢泽两地的真田军从背后偷袭。而且，有情报称："越后的上杉氏似乎向砥石、矢泽派兵了。"这便使得以鸟居元忠为首的将官们坚持主张从正门进攻。

开战以来，只有真田先锋军的突袭对德川军造成了一定影响，但那只是昙花一现，紧跟着便一路败退。德川军甚至没遇到像样的抵抗，一路高歌挺进，就这样攻到了真田方的大本营。

德川军本就觉得攻打上田城轻而易举，此番交手之后，更觉得"真田军不过如此"……

德川军眼看着就要攻破敌人的大本营了，士兵们攀附着石墙的石头，缓缓登城。

看来——"真田氏的命运就要结束了啊！"

然而，此时此刻，战局骤然一变。

石墙上的墙垣"嘎吱嘎吱"响着，开始倾斜。

"啊？"

"这是怎么回事？"

一些德川将士察觉了这一点，可惜来不及了。

不只是部分墙垣——大部分墙垣都开始倾斜，盖在其上的杂木枝全都落到了正在爬墙的德川军的头上。

不，如果只是树枝，就没事了。

墙垣上盖的树枝、树叶赶得上一个灌木丛，枝叶下面则遮盖着成捆成捆的树木。这些树木是带着枝叶从附近山上砍来的，之前一直被横吊在墙垣上面，此刻则全都落了下来。

不仅是树木，还有石块。

遍布石墙往上爬的德川军被掉下来的树木和石块击中，一时惨呼连连，跌进战壕。

很久以前，南北朝时期的武将楠正成拥护后醍醐天皇征讨镰仓幕府，被幕府军包围，困在河内的千早城。当时，楠正成以寡击众，投掷火球、石块、树木，让幕府军吃尽苦头……

德川军从未想过会在眼前的上田城遭遇如此老掉牙的反击战术。

子弹和弓箭如枪林弹雨，向受惊、混乱的德川军袭击而来。

跌落战壕水中的将士纷纷中弹、中箭，陆续阵亡。

他们无处可躲。

此时此刻，战壕里全是士兵，他们互相拥挤、推搡，好不容易露出的头顶又被流矢和子弹击中，那场面真令人不忍再看。

树木和石块被运到上田城内才刚刚三天。真田方用了整整一天时间，才布下如此之阵。

开战前来上田城刺探军情的德川忍者根本没想到这一情况。

然而，真田的反击尚未结束。

转眼间，三丸内的横曲轮燃起大火——真田军主动放火了！

燃起的黑烟和火焰，顺着西北风吹向遍布三丸的德川部队。

“后退！撤退！”

德川军不得不撤退了。

虽然有部将坚持继续进攻，但是军心大乱，场面混乱不堪。

真田军的铁炮和弓箭更密集了，纷纷从城堡里扑向了德川军。

德川军这才惊觉——真田的战旗不知何时竟遍布了二丸城墙，城头上更出现了大量的弓箭手！

架在二丸战壕的吊桥，就在这时被放了下来。

第拾肆话

"那天的一切都进展顺利，我忍不住用手拍脸，想要确认这一切是不是做梦。"

片刻间，三丸外的横曲轮上亦有铁炮和弓箭射向了德川部队。

源三郎信幸率领的先头部队不知何时折返回来，而且增加了二百余人马。

就人数而言，真田军的铁炮队不到德川军之一半；但就效果而言，则是以五抵十，甚或二十。

凭借墙垣和土垒的遮蔽，真田军的铁炮队不断装弹、换位，持续进行射击。这是之前奇袭时根本办不到的事情。

数量虽寡，却始终不断。

当时的那种铁炮，距离越近，命中率就越高。所有人都知道这种新兵器那令人恐惧的性能。纵然只是听到枪响，都会让人心惊胆战。

这大大挫伤了敌人的斗志。

德川军的铁炮队被混乱冲散了阵形，连装弹都很难进行。就算是勉强装上子弹，但若匆忙中胡乱发射，很可能会击中本军士兵。

"撤退！撤退！""往城外撤退！"

　　三丸城内的德川军开始向城外退去。

　　不能在敌人的城郭内一味挨打。这就如同一名五尺大汉刚将脖子从门缝伸进，门便猛然关上，夹住他的脖子和脸。门外的庞大身躯无法自由动弹，脸部和脑袋当然任人宰割。

　　夹住脖子的门再次开启之前，他只能想办法退回外面，让脸部和身体重新关联。

　　德川军开始撤退，甚至无暇解救跌落战壕中的将士。

　　吊桥就在此刻被放了下来。

　　同时，二丸的城门一下子被打开了。

　　"进攻！别让他们跑了！"安房守真田昌幸虎吼着命令道。

　　"得令！"

　　樋口角兵卫带着五名浪人，高喊着从吊桥上率先冲出。

　　"啊……真田军杀出来了！"

　　惊觉此事的德川军慌忙准备迎战。

　　"嘿呀……"

　　角兵卫如野兽般猛吼着杀进敌军。他挥舞铁棒，迎风作响，不断砸向敌人的马首、人头，所向披靡。

　　几名敌军跌下马背，立刻被紧随角兵卫的浪人们的长枪刺中。

　　源二郎幸村亦从吊桥上冲杀而出。

　　安房守昌幸更是舞动长枪，亲自出阵。

　　"完了……冲得太过火了……"

　　鸟居元忠和大久保忠世悔恨得咬牙切齿。眼前地势狭窄，德川方纵有十支部队，亦只有两三支可以和敌军相接，数量上的优势完全显不出来。

他们要立刻后撤，以便换个辽阔些的地方以众凌寡。

德川军很快就退出了三丸，哪知三丸外的横曲轮处竟又有两百余名真田军向他们袭来。

真田父子从横曲轮内侧大举反击，使德川军无法整顿军队。

所以，他们只好继续喊道——

"撤退！撤退！"

时近正午，黑云笼罩了整个天空。

德川军沿着来路，经由上田城的正门撤退。

他们当然会途经城下町。

背后，真田军紧追跟来——"不容喘息。"

"可恨的东西……"马背上的大久保忠世懊恼万分。

等出了城，来到开阔地势，一定要给他们点颜色瞧瞧！

德川军穿梭街道，零零散散继续撤退。

城下町的四周突然腾起火焰——这显然不是德川军干的。

真田方的草者沿地道潜至城下，燃起火焰。这直接加速了德川军的溃败。

火把似乎被油泡过，火势特别旺盛。

德川军真是打错了算盘……

黑烟漫过民房和房顶屋檐，一些轻武装者不知从何处冒出，对准逃窜的德川军纷纷放箭。

他们有的独自一人，有的两三人一组，像猿猴一样从一个屋檐跳到另一个屋檐，神速般射出箭来。

德川将士纷纷中箭倒下。

草者的奇袭让德川军晕头转向，而后方的真田军正对他们穷追不舍。

向井佐平次手握长枪，护卫在源二郎幸村的战马一侧。

源二郎率部追击沿千曲川岸边小道逃窜的鸟居元忠部队。

事后，佐平次向妻子茂枝这样讲道："那时，我一个敌人都没击中。源二郎公子亦然。敌人跑得真快。"

鸟居元忠逃窜的路线尚可适当加快速度，但打算从常田口、染屋口撤退到城下町的德川军就遭到了痛击。

"想不到这一仗打得如此痛快！"马背上的真田昌幸难掩内心欢喜，高兴得身体都摇晃了。他询问身旁的祢津长右卫门，"源三郎出动了没有？"

"一切都按计划行事。"

"是吗？很好！"

片刻前，源三郎信幸率三百余人出了三丸外横曲轮的北口，沿着东太郎山的山脚一路向东赶去。

源三郎率部抵达神川岸边之际，碰上了从矢泽砦前来的但马守矢泽赖康。但马守率领着五百人，其中有一部分是上杉景胜派来的援军。

"呀，源三郎公子平安无事啊！"矢泽赖康的兴奋溢于言表，对家臣说道，"如此看来，一切都是进展顺利……"

源三郎和矢泽赖康的两支部队沿着神川两岸向南进发。一身黑色甲胄的源三郎信幸回头看了看对岸的矢泽赖康，高举长枪示意。

"好，好！"赖康大呼着举枪回应。

上田城方向黑烟缭绕，这是胜利的烟雾。

矢泽赖康斗志昂扬，由此刻开始，他登上了本次战争的舞台。

恰是这时，东太郎山的山腰燃起了烽火。

黑云密布的天空下，烽火燃起，飘出白烟，这是一个信号——放出事先拦截的神川上游河水！

担任真田方战斗联络工作的，是由壶谷又五郎指挥的草者们。

"那天的一切都进展顺利，我忍不住用手拍脸，想要确认这一切是不是做梦。"此战之后，壶谷又五郎曾如此对源三郎说道。

拼命逃离城下町的德川军根本无心恋战，更没有重整部队以迎击真田军的力量。德川军非常明白，继续作战将会遭到更猛烈的袭击。所以，大久保忠世传令道："大军先过千曲川，再做商量。"

另一方面，沿千曲川岸边道路向东逃窜的鸟居部队到底是被源二郎幸村给追赶上了。

如此一来，向井佐平次当然就要开始战斗——向逃亡中的敌人开战！

这和高远城一战有着天壤之别。

同样，樋口角兵卫冲进了充斥着烈火和烟雾的城下町，奋勇杀敌。他骑着马猛烈撞击敌人的战马，用铁棒狠狠砸向敌人的脸部，将对方的脑袋砸得鲜血四溅。

敌人纷纷落马。

事后，返回上田城的角兵卫问浪人们："我今日毙敌几何？"

"足足有三十人吧——不对，有五十人呢！"浪人们如是回答。

真田军不会就此打住，他们要狠狠教训德川军一顿。

德川军一边撤退一边应战，狼狈不堪。

此时，大雨沛然而至。

第拾伍话

"别说了。我们的兵力毕竟不如对方，不能让敌军看清我们的真实情况……"

鸟居元忠、平岩亲吉、诹访赖忠率领的德川军被追至千曲川畔。

追击他们的是真田昌幸和源二郎父子率领的六百余人，以及池田长门的游击部队。

雨越下越大，背后就是千曲川，再无别的退路。这让鸟居元忠一时间有了种"死得其所"的悲凉、豪迈之感。

德川军走投无路，只得背水一战。他们本就不是一支弱旅，论到野战，信长和秀吉的军团都不是家康军团的对手。

撤退着的德川军只要一有机会就整备部队，抓紧时间调整队形，以备反击。真田军的追击稍有松懈，他们便会传令："撤退！撤退！"全军服从统一的指挥，整体后撤。

真田军从三个方向攻向了德川军。

突然，战鼓如雷轰响——这同样是"撤退"的信号。

包抄到德川军东面的源二郎幸村的部队猛然掉头离去，德川各部都觉得总算是杀出了一条血路，遂加快撤退步伐。

大久保忠世率领的德川大军同样是边反击边撤向东面的神川一带。可当他们退回神川岸边时，却发现河水猛烈地拍打着岸边，水流湍急，让人无法想象先前的河水是那般平静。

矢泽赖康率部把守对岸，源三郎信幸的部队和其父、其弟的大部队胜利会师，继续全力追击敌军。

凭借大久保平助忠教的英勇善战，德川军总算挡住了真田军的追击，抓住时机进行撤退，却由此付出了惨痛代价。

但马守矢泽赖康手持九尺长刀，奋勇作战。

"别再追了。"安房守昌幸担心德川军狗急跳墙，制止道，"就到这儿吧，别再追了。"

而木村土佐、祢津长右卫门则纷纷谏言："敌军形同崩溃，我们该继续追击才是。"

昌幸摇了摇头："不可鲁莽行事。"

"好不容易才将浜松的部队逼到这里，为何……"

"别说了。我们的兵力毕竟不如对方，不能让敌军看清我们的真实情况。而且，眼看着到晚上了，我们的盟军从早晨就一直奋战，想必是疲惫至极。"

昌幸断然收兵，返回了上田城。

清点之后，大家得知盟军的伤亡人数竟低得出乎意料——某战记上称总计四十余名，但想来不该如此之少。真田军的死伤人数不甚清楚，但德川军确实在上田城内外留下了近千具尸体。

若再算上清晨时的死伤情况，德川军共计损失了两千余兵……

真田昌幸随即向越后的上杉景胜报告了今日之战的完胜，并请求他今后继续支援。

大久保彦左卫门忠教在其自传《三河物语》中，对年轻时亲历的战场情景有如下叙述：

> 大久保忠世通知神川彼岸的平岩亲吉："若你不能渡河过来，至少要在岸边布阵以待。"
>
> 平岩不答。无奈之下，大久保又对鸟居元忠下命令，可鸟居亦无回应。紧接着，大久保又向保科正直如此要求，但后者慑于真田军的猛烈进攻，缩头缩脑。
>
> "给这些浑蛋分地、分粮，真是浪费。"大久保忠世大为恼火。恰在此时，其弟平助策马前来，进言道："哥哥，你该尽快让铁炮队出阵才是！"
>
> "铁炮虽有，惜无子弹。"
>
> "别开玩笑了！快点派他们上吧！"
>
> "闭嘴！"忠世大发雷霆，"你小子别给我添乱了。你没看到我方的部队都吓瘫了，没人敢上前一步？若是他们还有胆量，我就不会说没子弹了。"
>
> 据说，就因为被吓瘫了，连不会喝酒的人都拼命灌酒，直喝得脸色苍白，东倒西歪……

这段话摘自德川军青年将校大久保平助的遗作《三河物语》。当日一战，德川军受到的打击何等沉重，由此可想而知。他们彻底领略到了真田军的奇袭、猛战之威。

次日，退回八重原台地的德川军都觉得事已至此，起码要攻下丸子城才行吧，否则……

否则就无法向家康复命。

哪知真田军不久竟主动来攻。昨日大败了德川军后，真田军经过休整，斗志更加昂扬。被真田军猛追穷打的德川军到底放弃了攻打丸子城，驻守八重原直至十一月的上旬。期间，两军不断摩擦。

而且，北条军受到沼田城代矢泽萨摩守的顽强反击，竟然没有拿下沼田！

德川家康闻知军队战败，不由感叹道："这些小子，上战场玩呢？"无奈之下，增派重臣井伊直政等将领率五千余人赶往上田。

上杉景胜亦拨兵六千给藤田能登守，命其驰援上田。

如此一来，战争波及的范围就大了整整一圈。上杉景胜的靠山是羽柴秀吉，这意味着家康很可能会再次和秀吉开战。

显然，继续盯着信州上田的话，只会对德川家康不利。

若家康亲自率军攻打上田，纵可将之攻下，亦要防备有虎视眈眈者偷袭后方。所以，家康绝不能离开浜松，也不能再向上田增兵。一旦浜松和骏府空了，羽柴秀吉和北条父子肯定不会失此良机。

另一个缘故是，德川军内部出了个意想不到的变故——重臣伯耆守石川数正突然携家眷逃离冈崎，投奔了羽柴秀吉！

这意味着德川家的一切军政机密都会被石川数正泄露给羽柴秀吉。

"石川数正从家康幼年就侍奉左右，思虑缜密，通晓军事，深得家康信赖。哪知他竟肯舍弃恩深义重的主君，不顾同生共死的战友，转投敌营秀吉，这真让人想不明白……"野史上如此记载。

英明的德川家康强忍怒火和斗志，断然放弃了攻打上田。

德川军从八重原台地撤军而去，就此返回浜松。

第拾陆话

有关石川数正的叛逃，历来诸说纷纭。其中最简明扼要的解说当数松平年一、高柳光寿编著之《战国人名辞典》，在此略作介绍。

石川数正世代均系德川家臣，和酒井忠次并列家康老臣，曾参与三方原之战和小牧·长久手之战，任三河冈崎城主，统领西三河之众。小牧·长久手之战后，数正以家康使者的身份上京，和羽柴秀吉会面。（中略。）不久，秀吉便向天下宣告数正已归顺于他。家康不信此说，家臣们却深信不疑。谣言迫使数正无法回到家康身边。天正十三年十一月十三日，数正叛逃，投奔秀吉门下。其后，石川数正的领地被迁至信州筑摩郡，任松本城主，封地十万石，文禄二年身亡。

但若认为是数正的叛逃使家康停止攻打上田，未免太简单了。

可是，就算德川家康舍得不计代价攻下上田，如今的形势亦不允许他强行蛮干。

总之，真田昌幸胜了。

这对于在织田信长死后和秀吉争夺天下的家康而言，真是"痛不欲生"的结果。

此战之后，真田昌幸威名远扬，逐渐被世人熟悉。

同时，昌幸必须按照约定，将爱子源二郎幸村作为人质，送到前来支援的上杉景胜身边。

战争胜利结束，父亲和哥哥都安然无恙，这让源二郎满心欢喜，欣然前往上杉家的本城——春日山城。

上田合战结束，源二郎又恢复了往日的模样。当他问向井佐平次"你也跟我一起来吗"时，佐平次断然答道："是！"

他决定将妻子茂枝和儿子佐助暂时留在砥石的居馆。

"别担心，"源二郎特意唤来茂枝，安慰她说，"我虽不能随意返回上田，可我会让佐平次作为我的使者，让他一年回上田两三次。"

安房守昌幸在源二郎去往上杉景胜那里之后，有一阵子精神甚是恍惚，常常触景生情，思念源二郎。

源三郎信幸从岩柜撤回上田，忙于修葺被战火烧毁的城下町。

城郭的修复同样不能松懈。

毕竟，一切尚未结束。

一旦情况稳定、条件具备，德川家康便会再次来攻打上田。

家康不是等闲之辈，岂会咽下战败这口恶气？一定会想办法扳回一局。

望着弟弟源二郎奔赴越后之际——

"我们一定会再度……"源三郎话到中途而止，只用一种意味深长的眼神看着源二郎，接着说道，"并肩作战。"

守候一旁的向井佐平次不解其意，倒是源二郎似乎察知了哥哥话里的含义，爽快地点头答道："好。"

上田合战之前，兄弟二人间那股令人尴尬的沉默此刻全都烟消云散了。

源二郎恢复了以往的样子，源三郎也恢复到和弟弟同在岩柜生活时的心态。

不仅如此，在誓死战斗之后，源三郎的变化更大。

虽然性格还是一如既往地沉着，可在父亲昌幸的眼里，这位长子看来似乎长大了一两圈，成熟了很多。

源三郎信幸虽仅二十，其稳重的举止却让家臣觉得他就是一位英姿飒爽、威风凛凛的大将。

源三郎曾对矢泽赖康说道："这次侥幸逃生，我真有脱胎换骨之感。"而且——"对父亲的内心和弟弟的心情，以前我无论怎样想都总有难以理解之处……可是，现在就像仰望黎明前的天空一样，我万事都能想明白，都清晰明了。"

矢泽赖康一言未发，只是深深地颔首附和。这些话暗示了日后的源三郎将会如何度过那漫长的岁月。

神川一战，源三郎从左肩到手腕受了很深的枪伤，据说血肉被剜了出来，露出了骨头；而昌幸和源二郎却几乎一点伤都没有。

最惨的是樋口角兵卫，全身有大小十七处伤，脸上被敌人的长枪从下面刺中，从左颊到耳朵一片血肉模糊。纵然如此，他亦未躺下休息一天。

真田昌幸感慨万分，对祢津长右卫门说道："都没见他痛苦呻吟……这等勇猛，我闻所未闻。"

想到角兵卫的待遇，昌幸主动提出："他发挥了如此大的作用……"家臣们对此均是默然同意。

反倒是角兵卫出奇平静，只在上田城内讨要了两间小房，让五名浪人贴身照顾，安静地生活着。

昌幸曾几次问他："离开上田的这段日子，你都在哪儿，如何度过？"可不管昌幸怎么问，角兵卫也只是傻笑，从未清楚地回答过。

"这是怎么回事？"昌幸问源三郎。

他收到的答复是："父亲您就随他去吧……"

题外话——今后，作者决定以真田信幸、幸村之名，来继续源三郎、源二郎兄弟的故事，这也符合兄弟两人以后的生活，毕竟他们都是大人了嘛。

第二章 花烛

第壹话

上田合战之后，事态开始朝真田家意想不到的方向发展——不是朝着不好的方向，而是好的方向。

这一切都缘自安房守真田昌幸成功击破了来犯的德川大军，让世人目睹了他的实力。安房守昌幸和信幸、幸村两兄弟及家臣们都沉浸在胜利的喜悦之中。当然，他们都知道事情绝不会就此结束。

表面上固然是打败了德川军，但那不是总大将亲自统帅的大军。若德川家康倾全力攻打上田，定要惩治真田昌幸而后快的话，真田家只有败亡一途。

家康绝不会就这样放过真田家的。

为了保住上田，真田昌幸将手中所有的牌都打完了。因此，一旦家康亲率大军来攻，昌幸觉得："只靠我们自身的力量，无论如何都赢不了他。"

事实上，家康正在周密部署，准备再次攻打上田。

小田原的北条氏直对沼田的进攻亦以失败告终。

双方若不能齐心合力，就无法夺取上、信两州——认真思索之后，家康和氏直巩固了家军的同盟关系。

打了胜仗，真田昌幸很是高兴，却没功夫以此为荣、欢庆祝贺，而是立刻动手修筑上田城，并加强城寨各处的防备。

此刻，昌幸最留意的是越后上杉景胜的态度。他把爱子幸村送到春日山城当人质之后，上杉景胜竟命人传话询问："我很喜爱源二郎公子，能否让他出仕上杉家呀？"

随后，景胜真的在信州的川中岛一带，给了幸村接近一千贯的食邑。真田昌幸高兴之余，亦颇宽心，遂赏赐矢泽赖康、海野喜兵卫、望月主水等家臣约百匹骏马，让他们去春日山执勤。

看到昌幸果断回报的诚意，上杉景胜对幸村说道："我真没想到你父亲是如此大度、爽快的男人。"

武田家灭亡后，景胜目睹了真田昌幸的谋略和他不拘常理、变化莫测的战术，这让景胜对昌幸一直抱有疑心。

上田合战的次年秋季，越后的新发田治时勾结会津的芦名盛重，背叛了上杉景胜。彼时，矢泽赖康率领一百名上田骑士，来到了上杉军的阵营，活跃于攻打新发田的战场之上。

上田方面的英勇奋战，使景胜对真田家更信赖了，他因此特意向沼田的萨摩守矢泽赖纲致信感谢，内云："令公子三十郎赖康亦来参战，其英勇果敢让我倍感高兴。他是众骑士中最斗志昂扬、威风八面的一员。特此致谢。"

景胜让幸村陪伴左右，舍不得有片刻离开。幸村亦很敬重景胜，上杉氏的家臣对幸村更是亲切友好，这一切都让幸村感觉不错。他给哥哥的信中曾说："不曾想，这里竟是如此舒心……"

　　而当时看信的信幸，只怕根本没想到日后竟会迎娶德川家康的养女吧！这对当时的信幸和其父、其弟而言，是绝不可能的事。

　　这段姻缘是由家康方面首先提出来的。

　　何以如此，首先要说说导致德川家康心境巨变的缘由。而其中最重要的一点，就是羽柴秀吉的急速进展——四国的长宗我部元亲彻底归顺秀吉，平定了四国的秀吉被天皇封以"关白"一职。"关白"是朝廷内的首辅大臣，天皇肯授以如此职位，意味着秀吉的势力在京城内已然不可动摇。

　　秀吉为了得到侍奉天皇臣子的身份，不惜耗费巨资，四处活动。给他极大帮助的是右大臣——菊亭晴季。

　　前文对菊亭晴季曾有介绍：此人有若干女人，孩子也多，真田昌幸之妻典子（山手殿）和其妹久野（樋口角兵卫之母）便是菊亭之女。

　　在菊亭晴季的帮助下，秀吉成为廷臣近卫前久的养子。得到藤原姓氏的羽柴秀吉摇身变成藤原秀吉，坐上了关白的位置。

　　可是，藤原一族却在背后议论纷纷："怎能将藤原之姓赐给那样的暴发户……"反对者大有人在。因此，秀吉心生厌恶，于次年的天正十四年，成功地让天皇赐予他"丰臣"之姓，升任太政大臣。

　　如此一来，谁都无法指责秀吉替天皇治理天下的事情了。再跟秀吉对抗，将是何等愚蠢——德川家康当然心中有数。

　　而且，菊亭晴季和秀吉往来甚密，真田家和秀吉的关系自然会随着这些事情更加亲密。

　　菊亭晴季既然将两个女儿都嫁到了真田家，想来定是早有安排……

　　因此，德川家康决定不再攻打上田城了。

第贰话

　　自此以降，"羽柴秀吉"就要改称"丰臣秀吉"了。

　　他不仅继承了故主织田信长的威风，更被天皇和朝廷委派处理天下之事，获赐无上权力——秀吉的成就若此，岂容家康忽视？

　　秀吉曾奢望将军之位，但"征夷大将军"须由身具源氏血统之人出任，秀吉曾因此向那位寄居中国地方毛利氏篱下的前将军足利义昭求助："请收我当养子吧！"却被义昭拒绝，所以他放弃了将军之位，转而瞄上"关白"一职。

　　平定四国之后，秀吉又成功降服了北陆的佐佐成政。短短两年内，曾对织田信雄、德川家康百般顺从的四国的长宗我部和纪州的根来、杂贺党人，甚至北陆的佐佐成政，全部归顺了秀吉。

　　不仅如此，就连织田信雄都完全变成了秀吉的手下，佐佐成政就是由他说项，才得以归顺秀吉。以前，佐佐成政一直和秀吉对抗，曾翻山越岭、克服重重困难和家康联手，这使得家康完全不能接受这一事实。从这件事情开始，家康对争夺天下一事渐渐灰心了。

秀吉缓缓推进，一点点孤立家康，不免让人觉得家康行将败亡。

秀吉曾派织田长益（信长之弟）担任使者，向家康带话："望你速来大坂。"那意思当然是要家康前来大坂问安。家康如若应下，就意味着他归顺了秀吉，要听从秀吉指挥。结果，家康反驳道："我岂会去那种地方啊？"

纵然如此，那之前的家康亦有意同秀吉讲和。他接受秀吉的要求，把十一岁的次子于义丸送去当了养子。所谓"去当养子"云云，当然只是表面上的说法，实际上无疑就是去当人质。然而，当秀吉的使者织田长益提到这件事时，家康却说这两者不是一回事，始终没有点头答应。听到家康的回话，丰臣秀吉没有动怒，只微微苦笑道："这老顽固……"

不是以归顺的形式，而是用别的方式……说穿了，就是要由秀吉"请求"家康，家康才勉强和丰臣家和解，否则便有损德川氏的名誉。无论如何都要坚持这一点的家康的心思，被秀吉看得明明白白。

"既然这样，那好吧。"秀吉说道。

反正都这样了，索性忍下去吧……秀吉盘算着，这总比兵戎相见、损兵折将要好吧。而且，秀吉觉得这很有意思。秀吉本来就不好战，不到万不得已便不会动兵。若只能和对方武力相见，就尽量避免流血牺牲——这是秀吉从年轻时就坚持下来的原则。

秀吉对家康的怀柔政策远远不止这些，他甚至提出："欲把吾妹嫁给家康。"

家康的长子信康因有勾结武田家的嫌疑，被织田信长下令切腹，这完全是拜家康的妻子筑山殿所赐。从那以后，家康身边就没有了堪称"正室"的女人。

秀吉瞅准这个机会，想把他的小妹朝日嫁给家康。说是小妹，也已四十有余——朝日是秀吉同母异父的妹妹，早年曾嫁与尾张中村的一名普通百姓。随着哥哥秀吉的发达，朝日夫妇俩也跟着乌鸡变凤凰。其夫离世之后，朝日又经历了再婚和三婚，目前的夫君是秀吉家臣——副田甚兵卫。

换言之，秀吉打算让朝日和副田甚兵卫离婚，以便把朝日嫁给家康。听闻此事，德川的家臣都是义愤填膺："欺人太甚！"

这的确太惊人了。

哪知德川家康权衡再三，竟冒出一句"可以"，答允了秀吉的请求。

家康不会轻易向秀吉称臣，却唯恐两人的关系继续恶化下去。

"我接受你的要求，但我有个条件。"家康向秀吉提出，就算日后跟朝日生下男孩，但是——"我的嫡子始终是三子秀忠，德川家的家业全由秀忠继承，这点尚望谅解。"

秀吉听后，欣然说道："这是当然的嘛。"立刻同意了家康的条件。

天正十四年五月，朝日在千人的陪同下从大坂出发，远嫁滨松的德川家康。新郎家康四十五岁，新娘朝日四十四岁。这对新婚夫妇将如何度过他们的新婚之夜？作者表示难以想象。

和朝日完婚之后，德川家康立即宣布要攻打真田家，赶赴骏府准备出阵。

争强好胜的家康让丰臣秀吉大感苦恼："真是个不知消停、时时让人烦恼的家伙。"

可秀吉又不能置之不顾，只得准备出面调解德川和真田两家的矛盾。

秀吉首先派特使来到上田："时至今日，你若再跟德川开战，我将情何以堪？我就是不愿天下再起战事，才和德川联姻。若德川再次攻打上田，这于我无益，也于你无益，更对德川三河守大人不利——这道理自必人人皆知。我秀吉如此向你叮嘱，绝不是有何私心，这一点希望你一定理解。否则，我将会非常为难。望你再忍耐一段时间。总之，希望你能先向三河守低头认错。当然，我会为你们真田家考虑，日后定会为你们主持公道。我自有分寸，请你们放心，万事包在我身上。我绝无害你之心。"

这番话确是秀吉的肺腑之言。若失去了秀吉的庇护，就同时失去了上杉景胜的庇护。那样一来，真田家的存亡更会前路难测……

这一点，昌幸并非不了解。所以，他答复道："我听您安排。"

确定了昌幸的心意以后，秀吉又派使者面见骏府的德川家康："安房守昌幸说他愿意归顺你。就由我来帮你们从中调停吧，我绝不会做让你和北条家丢面子的事。这件事，就交给秀吉来办吧！"

既然秀吉这样说了，德川家康只得听从他的建议。不——或许可以说，家康其实一直在等待秀吉说出这话。

家康对真田昌幸是绝不会善罢甘休的，但若由丰臣秀吉出面调解，让真田家主动低头，家康自然就大有面子了。当然，真田昌幸必须接受家康和北条父子提出的条件。既然是丰臣秀吉从中调停，想来他一定会说服昌幸接受。因此，家康离开了骏府，返回滨松。

在调停德川、真田两家的矛盾之余，秀吉屡次向家康提出："希望你来大坂一趟。"但家康依旧不答应。

丰臣秀吉决定动用杀手锏了。若家康再度冥顽不化，只怕他接下来便会兴兵讨伐！

第叁话

昌幸万没想到，才刚刚归顺德川，家康就提出要招信幸为婿。

不到万不得已，丰臣秀吉不会使出这招杀手锏——把生母大政所送到家康身边。

秀吉的意思就是："如果你无法完全相信我秀吉，我就把亲生母亲当人质送到你那里吧！"

这孤注一掷的办法遭到了其弟——朝日的亲哥哥丰臣秀长——和其他重臣的强烈反对。

对此，秀吉斥责道："不，三河守不会加害我的母亲。他绝不是这样的男人。"

秀吉不认为家康是如此蠢笨的男人。虽然他不担心家康会加害他的母亲，但如此屈尊讨好家康之后，自身颜面何在——这让秀吉很是苦恼。

不是秀吉害怕家康，而是秀吉谋求天下统一。秀吉不想花费太多精力来对付家康这样的劲敌——"武攻不如智取。"

近期，秀吉要平定整个九州。

思量一番，下定决心后，丰臣秀吉面见生母，试探道："若让您搬去冈崎一带，就能见到朝日了。不知您意下如何？"

天下尚未真正太平，大政所当然思念嫁给了德川家康的小女儿。

"大政所"是对关白生母的尊称。秀吉母亲的真名是阿仲。她本是尾张国爱知郡中村的普通百姓，嫁给织田家走卒木下弥右卫门，生下一男一女，便是秀吉和其姐智子；夫婿弥右卫门离世之后，阿仲跟织田家的茶艺师筑阿弥再婚，又生了一男一女，便是秀长、朝日。

阿仲年轻时吃尽苦头，历尽苦难把孩子们抚养成人，做梦都没想到和前夫所生之子藤吉郎竟会从织田信长的仆人——最底层的走卒——出人头地，成为一统天下的英雄。

阿仲对孩子无限疼爱，和秀吉之妻宁宁（北政所）关系融洽，两人齐心协力，为秀吉的飞黄腾达提供一个安定的"后宫"环境。

数年后阿仲病故，秀吉万分悲伤，痛哭流涕，竟致昏厥。

正因大政所心思细密，所以当秀吉提议她去见朝日时，她并非不知这意味着什么。然而，她却装出了满怀欣喜的样子，说道："是吗？这样啊……能让我去吗？"

"您能为我去吗？"

"嗯，我很愿意前往。"

"母亲……万分感激您！"

秀吉双手伏地，良久没抬头起身。

当秀吉将这一决定告知滨松方面时，德川家康大吃一惊，暗暗惊叹："秀吉竟能做到这个份儿上……"

秀吉如此看重家康，给了他如此大的面子，家康自无法再做他想。

他彻底丧失了对秀吉的斗志。

或许可以这样说吧——只因此事关乎日后的尊威，所以家康才这样维持自身脸面，不断试探秀吉的反应，而同时也在等待跟秀吉和解的机会。

大政所一行从京都出发，五天后就抵达了冈崎城的城门。

让人没有想到的是，为了见到日思夜想的母亲，朝日一行也从滨松出发，到达了冈崎城。

七十四岁的母亲和四十四岁的女儿各自下轿，在众人面前紧紧相拥，喜极而泣。

恐怕只有丰臣秀吉的母亲和妹妹才能做出这样的举动吧！她们身上没有身为最高权力者家人的虚荣和霸气，会自然而然让人感知很久以前尾张村落里那过着贫穷生活的母女亲情。守候在一旁的德川家臣及跟随大政所而来的秀吉家臣均都为此动容。

在这之前，德川家有人还说到冈崎来的不会是真正的大政所，或许是冒牌顶替之人。可是，即便是有这种想法的人，看到此刻母女两人重逢的情景，原先的疑惑也会烟消云散。

德川家康出城隆重迎接大政所，同时昭告天下他将会接受秀吉邀请，前往大坂城。

家康到达大坂后，秀吉无比热情地接待了他。第二天在大坂城内的正式谒见时，当德川家康出现在诸大名云集的大堂，行叩拜之礼时，丰臣秀吉威风凛凛地大声宣读道："权中纳言——三河守德川家康上京觐见。"

前夜，秀吉还曾满面笑容地现身家康的住所，恭谦地称呼"中纳言大人"，不断取悦、讨好家康。大殿之上的秀吉和昨夜判若两人，让人觉得无比威严。家康受此感染，老老实实地宣誓效忠天皇。

众所周知，此前的家康让秀吉很是苦恼，竟致他将生母当人质送去。而家康既然决定上京，就不会再动摇了。

秀吉不愧是秀吉，他请天皇同时赐予其弟秀长、家康两人"正三位"的位阶，并以方便家康去京都为由，在京都的内野地区选择良址给家康兴建府邸，又以维护房屋之名，将近江的三万石赠与家康。

这真是无微不至的关怀。

今日的秀吉，和织田信长在世时在安土城见到的秀吉，早已是截然不同的两人。家康历经世事，固然成熟甚多；但秀吉更成了一个让人不敢相信却又无法忽视的举足轻重之人。来到大坂的家康对此深有感受。

德川家康从大坂回到冈崎后，立刻命井伊直政护送大政所回到丰臣秀吉身边。然后，这一年的十二月四日，家康搬进了早前日夜赶工的骏府城。

骏府由此变成了德川家康的本城。

丰臣、德川两家完全和解，安房守真田昌幸亦下了决心："如此一来，只能拜托关白殿下了。"

秀吉为了安慰家康，告之："真田是个不容忽视的人物，你可从速讨伐他。"此话同样传给上杉景胜，还故意将此消息传到了家康的耳朵里。

为此，真田昌幸一度大感不安，可秀吉、家康和解后，还未等秀吉发令，上杉景胜就秘密派使者面见昌幸，捎来口信——这只是关白殿下为使德川就范之举，你不必担心。

而后，丰臣秀吉通知真田昌幸："你、小笠原贞庆、木曾义昌，以后都要听从德川三河守的调度。"

真田昌幸虽然极不情愿，蹙眉苦恼，却不能违抗秀吉的命令。

于是，天正十五年的正月初七，昌幸携长男信幸来到骏府城。

此时，一件意想不到的事情降临到二人头上。

当日听闻德川家康和朝日完婚，真田昌幸曾嘲笑他："哎呀呀，这边刚打完仗，那边就迫不及待地举行婚礼。德川迎娶四十多岁的新娘，这场姻缘多么令人羡慕……"

昌幸万没想到，才刚刚归顺德川，家康就提出要招信幸为婿。

第肆话

"我既不高兴，亦不痛苦。父亲大人，我们现下唯有接受。"

德川家康在和丰臣秀吉和解不久，就有了一个想法——最好和真田家的一位公子结下姻缘。

家康对安房守真田昌幸毕竟是无法释怀，尤其真田家是接受了秀吉的调停，无奈之下才会屈服，这就更让家康不放心了。所以，他打算将养女嫁给昌幸的某个儿子，借联姻来加强对他们的支配。

昌幸的小儿子幸村目前在上杉景胜那里，家康唯一的选择就是大儿子信幸。通过这次上田合战，家康多少了解到了信幸的英勇和人品。

"这当然好。"

家康把这一想法说给信得过的几个重臣，得到了他们的赞成。接下来，就是挑选可做信幸之妻的女子。

结果是本多平八郎忠胜之女——稻姬。

"能胜过家康的只有两件东西，唐盔和本多平八。"

被天下盛赞的本多忠胜，可以说是德川家的招牌。

本多氏系出丰后（大分县）地区，南北朝时移居尾张，其中部分族人定居三河，从本多忠胜五代前的本多助时开始，他们成了德川家的家臣。

就这样，他们世代跟随德川家，是德川家最忠诚的臂助之一。

据说本多平八郎忠胜生于天文十七年，时年四十岁。

忠胜陪伴主人家康，面对过武田、织田、北条等强敌，为了保卫领土，他出生入死四十多场恶战苦战，是位久经沙场的勇将。

其女稻姬还只是个十五岁的妙龄少女，可家臣们都觉得她不愧是本多平八郎的女儿，是个深得大家喜爱的成熟、听话的孩子。

家康意欲将稻姬收为养女，嫁给真田信幸。

"不知安房守你意下如何？"

家康提出这件事时，真田昌幸既不觉得庆幸，也不觉得高兴。

可是，他无法拒绝。

以任何人的立场看来，这都会是一件让真田家欣喜万分的姻缘，他们没有任何理由拒绝家康的好意。

如果家康只是说要把本多忠胜的女儿嫁给真田家，昌幸就能以"真田家的继承人不能娶家臣之女"为由，推掉这门婚事。

但家康似乎就是算到了这一点，才会以养女之名，将稻姬嫁给真田家。

真田昌幸无法拒绝。如果拒绝，好不容易达成的两家的和解就会蒙上一层阴影。

然而，昌幸没有掩饰他的为难之色，答道："请允许我们考虑一下……"然后就和信幸一同去了设在骏府城内的住处。

深夜，屋内只剩昌幸、信幸二人。

昌幸问道："信幸，你听到了吧？"

"结亲之事？"

"对。"

"我没想到……"

"你的意思呢？"

"我觉得可以接受。"

信幸没有犹豫，回答得很干脆。

"真的可以？"

"是的。"

"娶三河守的养女为妻，你高兴吗？"

"我既不高兴，亦不痛苦。父亲大人，我们现下唯有接受。"

"嗯……"

"难道，您打定主意要回绝？"

"不……"

几经三思，结果只得接受。

"既然如此，索性就欣然接受好了。"

信幸如此说道。

"那……就这么办吧。"昌幸无力反驳。

"父亲大人……"信幸会心一笑，"幸村之妻，父亲大人可要赶紧先选个中意的女子才行。"

"那当然了。"昌幸一脸不甘，"但我真没想到你会答应得如此痛快。"

昌幸所期待的，大概是满脸愁容的信幸黯然表示："虽然我不愿意，但眼下别无选择……"

和家康一样，昌幸再次感觉信幸是个深不可测的家伙。

话说……德川诸将看到和家康面对面的真田父子，先不说他们对安房守昌幸的评价，当他们亲眼目睹昌幸长子信幸处变不惊、威风凛凛的态度和言行之后，纷纷感叹："此人绝不像个二十二岁的愣头小子。"

本多平八郎忠胜更对家康说道："我很喜欢这个孩子，假如小女能嫁他为妻，我愿意双手伏地，叩拜他表示感谢。"

次日，真田父子面见家康，同意了这门婚事。

家康顿感心情无比舒畅。

和本多忠胜一样，家康对源三郎信幸很是满意，凭直觉认定："这孩子可以信任。"

家康赠与信幸宝刀一把、骏马一匹，对信幸的喜爱溢于言表。

真田昌幸对此却不甚高兴，眼看着长子笑容满面地回答家康和忠胜的问话，他心中愤愤不平——"臭小子，你老爹我都没见过你这张笑脸！"

这让昌幸更盼望能早日和幸村一起生活在上田城。

"我们要庆贺一番。"德川家康很是高兴，当晚举行了盛大的宴会，给昌幸和同来的家臣们一一赠送礼物。

宴会上，昌幸突然向家康提出，骏府都来了，不如再前往大坂去谒见关白殿下……

昌幸是想经由家康引荐，见秀吉一面。

第伍话

真田昌幸对德川家康致谢道："您宽宏大量，对我既往不咎，我深深被您折服。碰见了您，真是我的毕生幸事。"接着便将话题引到了千方百计调停德川、真田两家矛盾的丰臣秀吉头上，"如若有幸，真想当面向他道谢……"

家康笑道："安房守真擅长讨价还价。"

"不，哪里哪里……"

"只有我三河守见你，你还不放心，是吗？"家康抓住机会，居心叵测地嘲笑昌幸。

昌幸没有反驳。

结果，家康派家臣酒井忠次赶去大坂，替昌幸在秀吉面前美言一番，末了说道："希望您能接见一下安房守……"

真田昌幸此前从未见过丰臣秀吉本人，甚至都没听过他说话。他虽然只对秀吉有所耳闻，但对如今一统天下的秀吉，昌幸仍希望能亲眼见上一面。这也是昌幸离开上田后，一直抱有的想法。

倘若德川家康不帮忙引荐——"无妨，我会一个人前往大坂，总之一定要见见关白殿下。"昌幸曾如此对信幸说道。

昌幸本打算先去骏府，再去大坂，返回上田的途中再顺便去趟沼田。实际上，他是想悄悄去一趟上州的名胡桃城，去见见久未谋面的阿德，还想看看他和阿德所生之女……

经由丰臣秀吉的调停，真田和德川、北条达成和解，眼下可说天下太平，风平浪静。

如此一来，昌幸就不能再将正夫人山手殿久置岩柜城了。假如山手殿夫人搬来上田，就不能再将阿德迎至上田。所以，昌幸打算把她安置在沼田城。

和德川家康见面的次日，真田父子便要奔赴大坂。离开骏府的前夜，信幸和父亲昌幸同床共枕，突然说道："父亲大人，您拿好主意没有？"

"你说的主意，是指……"

"嗯。"

"说具体些。"

"沼田之事。"

"沼田？"

"这样下去，恐怕不行。"

信幸说得干净利落，一下子击中了昌幸的要害。这正是昌幸不想被别人说到的事……

虽然目前跟德川、北条两家达成和解，但具体的和平条约尚未完善。昌幸将一切都交给了丰臣秀吉，如果秀吉要他交出沼田，昌幸只能从命。

德川、北条两家，以后定会陆续对真田家开出他们的和解条件。

不知道秀吉届时会不会再度出面调解——他眼下正忙着整编大军，着手平定九州，据说其先锋部队早就向九州进发了。

因此，真田家和德川、北条两家的调停能真正开花结果，得等到秀吉平定了九州之后。

那时，会怎样呢……

德川家康和北条氏政、氏直父子会向真田家提出怎样的要求？

虽然德川家康动兵攻打了上田，但真田昌幸根本没有失去北条父子一直偷窥的沼田城，所以他们肯定会要求真田家交出沼田。

当然，他们一定会有备而来。一旦真田家不答应他们的条件，他们就会提出顶替沼田的备用地区。

总之，既然关白丰臣秀吉介入了他们之间，他们就一定会用适当的手段来争取沼田。

到了那时，昌幸唯有答应一途。

信幸所言"拿好主意没有"指的就是这件事情。

"唉……"安房守昌幸背对着信幸，喟然长叹。

"父亲大人……父亲大人？"

"嗯……"

"您打算怎么做呢？"

"别说了。"

"啊？"

"我心里有数。"

为了保卫信州小县郡的领土，真田家必须在邻国上州的一角控制一座城镇。

　　而"沼田"正是那绝好位置的城堡。为了得到沼田，真田昌幸从服侍武田家那时开始，就处心积虑。家臣们多次浴血战场，才终于据为己有，而且誓死保卫直到今日。

　　如此看来，阿德母女暂时只能继续住在名胡桃的铃木主水处了——昌幸暗暗寻思着，良久仰望着卧房上面黑黑的天花板。

　　信幸不再说话。

　　"对了……"安房守昌幸突然喊道，"信幸，信幸？"

　　"我在，什么事？"

　　"就算交出沼田，也绝不能把名胡桃交给他们。"

　　这次，信幸没有回答，他对父亲的这个愿望有些担忧——"果真能实现吗？"

　　"不能交出去，绝不能把名胡桃交给他们！"

　　这句话，昌幸重复了好几遍。

　　信幸知道这句话里包含了父亲无比坚定的决心。

　　默然片刻之后，信幸答道："父亲大人，不管怎样，我们都不会把名胡桃交出去的。"

　　"咦……"昌幸急忙坐起身来，"你也这样认为？"

　　"是的。"

　　"但这样的话，我们和德川、北条恐怕会再起战事。"

　　"是的。"

　　"纵然你娶了本多平八郎之女为妻，也没关系？"

　　"是的。"信幸点头看着父亲，双眼在微暗的烛光中闪着光芒，"如果我们交出沼田，名胡桃就成了我们真田家俯瞰上州之地唯一的眼睛了……"

　　昌幸摸索到信幸床边一侧，抓住静静坐在床上的信幸的双臂，猛然摇晃道："说得好。好，你说出了我的心里话，信幸。"

　　他的话音里有着无法抑制的感动。

　　信幸一时愣住，他从未和父亲如此亲近。

　　父亲经常亲近幸村，但信幸印象之中，他自年幼以来，甚至都未曾被父亲抱过。

　　"父、父亲大人……"

　　"信幸……"

　　两人同时喊着对方，四目交投之际，安房守昌幸有些尴尬，忽然松开了握着信幸手腕的双手，莫名其妙地连连点头，回到床边躺了下去。

　　信幸也有些害羞地背对着父亲躺下。

　　昌幸闭上双目，默然不语。

　　也不知现在是几时几刻。

　　时间过得多么慢啊，简直像是停止不动了。

　　信幸有些困了，然而——

　　"嗯？"他隐约听到父亲昌幸轻轻嘀咕，一下子又清醒了。

　　"我明白你的心思，我很高兴，你放心吧。"

　　父亲的此番低语，他听得清清楚楚。

第陆话

德川家康搬至骏府城后，亲自指挥城防建设。昌幸去时，家康正在大兴土木，修建二丸的城墙战壕。

"果然不同凡响。这里的城墙建设、内部结构比我们的上田城大了两三圈呢。"真田昌幸忍不住脱口赞道。

可是，当他来到大坂，亲眼看到丰臣秀吉的本城时，竟惊得哑了。

昌幸极度惊骇——而且，大坂城尚未竣工。

秀吉就住在城内的居馆，昼夜不停地修建城防。

有关大坂这片土地和大坂城的演变，不妨留待日后细说。

秀吉所兴建的大坂城，其规模之宏伟，就算我们立刻去大阪①看看，对比一下以前的大坂城规划图，便不难窥其一斑。

目前的大阪市和东京都一样，虽然历史的痕迹都被林立的高楼大厦和车辆的噪音遮盖，城市的规模和地形却没有任何改变。

---

① 日文"阪"是"坂"的异体字，以前用的都是大坂，直到1868年明治维新后成立的新政府设置"大阪府"（府厅：大阪市）才定下"大阪"这一现行名称。

秀吉来到大坂且决定以这里为大本营之后，日夜不停地施工，着手兴建城防，兼顾城内的局部设计，前后用了七年时间方告竣工。

大坂和濑户内海相连，几条河流经此处，使这里成为海陆交通的要冲之地。早在奈良时代，圣武天皇就把都城建在淀川和大和川下流的冲积地带上，称为"难波京"。

后来，大坂一度被唤做"石山"，建立了本愿寺①的总寺院，驻扎军队以阻挡织田信长的进攻，尔后不敌落败，被迫撤往纪州，这座城自然就归了信长所有。信长死后又由小牧·长久手之战中不幸战死的池田恒兴接管。

丰臣秀吉依托旧城，建成了一座"三国无双之城"——所谓"三国"，指的是日本、中国和印度。

大坂城方圆十二公里，最宽阔的城壕可达七八十米。城郭用坚固的铁门和石墙构筑而成，石墙则由无数巨大无比的石块堆积而得。

五层结构、八层阶梯高的天守阁已然竣工。据说，那是秀吉从各地招来六万甚至八万名劳役，用了一年时间才建设完的。

大坂并不出产石头。因此，秀吉让大坂附近的大名们分别负责开采和运输石料。听说每天都有两三百艘大船——有时甚至会有上千艘，满载着石头驶进天满川。

当丰臣秀吉带真田父子参观他引以为豪的天守阁之最高层时，就连一向冷静的信幸都看得目瞪口呆。不管昌幸和他说什么，信幸都一味点头附和。在大坂停留的这段时间，信幸几乎没跟父亲及同行的家臣们开口讲过话……

---

① 日本佛教净土真宗之本愿寺派。

从大坂回来的路上，真田昌幸顺便拐到名胡桃城，给久违的阿德讲了他在大坂的所见所闻。

"屋檐的瓦都贴着金箔。"

"是吗……"阿德笑了，不太相信。

"我的样子像撒谎吗？"

"您不是常常对我撒谎吗？我都习惯了。"

"别再说这些蠢话了。"

"是，是……"

"墙壁也是金的。"

"嗯……"

"天上的鸟都是金的。"

"您说的都是些什么事啊……"

"别笑，我说真的呢。"

"是，是。"

阿德根本没见过什么天守阁。沼田城也好，上田城也好，都没有天守阁。

世上竟会有八层阶梯高的建筑——阿德连这个都觉得不可思议。

"跟你说这些，简直就是对牛弹琴。"

昌幸最终也没了兴致。

四岁的女儿於菊睡在他和阿德中间，三人同床共枕。

真田昌幸在来名胡桃之前，先去了趟沼田城，和城代矢泽赖纲见了一面。

“我碰到头疼事了。”昌幸向赖纲诉苦。

“怎么？”

“关白殿下见到信幸，问这年轻人是哥哥还是弟弟。”

“哦……”

“我回答说是哥哥……”

哪知丰臣秀吉接着竟说：“把他给我留在大坂。”

秀吉如此对昌幸说道：“安房守啊。无论如何，我都会把你一个儿子留在大坂。不如现在就把这个老大给留下吧？留下来当我的手下，我会带他一同西征九州，教给他如何带兵打仗。”

秀吉似乎非常中意源三郎信幸。

昌幸没有办法，只好向秀吉禀明信幸和德川家的婚约之事。

秀吉听罢苦笑了一下，说道：“三河守下手很早嘛。”继而提出，“既然如此，那就把弟弟送来这里好了。”

“源二郎啊，前阵子去了越后的春日山……”

“噢……在上杉那儿啊？”

“是的。”

“这样啊……”秀吉思考片刻，说了一句，“没关系。”

“关白说‘没关系’是……”

“上杉是我的手下。你送到上杉那里，就等于送到了我这里。不，应该是送到我这里更能显出你的诚意，对吧？你觉得呢？”

秀吉说得不无道理。

他肃容命令昌幸——你把我的话转告少将（上杉景胜是从四位下的少将），让他速速把幸村送来大坂。

第柒话

丰臣秀吉又对真田昌幸说到平定九州之事。

"本就是水到渠成之事，最晚夏天就可平定。我离开的这段时间里，就先让源二郎幸村来大坂任职吧。"

昌幸以为秀吉会向上杉景胜说"让源二郎来大坂"，但事实似乎不然。秀吉能成为如此了不得的人物，足以说明他是个让人难以捉摸的老奸巨猾之人。

德川攻打上田时，秀吉一方面命令上杉景胜助真田一臂之力，同时又暗中捎话给德川家康："真田这家伙表里不一，你万万不可掉以轻心。这次你可别手软，一定要彻底将之消灭才行。"

秀吉就这样不断观察上杉、真田、德川及关东北条父子的动向，以便让事态逐渐朝希望的方向发展。真田昌幸忍不住赞叹秀吉那高明的手段："真让人眼花缭乱。"

而且，秀吉没有亲自出面，只是巧妙利用其日益壮大的威势，不断操纵诸国大名。纵然如此，昌幸亦曾对沼田城代矢泽赖纲说："我很喜欢关白殿下。他有些地方和我很像。在大坂，我亲眼看到他的面容，亲耳听到他的声音以后，我更加佩服他了。"

秀吉评价昌幸是个"表里比兴者"[1]——"人都有正反两面，这家伙尤其深不可测。"

秀吉似乎盘算着："若把安房守的次子放在越后的上杉身边，倒不如喊来眼皮底下。信浓就挨着越后，安房守没准会夺回幸村。"

但秀吉又不能直接对上杉景胜说："把幸村送来大坂如何？"那样的话，会让人以为秀吉对上杉犹有顾虑。

以前跟随故主织田信长之际，秀吉就被委派治理西国。信长横死本能寺之后，秀吉和毛利家停战、和解，火速率大军杀回中央，讨伐了叛将明智光秀。

秀吉所说的"西国"包括四国、九州和中国地方，其中的四国和中国地方很早以前就是他的囊中物了。

秀吉先和中国地方的毛利辉元讲和，待消灭了柴田胜家之后，就正式跟毛利家缔结了盟约。

而小牧·长久手之战后，秀吉又平定了四国。

就这样，秀吉从信长时期就开始的针对中国地方和四国地区的苦心经营总算开花结果，很快就平定了这些地区。

眼下，九州的诸大名慑于形势，大都归顺了秀吉。只有九州南端萨摩国的岛津义久尚未来降。

萨摩是日本最南端的一个小国，距离中央非常遥远。若进攻萨摩，大军势需翻越重重群山，无疑是极其困难的军事行动。

---

[1] 表裏比興の者，善变、难以测度之人。

“任谁都无法打至此处！”——地理优势正是萨摩自古以来的护身符。

针对萨摩岛津家和丰后的大友宗麟之间的领土问题，秀吉以调解人的身份出面，命他们停止纷争。秀吉曾如此威胁岛津义久："我受任关白之职，我说的话就是天皇之命。"

凭借这把"尚方宝剑"，秀吉使日本从关东到奥州[①]都实现了和平，只剩九州的部分地区尚未平定。

"我命你立刻放下武器。否则，关白丰臣秀吉将奉天皇之命率军出征！"

据说，岛津义久万分恼怒，暗暗痛骂："你个暴发户，几时轮着你说话了！"但他又不得不承认秀吉的威势和实力。

针对和大友的纷争，岛津辩解道："是大友先违背了我们之间的约定，因此我只好跟他战斗。"

而大友宗麟则亲自跑到大坂城向秀吉哭诉。

"既然如此，那好吧。"——结果，秀吉决定远征九州。

正是上述缘由，使秀吉要在平定九州之前，先安抚住德川、北条、上杉这些实力派大名。他介入了围绕真田昌幸引发的纷争，安抚德川家康，对昌幸采取怀柔政策，并最终将其招至门下。

秀吉和家康联手之后，跟家康结盟的北条家就不敢再贸然行动了。

而上杉景胜依旧听从秀吉指挥。所以，此时的秀吉要竭力避免任何会招致景胜不快的举动。

---

① 陆奥国的简称，范围上包括福岛县、宫城县、岩手县、青森县和秋田县的东北一隅；有时亦暗含出羽国——山形县和秋田县的其余地区。

因之，秀吉无法向景胜亲口提出：“将安房守的儿子送到大坂来吧。”

他想让安房守昌幸去讲这句话。

当阿德从逗留名胡桃的昌幸口中听到“让源二郎去大坂”这件事时，面露困惑之情。

此前，阿德甚至不知道源二郎幸村如今身在越后的春日山。

昌幸曾叮嘱名胡桃城的城主铃木主水，不要让阿德担心。他是故意不告诉阿德这件事的。

“我现在十分苦恼。”

“那您打算怎么办呢？”

“只能去求上杉了，我打算亲自去春日山恳求。”

其实，要把这件事说给同床共枕的阿德听，这本身就是一件让昌幸痛苦万分的事情。

想来，上杉景胜一定会发怒的吧。

对上杉景胜而言，真田昌幸一直就是个反覆小人。纵然如此，德川军进攻上田之际，上杉景胜还是助了真田家一臂之力。

如今，昌幸有了大坂城的丰臣秀吉当后台，若一回去就对景胜提出“奉关白殿下之命，烦你将幸村送至大坂”的话，不知上杉景胜会作何感想？

若上杉痛快允诺的话，那未免太好说话了吧。

然而，舍此再无他法。

“阿德，”昌幸抱着依偎身旁的阿德，“你胖了呢……”

“我毕竟生了孩子嘛。”

“不，不是这个原因。”

昌幸的正室山手殿生完孩子后，很快就瘦下来，恢复了以前的身材。

"阿德……"

"嗯？"

昌幸的手很粗糙，无法想象这样一双粗糙的手此刻正极其温柔地悄然从阿德的双乳滑过，抚摸着她的腹部。

"你暂时还要在名胡桃待一阵子。"

"不能回沼田吗？"

"沼田会交给北条。我去大坂时，关白殿下暗示了我。"

"啊……"

"但我绝不会把名胡桃交出去的。这一点，关白殿下也同意了。"

如果阿德母女不能去沼田，那就只好把她们带回上田。这就意味着要让山手殿接受昌幸和阿德所生之女。

幸好阿德生的是个女孩，如果一切顺利的话，山手殿没准会默然接受。

昌幸必须赶快处理完这件事情。

倘若回到上田的阿德又像之前那样遭逢不测，昌幸将追悔莫及。

"你再忍耐些，阿德。求你了，好吗？"

"知道了。"

自从来到了名胡桃之后，阿德似乎是受到铃木主水之妻荣子的感化，说话的腔调和以前大不相同。现在的阿德稳重、温柔，让昌幸刮目相看。

第捌话

真田昌幸在名胡桃住了三晚。

和父亲一同离开大坂的信幸，这三天一直待在沼田城内。在昌幸准备离开名胡桃的当天早上，他率十名骑兵从沼田来到了名胡桃。

这是父子俩分开时约定好的，父子二人在名胡桃集合，一同赶赴上州的岩柜城。

没有人知道昌幸来过名胡桃——山手殿知道樋口角兵卫没有击中阿德。如此一来，她定能想到阿德会被昌幸藏到某处。

前文有云，对当时的大名和武家来说，迎娶小妾委实算不得稀奇之事，而安房守昌幸为何如此介意其正室山手殿呢？只因他"不愿让她为我做下的孽债分心"。

我们且插进一段后话如何——

某日，真田昌幸突然对幸村说："我的私生子不计其数，遍布各地。"

"当真？"

幸村虽然早有感觉，但陡然间闻听此语，亦不禁大吃一惊。

"啊，哈哈……骗你的，怎么可能。"

昌幸对此一笑带过。然而，那以后有很长一段时间，幸村都会忍不住想："那是真的吗？"这着实困扰了他好一阵子。

真田父子离开名胡桃的那天早上，寒意并不如前夜那样逼人，灰色的云层布满了低沉的天空。

出城时，铃木主水的儿子小太郎一直央求信幸："带我一同去岩柜吧。"被信幸昵称为"小白兔"的可爱的小太郎十四岁了。三年前，阿德刚来名胡桃时，小太郎只是个年幼的小毛孩子，如今则已长为身体强健的少年，这让信幸很是高兴。

"小太郎，你成长得很健康嘛。我以后不能再用'小白兔'这个幼稚的名字来称呼你啦。"

"是，我现在能骑马了。"小太郎得意扬扬。

"啊，那太好了。"信幸一脸认真，"那你遵守了诺言。"

三年前，小太郎来岩柜时，还只是个不会骑马、不好武术的温顺少年。信幸对他说过："对小太郎你而言，学习骑马、武术不是为了打仗，而是为了强身健体。为了能成为一个身体强健的青年，你必须要学会这些。如若不然，你就不能和源三郎我谈心、游戏。你也知道，身体不强健，就不会长寿。如果你觉得你死在我源三郎之前无所谓，那你就这样活下去。听懂了吗？"

"听懂了。我不要那样。"

"我说得对吧？"

"是的。"

"那我们说好了，有朝一日再见面，你一定要骑马给我看看。"

“好，说到做到！”

小太郎没有忘记这个约定，一直拼命练习马术。如果名胡桃的家臣们所说不假，小太郎的进益绝对堪称神速。这也是因为小太郎天性适合骑马。如果他不情愿、讨厌骑马的话，不可能进步如此之大。

信幸在父亲准备妥当之前，在城内三丸观看了小太郎骑马。

“果然进步不小……”看完，信幸点头首肯。

小太郎的身体看上去弱不禁风，骑到马背上时却是身轻如燕，可以轻盈灵巧地操纵那匹栗色健壮的骏马。只见他一会儿策马奔驰，一会儿缓步而行，间或驱马后退，掉头反转。

“呦喝……”小太郎看来完全沉浸在了骑马的乐趣之中。

在小太郎刚开始学习马术时，家臣师田赖母曾捎话禀告信幸：“小太郎常常在马厩中睡着……”

“呀……”信幸越发觉得欣慰、高兴。

信幸不明白自己为何会对小太郎如此关心，小太郎则在潜意识里仰慕信幸。这只能说是他们彼此间的因缘……

对照两人后来的人生之路，其不解之缘会更加令人惊叹。

言归正传——

信幸坚决拒绝了央求同往岩柜的小太郎：“这次不行。”

此际，上州的名胡桃城周围地区正充斥着一种紧张气氛。这种紧张是由真田昌幸不能把阿德带回沼田这件事引发的。

在二十余名家臣的护卫下，真田父子从名胡桃城出发。

“源三郎，你的意见如何？”

“您指的是？”

“名胡桃只有区区这点兵力，是否安稳？”

真田昌幸的话音中分明带着一股紧张。

第玖话

安房守昌幸从铃木主水那里听闻北条氏悄悄向上州中山城增兵，一时间不觉大感忧虑。中山城和岩柜城同属吾妻郡，但比岩柜距离沼田更近，该城此时已是北条军的一个基地。

昌幸深知："以北条军的兵力，想要一次拿下两三座那样的小城都绰绰有余。倘若他们真的有意夺取沼田，势必手到擒来。"然而，经历上田筑城和德川来攻这几番苦战之后，真田家总算跟德川家康达成了和解。所以，昌幸不能再向跟家康结盟的北条父子开战。

直到秀吉平定了九州，有空仲裁、调解此事之前，昌幸都不宜鲁莽行事。

名胡桃城主铃木主水之妻荣子，是亡故的中山城主（中山安芸守）所生。后来，安芸守的长男九兵卫实光当上了中山城主。他不敌来犯的北条大军，被敌人夺取城堡，只得寄居小舅子铃木主水篱下。

送阿德来名胡桃时，真田幸村和中山九兵卫曾有一面之缘，当时就觉得此人："是个没有城府的简单之人，怪不得领地会被人夺走。"

中山九兵卫似乎未满四十。真田昌幸这次来到名胡桃，顺便见了见九兵卫。这是两人的第一次碰面，昌幸一下子就觉得九兵卫跟荣子长得很像。九兵卫似乎有些世故，接人待物不阴不阳，向昌幸行礼时却又说不出一句像样的问候话。

——这家伙虽然不停眨眼，却一直盯着我看。

昌幸事后一想，总觉得心头发毛，忽然问道："源三郎，你说我该不该从岩柜调五百士兵去名胡桃呢？"

"这个嘛……"源三郎信幸策马缓行，没有立刻回答。

此时，一行人正沿三国街道往西而去。由此地前行约八公里，从须川河向左拐，走山路到大道峠，再往前便是岩柜。

思索片刻之后，信幸说道："那不如向大道峠的砦增兵吧。"

若此刻向名胡桃增兵，加强当地的防备，搞不好会更加刺激北条家。真田昌幸臣服德川家康之后，北条父子恐怕会觉得沼田、名胡桃甚至整个上州"都可由我们随意掌控"了吧……

纵然不顾虑此事，但北条军一贯都喜欢不守约定、擅自动兵侵略，倘若真田家主动招惹了他们，结果自是殊途同归。因此，信幸才会说："我们要努力克制，别去招惹他们……只要我们牢牢守住大道峠的砦，就算北条军逼近了名胡桃一带，我们亦会平安无事。"

"你说得不无道理。"

但是，昌幸绝不允许北条军来到大道峠至岩柜一线。

"只要守住了大道峠的砦，十天半月之内，名胡桃绝不会落进敌手。"信幸如此说道。

而且，城主铃木主水是位久经沙场的勇将，精通兵法。昌幸对他很是放心。

“好，就这样决定吧。”真田昌幸的疑虑被打消了。

昨夜，铃木主水没对昌幸说一句求援的话，这说明他对名胡桃城的守备很有信心。

“对了，源三郎……”

“嗯？”

“今年秋天，你就要迎娶新娘了啊。”

“是的。”

“你打算把新娘迎到何处？”

“这……”

“又不能去沼田，要不要迎到岩柜？”

“不，我觉得迎到上田本城较好。”信幸表明了他的想法，“但这样就必须让岩柜的母亲和叔母们到上田来了。”

信幸边说边注视着父亲。

“嗯……”昌幸避开了信幸的灼灼目光，“可是，源三郎……”

“您想说阿德母女的境遇？”

被信幸如此径直一问，昌幸登时无语回答。

“嗯……”

“您想说的不是这件事？”

“不，就是这件事。”

信幸微笑着，昌幸却愁眉不展。

“父亲大人……如果，父亲大人……”

“什么？”

“我觉得您可以等母亲和叔母去了上田之后，把阿德母女接回岩柜。”

"啊！"

那样的话，一切都会平安无事。这确实是最好的解决办法，但昌幸一直就没想到。

我最近这是怎么了……

是心里不痛快吧。自己让自己不痛快。

"可是，源三郎，北条不是向关白殿下提出想要岩柜了吗？这该怎么办呢？"

"这样啊……"

"这如何是好？"

"不要把岩柜交出去，父亲大人。"

"但若他们提出，且关白殿下命我们交出岩柜的话，我们该怎么办呢？"安房守昌幸用锐利的目光盯着长子信幸。

昌幸的眼睛炯炯发光，满面通红。

"真是这样的话……"

"这样的话？"

"那我们就再次孤守上田城。"信幸淡淡说道。

一旦事态那样发展，不光北条父子，就连家康、秀吉都会变成真田家的敌人。

上杉景胜更不会再跟真田氏站在同一条战线上。

而且，被送到春日山当人质的源二郎幸村一定会被处死。

年仅二十二岁的长男会有如此深远的思虑，而且有着如此坚定的决意，这是昌幸万没想到的事情。

"所以，父亲大人，我们必须再度加强上田城的守备。"

"这很有必要。"

"可是，父亲大人……"

"嗯？"

"我觉得关白大人不会对我们那么绝情。"

"你这样认为？"

"是的，我想不会。"

和父亲去大坂城谒见丰臣秀吉之后，信幸留下了不错的印象。

"所以，父亲大人……"

"什么事？"

就这样，昌幸被儿子引导着继续谈话。这是昌幸第一次听到信幸如此这般不断说出想法。

"我们必须尽早把源二郎送到关白殿下那里。以后，就要靠源二郎做工作了。"

昌幸猛然醒悟，茅塞顿开。

源二郎幸村被送去大坂当人质，只要他有能力，就能近身服侍丰臣秀吉，帮他办事。这样的话，秀吉就能经由幸村而加深对真田家的了解。如果他对真田家抱有好感，局势将会变得对真田家有利。

幸村虽然只是个二十一岁的愣头小子，可按照他的才能，完全有可能让这一切实现。

一切会如愿进行吗……

"我对源二郎抱有很大的期望，父亲大人……"信幸夹紧马肚，策马前行，赶到队伍的前头渡过须川河。

昌幸不由得拉紧缰绳，驻足不前，嘀咕道："有意思的小子……"

这句话包含了父亲对儿子的喜爱之情。

河水涨了。山间的积雪渐渐消融。

第拾话

他无疑很懂谋略。但他若真的喜欢玩弄权谋，
这三年间，真田家怕是早就消亡了吧。

真田昌幸返回岩柜城后，夫人山手殿变得非常体贴："这次，您辛苦了。"

她的话让昌幸倍感意外。山手殿身形瘦弱，性格却很暴躁。十年来，这位妻子从未对丈夫昌幸说过如此温柔、体贴的话。

直到此际，山手殿才总算领略到了丈夫昌幸这三年来的苦心和他保卫领地的强烈斗志。

"嗯……不，没什么。"

"而我们只能待在岩柜，什么忙都帮不上，真是……"

"别这么说……"昌幸心头一热——你看，若你早有点当妻子的样子，那不就没那些事情了吗？

但若昌幸心头一热，便向山手殿提出阿德之事，只怕时机尚未成熟。十年之前，就是山手殿的一直忍让，使昌幸觉得时机成熟，向她挑明了隐藏在古府中城外的女人，继而提出"想让她住到家中"的要求，哪知山手殿盛怒之下，竟拔出短剑自残。

这让昌幸一直心有余悸。

如果是因嫉妒之情而自残，只说明山手殿对昌幸用情至深。但即便是夫妻二人行鱼水之欢时，山手殿也一如平日，一样的心高气昂，从不让昌幸看到她的赤裸肉体。

当晚，昌幸和山手殿对饮了一盅，酒意微醺的昌幸踏进了久违的山手殿卧房。

这可真是时隔很久了……有多少年没来过这里了？

怀里抱着妻子的身体，或许是太长时间没亲近过，昌幸竟兴致颇高，说道："我说，你……天气暖和了，你就来上田吧？"

昌幸说着诸如此类的话，手摸上了山手殿的胸部，揉搓着她柔软的双乳。山手殿身材高挑，瘦骨嶙峋，并不丰润。可她的皮肤如丝般顺滑，这一点是阿德无法媲美的。

昌幸将嘴巴贴到了山手殿的耳边，低语道："你到上田来吧，好不好？"

"好，我很乐意。"山手殿喘着粗气，那纤细、柔软的左臂羞涩地环绕住了昌幸的脖子。

——咦？

这可是妻子山手殿第一次主动贴近昌幸。

你到底还是柔弱女子啊……就算不愿被外人看到，可你内心深处还是希望我这样抱着你吧……难道不是吗？

山手殿比昌幸小两岁，是年三十九岁。

妻子火热的肉体让昌幸有种"不知来日如何"的不确定感，可此刻的昌幸已被妻子挑逗起来，甚为欢悦，讨好般地说了些诸如"无论如何，没有你便无宁日"等等违心的话。

第二天清晨，真田昌幸有些害羞地从山手殿的卧房走了出来。

昨夜，山手殿主动跟昌幸聊起"角兵卫现下如何"、"希望久野和我同去上田"之类的话。昌幸告知她："我方目前的处境正日益艰难。对了，我和源三郎从骏府去了大坂，他让我大吃一惊，体格和心智都很成熟呢，让人刮目相看。"这些话让山手殿很是高兴。

当日，真田昌幸在二十余名骑兵的护卫下，从岩柜返回了上田城。

昌幸和山手殿的关系，暂时似有缓和，两人也能像正常的夫妻那样说些枕边悄悄话了。至于阿德母女的事情，只要交给源三郎信幸去办就好。

安房守昌幸的私生活暂时风平浪静了。

话虽如此，但沿着吾妻溪流边的道路返回上田的路上，昌幸的脸上竟不见一丝笑容。

昌幸深深省悟："若犹犹豫豫、行动缓慢的话，反而什么都办不成。"

他打算回到上田之后，立刻赶往上杉景胜的居城——春日山。

真田昌幸被秀吉、家康赠以"表里比兴者"的评价，是个十足的阴谋家。

他无疑很懂谋略。但他若真的喜欢玩弄权谋，这三年间，真田家怕是早就消亡了吧。

眼下，昌幸打算把丰臣秀吉的话一字不漏转告上杉景胜，但愿对方会因此体谅他的苦衷。这样之后，才能请求对方放次子幸村去大坂。

当然，上杉景胜肯定不会痛快接受，但若他说"不行"的话，昌幸只得把他的话老老实实复述给秀吉听。

昌幸能做的就是这些了。

德川军攻打上田时，安房守昌幸尚能镇定自若，可现在他只能祈求上天保佑。

昌幸一行刚刚回到上田城内，便得知上杉景胜三天前派使者来到上田，给昌幸送了一封书信。

第拾壹话

上杉景胜听罢昌幸谒见家康和丰臣秀吉的情况，命使者前来致贺——"喜闻您一切顺利，谨此祝贺。源二郎幸村已适应越后的生活，每天茁壮成长，您不必担心。"

读完景胜的书信，真田昌幸更踌躇了。就算是这样，他和景胜间令人头疼的问题依旧无法回避。

"后天，我去一趟春日山吧。"

昌幸派特使将要去春日山拜见一事告知上杉景胜，而后匆匆命人准备了两匹骏马、两把大刀和丝绸诸礼。

他打算带上十五名随从——当然，是没有武装的。

昌幸和重臣们开玩笑称："我可能回不来了，你们要有思想准备才行呀。"说完就离开了上田。

上杉景胜热情迎接了来到春日山的真田昌幸。

景胜以为昌幸是看到信后，赶来春日山致谢的，因此认为安房守是个很讲情义的男人，心情大悦，命家臣："快点喊幸村来呀。"

哪知昌幸却是叩拜在地，俯首不起。

景胜问道："听说一切顺利……"

"是。"

"那可太好了。"

"是……"

"怎么了？"

看到昌幸含含糊糊，一直低头遮面，景胜不禁有些纳闷。

"是这样……"

昌幸从在骏府见到德川家康开始，把去大坂城谒见丰臣秀吉的情形完完全全说给了景胜。

"嗯……"

景胜低首沉吟。昌幸看得很清楚，对方面露不豫之色。

"要让幸村去大坂？"

"关白殿下确实是这样说的。"

"哦？"

上杉景胜注视真田昌幸的目光中，分明带着怒火。

昌幸迎上了景胜的目光，和他对视着。

此刻，只有景胜的宠臣直江兼续守在两人身边。此人时年二十八岁，几年前随主君景胜去大坂谒见丰臣秀吉时，据说秀吉对他十分看好。当时，秀吉曾说："上杉，你有位好家臣啊！"还说："你可别掉以轻心，只要我看好了一个人，不管他是不是别人的家臣，我都会想方设法让他来当我的臣子。我就是这样一个人哦。"

上杉景胜被秀吉如此一说，不免有些猜疑。他早就知道直江兼续的才能，所以他同样清楚秀吉的话不单单是恭维和玩笑。

景胜听说了石川数正离开德川家康，投奔到秀吉门下之事。因之，当秀吉那样讲的时候，景胜有些慌乱。

那次见面以后，直江兼续得到秀吉的宠爱，被授予"从五位"和"山城守"职务，甚至被允许使用"丰臣"一姓。

此时的真田昌幸当然不会想到，十余年后，引动天下之争的"中心人物"正是眼前的这位直江兼续！

兼续见景胜和昌幸互相对视，先是默然片刻，而后开口说道："安房守殿下，若我家殿下拒绝将源二郎幸村送往大坂，不知您有何对策？"他的声音平静，充满笑意。

"这个嘛……"昌幸从容答道，"那我只能把阁下的话，一字不漏说给关白殿下听了。"

景胜和兼续对视了一眼。

昌幸故意视而不见，大喊道："对目前的安房守来说，除此再无他法！"

上杉景胜的嘴角浮出一丝笑意："你很实在，说得好。"

"啊？"

"你说的都是实情，我不介意。"

"那……您能把源二郎交到……大坂？"

"我和你一样，都不能违抗关白殿下的命令。"

"那太感谢了……"昌幸伏地拜了下去。

一股热流席卷全身，昌幸有了一种莫名且无法抑制的感动。此刻的上杉景胜和直江兼续，其度量如此宽宏，其性情如此豪爽，两人一眼就看出了昌幸的苦恼，以及昌幸因苦恼而痛下的决心。这让昌幸铭刻五内。

景胜的内心明明是不悦的，但他没有使这股怒火发作，而是观察着让昌幸把话讲完。昌幸对此感叹万分："真不愧是守卫越后的人。"

紧接着，昌幸提议给春日山送来一个顶替幸村的人，景胜反问道："何人可替幸村？源三郎信幸要迎娶德川之女，如此一来，若我说把信幸送来，你将如何应对？你还是束手无策吧。所以，就别说这些违心的话啦。"

的确如此……昌幸无言以对。

"我看这样好了，"景胜直接对昌幸说道，"就让矢泽赖康替幸村来春日山吧。"

这真是求之不得。

昌幸暗下决心，一定不能忘了景胜的大恩大德。总有一天，我要报答景胜——他默默立誓。鲜有事情能让昌幸这样的男子默默立誓。这件事对昌幸日后的命运有着难以估量的影响。

话说回来，让上杉景胜不悦的理由，不仅仅是要把真田家的人质送往大坂——景胜真的是很喜欢幸村，不但把谦信以来上杉氏的兵法悉数教给了他，甚至野游时都会让幸村陪同。"视幸村如己出，无比疼爱。"——后来，直江兼续曾如此对昌幸耳语。

景胜对昌幸说："临走前，你就跟幸村多待些日子吧。"

显然，景胜打算由上杉家将幸村送去大坂。这样的话，他在秀吉面前总归能挽回一些颜面。

"不，岂敢……您能同意让幸村去大坂，我已是万分感谢。原本我就把愚儿交给了上杉家。如今，您还说让我们父子依依话别，我安房守根本就没奢望过……"

景胜允许昌幸父子二人惜别，这让昌幸很不好意思接受。

"想怎样做，随你的便吧。"景胜笑着说完，又用手中的折扇轻敲膝盖，调侃着道，"你这位当父亲的，挺冷酷嘛。总之，我们会好好欢送幸村的。"

而后，他便命令直江兼续准备酒宴。

真田昌幸受邀参加了晚上的酒宴。

当晚，在景胜居馆的一间房内，昌幸和幸村父子二人共度了一夜。

这年，真田幸村二十一岁。

真田父子俩彻夜长谈。

次日一早，安房守真田昌幸就离开春日山，踏上了回上田的归途。

向井佐平次随昌幸一同返回上田。"我会尽快让你也来大坂。"正是有了幸村的许诺，佐平次才肯暂时回到上田。

届时，佐平次将会肩负无人知晓的任务，前往大坂。

此事就连佐平次本人都暂时不知。

这是真田父子二人昨夜刚刚商定的秘密。

第拾贰话

秀吉对幸村的第一印象非常不错，甚至半开玩笑似的问道："让我来顶替安房守当你父亲，如何？"

一个月后，幸村从春日山奔赴大坂。

上杉景胜命人将幸村的坐骑装饰得华丽无比，而且让幸村穿上用很多料子缝制的华丽的窄袖便服和皮质裤裙，身披紫色天鹅绒所制成的绣有白色六文钱图案的短外套，反复叮嘱幸村："千万别损了上杉之名。"

语重心长——此刻的上杉景胜直如幸村的父亲一般。而且，他派了近五十人护送幸村去大坂。

"我要堂堂正正、气派地送幸村去大坂！"

这流露出景胜对幸村的无比疼爱之情。

幸村的内心亦是激动不已，只因父亲昌幸对他寄予厚望："你到了大坂之后，一定要成为丰臣家、上杉家和真田家之间的桥梁。"

幸村下定决心："我一定会完成这个重任！"

他发誓永不忘记上杉景胜的恩情。

幸村一行人到达大坂之时，丰臣秀吉早就率领大军去了九州。

真田昌幸和上杉景胜没有任何犹豫就听从了秀吉的命令，而且付诸行动，这让丰臣秀吉的重臣们对他们印象很好。所以，他们热烈欢迎了幸村的到来。

九州大本营内的秀吉得知幸村抵达大坂，一时欣然说道："你们对我如此看重，本关白一定不会让你们失望。"

"不会让你们失望"云云，当然是秀吉的一片好心。言下之意，秀吉日后将会特别优待上杉氏和真田氏。

上杉景胜和真田昌幸遇事沉着冷静、坦诚相待，这大大提高了丰臣秀吉对他们的好感。

两人的对策显然很是成功。

秀吉给景胜和昌幸写了言辞恳切的亲笔信。给昌幸的信中写道："你这份对关白的忠义之情，我永远不会忘的。我绝不会做出伤害你的事情，希望你从此放心。"

从秀吉的措辞之中，我们不难领略他那"一统天下"的威武风姿。

盛夏尚未开始，丰臣秀吉就平定了九州。

萨摩的岛津义久决定向秀吉投降。据说他是剃光了头，身穿僧衣，来到了秀吉的驻地。岛津义久不乏强兵悍将，若一意和秀吉对抗，只怕战争会再持续一段时间。然而，岛津的心中明白得很："倘若我战斗到最后一刻，就不会再有谁来支持我了。"

既然没有援军在秀吉大军的身后声援岛津，萨摩自是孤掌难鸣。

九州的其余各地都唯秀吉马首是瞻。因此，无论战线拉得多长，战争持续多久，秀吉大军都没有部队的补给困难之忧。如此一来，丰臣秀吉更会威慑四方。到了那时，岛津的处境更会进退两难。

秀吉凯旋大坂，接见了幸村："嗯，真是虎父无犬子啊！"

秀吉对幸村的第一印象非常不错，甚至半开玩笑似的问道："让我来顶替安房守当你父亲，如何？"

幸村笑了，他无法回答。

秀吉又追问道："如何？你不愿意？"让人搞不清他到底是真心是假意。

丰臣秀吉没有亲生儿子，只好让其嫁给三好吉房的姐姐之子孙七郎官拜中纳言，封赏近江八幡地区的四十三万石，赐姓丰臣，改名丰臣秀次。换言之，就是收了外甥当养子。然而，秀吉的继承人迟迟没有定下。

秀吉的正室宁宁（北政所）尚未给秀吉生下一男半女，但秀吉依然很期盼宁宁能为他开枝散叶。

时年五十二岁的秀吉同样宠爱茶茶。茶茶的父亲是浅井长政，母亲则是秀吉的故主织田信长之妹——有着"倾城倾国绝色美女"之誉的阿市。

北近江的浅井长政被信长消灭之后，阿市跟柴田胜家再婚，而胜家不敌秀吉的进攻，自杀于越前北庄。当时，阿市以身殉情。

自那之后，秀吉就开始照顾阿市留下的三个女儿，久而久之不禁对长女茶茶萌生好感，纳她当了侧室。

如今，茶茶住在京都和大坂之间的淀城，人称"淀殿"、"淀君"。

秀吉热切盼望着能和这位年轻的侧室有个孩子……最好是个男孩。暂且不提这是否可能，总之，秀吉缺少"自家人"。

因之，第二年——天正十六年，秀吉赐予了上杉景胜"丰臣"和"羽柴"之姓，此举正是要增加族人，巩固丰臣政权。

第拾叁话

用一万两千石的土地换走大半沼田，这对昌幸而言，不啻是切肤之痛……

总而言之，秀吉没有儿子，亲属又少。因此，他希望有更多真心效忠的人。不管是源二郎幸村，还是在他之前和父亲昌幸一起来大坂觐见的源三郎信幸，秀吉都对他们寄予这样的希望。

面对想做自己父亲的秀吉的提问，幸村答道："我岂敢高攀。"

"嗯？"秀吉注视着幸村，"你说不敢高攀？"

"是的。"

"好，好……"秀吉点了点头，自言自语般轻轻说道，"此事不急。"

年轻的幸村感知了秀吉的强势。幸村十分敬爱上杉景胜，景胜的强大能力让他惊叹不已；而丰臣秀吉的强大则让幸村体会到了一种无人能及的世故。

幸村六岁时，曾见过父亲侍奉的武田信玄，信玄爱抚地摸着幸村的脑袋。在幸村幼小的心灵里，信玄就是英雄的化身，但幸村早就忘了他的容貌，只有那魁梧的身躯、低沉温暖的声音，还如幻影般浮现在幸村的脑海之中。

丰臣秀吉本是织田信长的卑微下人，最终独掌天下政权。不管是作为贵族、统帅还是普通人，秀吉的成就都是登峰造极，无人比肩。

萨摩的岛津义久认为秀吉只是个没有显赫家世背景，没有任何靠山的无名小卒。正因岛津家是源赖朝以来的名门世家，他们对此引以为豪，从一开始就没把秀吉放在眼里，才会口出狂言，侮辱秀吉。

秀吉因跟随在贪婪吸取异国文化、保护异国传教士的织田信长的身边，耳闻目睹了信长的所作所为，最终成为辅佐信长的得力助手，得以成长锻炼，成为一名绝世英雄。

比如，织田信长建造了高达七层的天守阁，那鬼斧神工的安土城让异国教士都忍不住大加感叹："此城绝不逊色于欧洲的任何一座城堡！"作为一名统帅，信长建立了丰功伟业，而他同时又是一位伟大的建筑家、设计师和各种美术工艺的保护者。

信长对美有着敏锐的触觉，他总是用充满创意的设计来装饰城堡、居馆和他本人。琵琶湖的碧波中倒映着安土城金色的屋檐，戴着西洋帽、身披斗篷的织田信长骑着爱驹，英姿飒爽，从城中疾驰而出——这情景，直到如今仍时常出现在丰臣秀吉的梦中。

秀吉从年少时就待在如此出类拔萃的天才身边，耳濡目染，继承了信长的美感。这种阅历、成长是任何名门望族或割据一方的大名们都无法媲美的。

信长习惯喊秀吉"秃鼠"、"猴子"——的确，秀吉的脸盘和身材都很矮小。作为一名武将，真田昌幸都算是小个子了，但秀吉比昌幸更要矮小、瘦弱。

秀吉五十二岁，脸上皱纹密布，一派老态龙钟之相，无论如何都称不上是位美男子。

秀吉是如此枯槁瘦弱，幸村却对他无比崇敬，觉得他仿佛有两三倍的身高，一对虎目炯炯有神，说话时嗓门洪亮、爽朗。他曾向上田城的父亲去信说道："秀吉公若能一统天下，世上便再无战事。因之，他特别苦恼没有继承人一事。"

幸村很快就当上了秀吉的侍童，贴身服侍秀吉。他跟随秀吉把规模宏大的大坂城转了个遍，将城内外的地势情形详细描绘下来。

安房守昌幸把幸村寄来的信件读给家臣们听，哪知他们竟如闻天书，七嘴八舌地道："世上会有那样的城堡吗？"

"太大了，太宏伟了，听起来像是做梦一样。"

"源二郎公子又肆意渲染了吧？"

昌幸和信幸曾亲眼目睹大坂城的宏伟壮观，所以不觉惊奇。此事之后，他们加快了对上田城的增筑。

同时，一座名唤"聚乐第"的宅邸正在京都加紧建设，很快便将完工。这座宅邸是为秀吉在京都居住而建，根据幸村的报告："这可以说是一座城中城，其宏伟结构让京都的居民们目瞪口呆……"

自小牧·长久手战役之后，秀吉马不停蹄出征九州，平定日本之余，大坂城的建设亦没有片刻耽误，更给侧室淀殿建造了淀城，眼下又开始兴建京都的聚乐第……其财力和实力让真田父子无比震撼。

如今，大坂城的城下町跟昌幸、信幸初春时所看到的又不同了。其发展速度之猛，简直让人想象不到。

秀吉对商人和手艺人采取了海纳百川的兼容态度，又设立奖金来吸引人才，推动城下町的发展。因此，大量的手艺人和商人从各地纷纷涌来。

行军打仗的同时，不放弃城市建设，这正是他从织田信长时期就坚持下来的方针政策。秀吉如此雄厚的财力到底如何得来？就连源三郎信幸对此都百思不得其解，甚至曾对昌幸说道：“这真是太不可思议了……”

却说丰臣秀吉自九州返回了大坂，夏季方逝，他便接受了德川家康和北条氏直的请求，指示真田昌幸：“望你将上州沼田交给北条氏直。”

昌幸对此早有心理准备，更何况他根本就不能违背秀吉的意志。

秀吉将家康所辖信州伊那郡之内的一万两千石土地给了昌幸，以示补偿。用一万两千石的土地换走大半沼田，这对昌幸而言，不啻是切肤之痛……

然而，昌幸只说了一句“好吧”就痛痛快快交出了沼田城。事到如今，他只能相信秀吉的话——“我绝不会做出伤害你的事情……”

针对上州的岩柜、名胡桃两城，秀吉下令称：“仍归真田家所有。”

这总算让昌幸和信幸有了些欣慰之感。

第拾肆话

次年——天正十六年，丰臣秀吉正式出面调解德川家康、北条父子和真田家的矛盾纷争。

这之前，真田昌幸就向表明了态度："万事悉遵关白阁下安排。"

秀吉甚感宽慰——昌幸允诺会把沼田城交给北条氏直。如此一来，北条就不会再有异议，德川家康亦不会颜面尽失……

天正十五年是秀吉和家康都很忙碌的一年。

秀吉要从大坂搬往将要竣工的聚乐第，日后会久住京都——他打算将京都打造成名副其实的日本首都，打造成一座世界上数一数二的大都市。

同时，他明令禁止了信长时期所允许的天主教的传播，更准备明年来临之前推行禁刀令。禁刀令不但要针对寺院，更要针对诸国大名，要取缔各个寺院的兵器和弹药，禁止诸大名领地内的百姓和士民携带武器，以使之专心务农。

而德川家康则开始着手骏府城的筑城工程。

这期间，北条氏直不断烦扰家康，让他催促真田家交出沼田。家康则告知北条："此事有关白殿下处理，你少安勿躁。"

对家康而言，此事有些棘手；对真田昌幸而言，和解的条款尚未落实，而且他早就得知了秀吉的心意，所以尚能淡然处之。

结果，焦急的北条氏直时不时便往上州基地增兵，更有向距离名胡桃和沼田都很近的中山城加派兵力的趋势。

这就使得真田家无法完全按兵不动，视若无睹。

昌幸叮嘱沼田城代矢泽赖纲："眼下，关白大人尚未有任何指示，若北条方有任何狂妄之举，你大可予以反击。"

以防万一，昌幸又从岩柜调兵遣将，增援大道峠的城寨。结果，北条和真田两方这一年间短兵相接，出了两三次小规模的摩擦。

北条氏直索性向德川家康报称："真田向我方挑战。"

家康一直忙着骏府的筑城工事，不耐烦北条的屡屡来扰，遂派特使去大坂询问秀吉："真田和沼田之事，不知您打算如何处理？"

丰臣秀吉另有打算，只敷衍道："这个嘛，你别着急，我很快就会给你个满意答复……"

家康一时大感踌躇——亲家北条氏直的性急，让家康愁眉不展。

眼下，家康把老臣本多忠胜之女稻姬收作养女，嫁给了真田昌幸的长男信幸，这意味着真田源三郎信幸成了家康之婿。

因此，家康不能再像以前那样用高压政策来对待真田家了。

北条氏直同样明白此事，所以更加焦急，希望将该问题早日解决。

天正十五年的秋末，向井佐平次孤身一人奔赴大坂。

秀吉允许其作为幸村的仆人，服侍幸村的日常生活。

此前，佐平次去岩柜城内的草者小屋逗留了三天，接受了壶谷又五郎的各种指示。

又五郎几日前刚刚从京都返回岩柜。

但又五郎到底给佐平次下了怎样的指示呢？这就只有他们二人才知道了。

从岩柜返回砥石的向井佐平次叹息不断，向依旧住在砥石旧居馆的妻子茂枝抱怨道："我肩负重任啊……"

"什么事？"

"这个……不能说。"

"好吧。"

茂枝再没开口问过。她身为草者之女，很清楚作为草者的家人该如何去做。

"总之，我要独自一人去大坂了。"

佐平次说完便把三岁的儿子佐助抱到了膝上。佐助和母亲茂枝一样，皮肤黝黑，身形娇小，可他长这么大从未生过病，连感冒都没得过。虽说他还是个小孩，长得却比实际年龄大出很多，脸庞像是腌过的梅子。纵然如此，佐平次对他亦是无比疼爱。

"佐平次，你何时出发？"

"不知道，过几天吧。等壶谷又五郎从上田回来，我们就一同出发。"

"你要和又五郎一起去啊……"

"嗯。"

听佐平次说完，茂枝似乎明白了佐平次肩负的任务。

"壶谷告诉我说可以对你这样说，我才告诉你的，但不让我多说。你要记住，我去大坂就是要照顾源二郎大人。知道吗？记住啊……"

"嗯。"

"壶谷还说你是真田草者中赫赫有名的赤井喜六之女，让你不
必担心。"

被佐平次这样一说，茂枝高兴地点了点头。

虽然茂枝一次都没当过忍者，可她自幼就和故去的母亲一起学
会了如何当一名合格的草者家属。

丈夫佐平次可以接受这种秘密任务，让茂枝引以为豪。

是年，向井佐平次二十四岁，茂枝二十二岁。

佐平次没多久便离开了上田，去往大坂。

他身佩大小两刀，一副旅行武士的打扮。壶谷又五郎和他相隔
一段距离，装成行走四方的商人。两人若即若离，四处走走停停，
用了大约一个月才到达大坂。

山手殿和久野从岩柜搬到了上田。上田本丸的居馆被增建了，
而二丸城内给信幸和稻姬的新婚所准备的一处新房亦将要完工。此
时此刻，整个上田城都忙着准备信幸来年的婚礼，山手殿的到来反
而没受到热烈欢迎。

丰臣秀吉经由德川家康告知北条氏直："真田说会将沼田城交给
你们。因此，名胡桃和岩柜就维持现状，继续由真田来管理吧。"

氏直回话表示："岩柜城可以留给真田，但名胡桃城务必要交给
我们。"

氏直的强求让家康大感困扰。

而秀吉则对此哭笑不得。

第拾伍话

第二年是天正十六年——公历一五八八年。

真田源三郎信幸和稻姬的婚礼，定在这一年的二月中旬举行。

为此，使者不停地奔走于上田城和骏府城之间。

这一年，真田信幸二十三岁，稻姬十六岁。安房守真田昌幸则是四十二岁。

对德川家而言，将稻姬嫁到真田家有着非常深远的意义。当初，德川家康把亲女儿嫁给北条氏直就完全是一场政治联姻，如今旧戏重演，又要和真田家联姻。在骏府第一次见过信幸以后，家康曾两次单独将信幸唤至骏府。他热切期盼信幸能长久归顺自己。

将亲女儿嫁给北条氏直之后，家康对其所抱的期望反而不太大了。这主要缘自他个人的失落——"我尚且要给关白让路，遑论北条。"

家康这等厉害人物肯归顺丰臣秀吉，无非是因他审时度势，明白了自身毕竟无法和秀吉抗争——秀吉既是民心所向，又牢牢占据着天时、地利、人和。

因之，对一直攻守同盟的北条氏政、氏直父子，家康亦劝说他们看清时势，归顺秀吉。而且，家康希望借此强化德川、北条两家的联盟。他曾几次将这一想法告知北条父子，无奈北条父子总觉得"关东是我们的天下"，无法舍弃这种长久以来的狂妄自大。

针对北条、真田两家围绕沼田城的纷争，秀吉、家康都极有耐心地劝说北条："真田都说了会交出沼田，希望你和真田家就此和解，和睦相处。"

哪知北条父子却坚持道："岩柜城我们可以放弃，但一定要把名胡桃城交给我们。"

这两家的纷争，丰臣秀吉是想朝有利于北条家的方向解决。作为交换条件，就像德川家康上京晋谒那样，秀吉希望北条家的当主（左京太夫氏直）同样上京晋谒。如此一来，不出一兵一卒，关东就落进了秀吉的掌握之中。

但这样就只好让真田昌幸"委屈一下，吃个哑巴亏"了。

然而，北条父子似乎偏偏就弄不明白这个问题——眼下的形势让秀吉只能如此认为。

沼田城原就不是北条家的城堡。战乱时期，群雄争夺沼田氏的居城，结果由真田昌幸打败对手，取得了沼田城。既然让真田交出了沼田城，秀吉就很难要求真田再交出名胡桃城。倘若他这样做了，人们就会怀疑统治天下的秀吉的人品，天下诸将亦不会再信任秀吉。

但凡是个不太愚钝的大名，想来都能看清这一形势。

哪知北条氏直偏偏就看不明白，反而口出狂言："小田原城是一座天下无双的坚固之城，就算被丰臣大军压境，此城亦固若金汤。"

这句话传到了家康那里，想必一定也会传至秀吉耳中。

家康听后，登时皱眉咂嘴，叹道："竟然如此愚蠢……"

丰臣秀吉和对待家康那会儿一样，对北条父子和颜悦色，谦虚礼让，希望尽量满足对方的要求，以使之臣服。秀吉如今的权势，比家康故意刁难他时更加强大。纵然如此，为了让事情顺利进行，秀吉亦不惜讨好北条父子。

德川家康察觉了丰臣秀吉那卑微笑容之下隐藏着的某种令人恐怖的东西，而这正是让家康自叹不如的地方。

家康甚至动了念头："哪怕乔装打扮、偷偷前来，只要让左京太夫来一趟大坂，亲眼看看关白之城的宏伟和他的威风就好办了。"

但他不能直接命令北条——何况，北条不一定会接受这种建议。

对北条的困扰，让家康从心理上逐渐倾向真田信幸。信幸是将来统治上、信二州之人，家康强烈希望他会变成德川家的坚强盟友。

和家康一样抱有这种想法的人，是稻姬之父——本多平八郎忠胜。忠胜曾对将要出嫁的女儿这样讲道："我们本多家世代服侍德川氏，同呼吸，共患难，一路相伴走来。保护德川家和德川家的天下，对我们而言有何等重要，你只要想想为父往日里的艰难险阻便不难知晓。你成了真田家的人以后，一定要让信幸殿下明白此事。而且，你不能只凭口说，要用生命来传递这一信念。"

如此说来，稻姬就和作为人质委身于丰臣秀吉身边的真田源二郎幸村一样，肩负着相似的使命。

稻姬虽是花季少女，听了父亲的这番话之后却用力点头接受。以现代人的情况来看，当年的武家女人真是不可小瞧。

身为女子，却肩负和男子一样的任务而出嫁。

德川家康派重臣佐渡守本多正信护送稻姬一行去上田城。

　　这位佐渡守正信和本多忠胜的姓氏相同，当真向上追溯的话，两人确实是源出一家。正信年轻时只是家康的一名鹰官，常常使用"弥八郎"这个名字。

　　鹰官的身份卑微，主要是负责饲养和训练主人狩猎时使用的鹰，而且要跟随主人狩猎。

　　永禄六年，三河的一向一揆（净土真宗的暴动）事件之中，本多正信曾担任一向宗方面的大将，对主人家康亮出兵刃。

　　所谓一向一揆，就是信仰一向宗的农民和僧侣共同揭竿反对领主统治的武装运动，其目的是要保证一向宗的传播和夺取政权。

　　年轻时的本多正信是个热血青年，当仁不让负责指挥运动。后来，正信再度跟随了德川家康，就政治和军事问题献计献策，深得家康信赖。家康曾说："正信是吾之密友。"

　　他们两人常常促膝长谈，而德川家康又总会说道："佐渡守，我们躺下来接着聊吧。"结果，这两个人就对脸而卧，继续密谈。

　　本多正信虽受到家康重用，却淡泊名利，无论家康如何相劝，至死亦只有二万二千石的封地。

　　不光正信如此，本多忠胜死时亦只有伊势桑名的十五万石。

　　德川家的老臣们都把主家当成自家一样，将主君的领地视同自身的领地，虽是家臣，却有着强烈的主人翁意识。因之，他们不会介意那些表面上的虚荣——不用分给我大量的领地，将那些让给别人，让大家都来投靠德川家吧。

　　说实话，本多正信其实是不想接受这任务的，但家康非常坚持，故唯有同意。只要德川家繁荣昌盛，那跟自家获得荣耀是一样的。

　　这就是德川家历代重臣们的想法。

第拾陆话

这一年的二月中旬，稻姬的送亲队伍从骏府出发，去往真田家。

佐渡守本多正信率领的护卫队伍达七十余名之众。

稻姬的嫁妆早在婚约定下时就开始在首都京都订购。而且，德川家康做了细致的安排，各种事物都是一应俱全。

二月十四日，送亲队伍行经碓冰峠，两天后（十六日）抵达上田城。

祢津长右卫门和河原右京亮率领三十骑兵，从上田出发，在小诸迎接了他们。

婚礼定在两天后的十八日举行。

稻姬暂住本丸真田昌幸居馆别栋的山手殿住处，稍事休息。

当时，十六岁结婚的女子（现代是满十五周岁即可）并不少见。

即便如此，稻姬仍可谓是一位娇滴滴的新娘。

"啊……"真田昌幸第一次见到稻姬，"不错的新娘子嘛。"

他很是中意。

山手殿同样很满意稻姬。

作为一名十六岁的少女，稻姬的身材发育很好，脸庞更水灵得宛如儿童。她虽然称不上绝色美女，但是双眸黑亮，炯炯有神，鼻头微翘，双唇紧紧抿着，端庄中不失俏皮，十分可爱。

此际，骏府春意盎然，信州的上田却飘着雪花。这一带本就不曾下过大雪。细雪时下时停，持续数日，春天不久便将来临。

就在这样一个飘雪的傍晚，上田本丸的居馆内举行了婚礼。这和后来的大名的婚礼不同，是一场极其简朴，保留着战国时期传统的婚礼。

婚礼结束后，稻姬坐着轿子，出了本丸，来到信幸的居馆。

真田信幸脱了礼服，换上一身窄袖便服，骑着爱驹月影，走在轿子前面。

虽然有细雪笼罩，城内的城墙上却是篝火熊熊。

这一夜，城内的家臣们包括走卒、仆人都开怀畅饮。

"哎咦！"

"噢、噢！"

"哟！"

"哟呵！"

不知从何处飘来走卒们嘹亮的歌声。

其实，这不是歌声，而是走卒们拼酒时助势的高喊。日积月累，这种吆喝就只剩下一种固定的形式——一方先发出"哎咦"的叫声，另一方接以"噢、噢"或敲击阵鼓回应。

回到二丸的居馆，在侍女和家臣们的服侍下，新婚夫妇走进里面的卧房。此时，走卒们的酒宴犹未结束。

“德川家有没有这样的酒宴？”换上睡衣的信幸询问稻姬。

稻姬身穿白色睡衣，隔着床铺和信幸相对。烛台的灯光映出了她垂首而立的朦胧倩影。

信幸没有听清新婚妻子的回答。此刻的稻姬想来定是十分紧张。

“那些家伙会一直喝到明天早晨。”

“是……”

信幸的态度似乎有些冷淡。

今天早晨，其父昌幸曾特意询问信幸的侍臣——祢津长右卫门：“源三郎有没有碰过女人的身体？”

长右卫门不知该如何回答。在岩柜时，从未听说过信幸和侍女有染之类的风流逸事。

而且，在岩柜侍奉信幸的家臣们也都洁身自律。

信幸淡然如水，将稻姬带到了床前：“你，到这儿来吧……”

他当然知道稻姬的身体正在微微发抖。

卧房里没有生火取暖，其寒意可想而知。

“今后……”信幸默默抱起了稻姬，把她放在床上，“今后，我们就是夫妻了。”

“是……”

“有关德川家的事情，以后也请你赐教。”信幸随口说道。

定下婚约后，他去过骏府两次，每次都住在本多忠胜的家里，所以也和稻姬交流过。那时的稻姬活泼伶俐，说话爽朗，对待信幸也大方得体；而此刻的稻姬却把头伏在信幸胸前，呼吸急促，紧张得甚至无法和他对话。

“稻……”

"嗯……"

"冷吗？"

"嗯……不冷……"

"真的？"

"嗯……"

信幸粗壮的臂膀稍微加了些力度。

稻姬的一头黑发飘散着幽幽的香味。

信幸用臂膀环住稻姬，把脸凑了过来，吻住稻姬的双唇。

其手法异常老道。

"啊……"稻姬的牙齿在颤抖。

稻姬似乎是努力要抑制喘息，但是当信幸的手伸进她衣服之际，一切突如洪水袭来，恍若山河崩溃。

她的乳房坚挺无比。

信幸不再说话。

黑暗中，只有烛台的灯火闪烁无定。

那一瞬间，走卒们那痛饮着的喧闹猛然消失。

第三章　黑暗之声

第壹话

宏伟壮观的大坂城本丸里，有一处象征着关白丰臣秀吉荣耀的天守阁。

天守阁从外面看只有五层，但内侧其实有八层之多。

九州大名大友宗麟看到那金灿灿的天守阁之后，无比震惊，盛赞道："奇特神异无比，不愧是举世无双的杰作！"

天守阁位于本丸的东北角，秀吉的宫殿就在其脚下。

那宫殿分为好几处别栋，极其奢华眩目。真田幸村在给兄长信幸的信中如此描述："我觉得即便是梦幻之国也未必有此建筑。宫殿内有若干个中庭，若干个回廊，每栋建筑由大小不一的回廊连接。沿着回廊环行，真会有进了迷宫的感觉……"

宫殿的最里面是丰臣秀吉的寝宫，那里使用的卧榻都是从外国采购来的。

距离寝宫很近的地方有两间连在一起的日式房间——御烧火间，里面有个巨大的地炉，跟真田昌幸居馆内的地炉间功能相同。

　　这里离秀吉的寝宫和正夫人北政所的居室都很近，可说是秀吉家庭内部休憩的空间。纵然是深得秀吉欢心的家臣，亦不准踏进一步。

　　真田信幸和稻姬成婚次年（天正十七年）的某个秋夜，宫殿里一片静谧，唯独御烧火间内却有着两个人影。其一自是丰臣秀吉，另一个则是一位似已年逾耳顺的老武士——内匠山中长俊。

　　山中长俊是秀吉的"御伽众"之一。

　　"御伽众"又称"御咄众"，平时总是陪着主人，帮忙献计献策。这些人对日本各地的情况都是了如指掌，阅历丰富而且能言善辩。

　　目前，丰臣秀吉身畔大概有十位御伽众，其中只有山中长俊不常现身。人们由此猜测："关白殿下好像不太喜欢山中内匠呢。"

　　然而，谁会想到此时的山中长俊竟然正跟关白殿下促膝而谈，状甚亲密，似乎是商讨着重大的机要之事。

　　他们都密谈了四小时了。

　　山中长俊的体态有些发福，秃脑袋，嗓门嘶哑，看上去像是一位六旬老者，实际上却只有四十八岁。

　　只见他紧紧贴着丰臣秀吉的耳朵，用只有对方才能听到的低沉嗓音缓缓说着一件事情。

　　这报告似乎很长，但秀吉全无不耐之意，一直默默倾听，几未插口说话，只偶尔冒出"真田"、"三河守"、"北条"云云。

　　山中长俊汇报完毕，秀吉轻轻说了一句："看来，只好这样做了。"

　　"的确如此。"

　　长俊点头应道，低垂着眼帘，看不出有任何表情。

　　"我不能再等待了。"

　　"是的。"

"事情再拖下去，恐怕对天下不利。"

"的确如此。"

"关东方面可真是让人头疼。"

秀吉所说的"关东方面"估计就是指北条氏政、氏直父子。

山中长俊的回答依然是："的确如此。"

"好。"秀吉点头说道，似已下定决心。

"那个……内匠。"

"在。"

"既然要做，最好早点动手。"

"的确如此。"

"没问题吧？"

"一切都准备妥当了。"

"嗯，嗯……"秀吉心满意足地点了几下头。

话说回来——内匠山中长俊这位身份特殊的御伽众到底是何方神圣？

将答案告知诸位之前，我们必须先讲讲那之后真田、北条两家如何化解了上州沼田问题的矛盾。

第贰话

经由丰臣秀吉的调停，真田、北条两家围绕上州的争斗暂告停止，取得和解。

从去年的夏季直到秋季，丰臣秀吉几次通过德川家康指示北条氏直："要尽快跟真田家和解……"

双方和解的条件当然跟以前说的一样。

"真田都说了会把沼田城交给你们，所以，就算你心有不甘，也请你愉快接受我的建议。"

秀吉的态度始终诚恳周到，但北条氏直就是不肯接受，坚称："若我们只能得到沼田城和小川城，而把名胡桃和岩柜让给真田安房守，那一旦双方日后有了冲突，我们就无法守卫沼田。那样的话，接收和不接收没有两样。"

倘若岩柜维持现状，依旧归真田家所有，那就意味着上州之内，吾妻郡的一半疆土仍是真田家的领地。假如名胡桃亦归了真田家，其地盘就包括了利根郡的部分地区。

"如此一来，吾将寝食难安。"氏直说道。北条氏直一直受到真田家的反击和偷袭，不胜其苦，所以这算得上是名正言顺的说辞。

但是，氏直未免太不识时务了吧。

天下之乱不都基本平息了吗？这种情况下，真田和北条争夺上州一地，这到底有何意义？

就算丰臣秀吉的天下日后会因某种缘故而土崩瓦解，但这种地方小势力的战事，只要有了中央强大势力的政治干扰，便完全可以解决……

时代今非昔比。

然而，氏直就是看不清楚这个问题。他十分厌恶安房守真田昌幸，立誓要把真田氏的势力从上州赶走。

双方的交涉从去年持续到今年春天。在德川家康的不断劝说下，北条氏直总算同意放弃岩柜。可是，他坚持主张："无论如何，希望能把名胡桃城和猿京城（宫野城）交给我们。"

这两座城可以说是连接上州和越后的三国街道的关口。

真田家控制着这个关口，和越后的上杉景胜比邻而居。真田、上杉两家既然都归顺了丰臣秀吉，氏直却要坚持己见，这不啻意味着——"左京太夫有意跟关白殿下作对。"

家康非常担心此事，但氏直好像完全没领会岳父的忧虑。

他的不开窍让丰臣秀吉忍无可忍，只得恐吓他道："你如此固执，关白我只好亲率大军赴上州帮尔等调停。不知意下如何？"

结果，氏直这才察觉别无选择，接受了秀吉的调停——早知如此，何必磨磨蹭蹭，浪费许久功夫？

此前，真田父子一度决意："若再让我们交出名胡桃，纵然对敌天下，我们亦要固守上田，战斗到底。"听来当真凄凉。

这一年的七月二十六日，举行了沼田城的移交仪式。

丰臣秀吉派家臣富田知信和津田信胜去骏府会合德川家康，家康又派家臣榊原康政和他们一道出席沼田的开城仪式。

真田方面由沼田城代萨摩守矢泽赖纲指挥全城士兵毅然打开城门，井然有序地向岩柜城撤退。

然而，北条氏直是一种什么姿态呢？他竟然亲率近二万大军把沼田城围了起来——简直就是一副临战姿态。

看到此番情景，富田知信和榊原康政都震惊得说不出话来。

北条氏直如此小题大做，明摆着是不相信丰臣秀吉和德川家康的调停……

北条大军全副武装，精神抖擞，放言宣称："若真田胆敢反抗，就将沼田踏为平地！"

真田将士除了矢泽赖纲，全部身着便服，淡然穿过如临大敌的北条大军，离开了沼田。

富田知信和津田信胜回到大坂后，将此事报告给丰臣秀吉。秀吉听罢大怒："你们这些人……左京太夫氏直是个怎样的男人啊？"厉声斥责二人，"你们怎会将沼田城交给这样的家伙？"

可是，秀吉顾虑家康的颜面，没有将此事声张出去，就此作罢。

北条方的能登守猪股邦宪出任沼田城代，进驻沼田。

猪股能登守是北条家出名的猛将。

矢泽赖纲从沼田城撤离后，真田昌幸吩咐他："请一定帮我守住岩柜。"

因此，赖纲又成了岩柜城代。

然后，按照约定，作为交出沼田的补偿，德川家康将信州伊那郡内的一万二千石拨给了真田昌幸。

经由丰臣秀吉调停，真田、北条两家围绕上州的争斗暂告停止，取得和解。如此一来，无论北条氏直何等愚钝，都会亲赴大坂来向我表示谢意了吧？——这便是秀吉的如意算盘。

按理说，经过此事，氏直应该会归顺秀吉。

德川家康也认为氏直应行臣下之礼。

"哎呀呀，此事总算解决了。"家康卸下心头大石，对家臣们说道。

家康如此费心，全因女儿嫁到了北条家，做了北条氏直的妻子。战乱时倒不必担心，但眼下秀吉一统日本，家康可不愿看到氏直有何失态之举。

可是，北条氏直再次让大家失望了。

秀吉向氏直发出邀请："来大坂吧。"家康也派使者到小田原城说："你最好赶快去一趟关白殿下那里。"三番两次劝告氏直，可始终不见氏直动身。

氏直的回答总是含含混混，推三阻四。

之前就连武田信玄、织田信长都要高看一眼的北条家，无疑有着一种迂腐的自大——我们岂能向秀吉那种暴发户低头行礼！

就是这种虚荣感，桎梏着氏直，使其难以成行。

氏直本可以直接回话说："我是不会去大坂的。"但他没有这样讲。不是他不想这样说，而是他不能这样说。在内心深处，他还是惧怕秀吉的威势。

而秀吉对北条家正渐渐失去耐心，无法再等下去了。

"看来，只能用武力让北条父子屈服了！"

可是，北条氏直毕竟是德川家康的女婿。秀吉深知家康的实力，所以尽量避免和家康冲突。

他要在取得家康谅解的前提之下向北条家宣战。如果得到了家康的谅解，就等于得到了全天下的谅解。

秀吉急需一个合适的开战理由。

内匠山中长俊向秀吉耳语的就是："准备好了，这一战的理由就是……"

结束和秀吉的长谈密谋后，山中长俊退出了本丸宫殿。

守夜的家臣们目送着长俊悄悄离开。

山中长俊的小屋就在流经大坂城北面的平野川边。

长俊走进卧房，休息。

按理说屋内应该有几名仆人，却看不到一个人影。

长俊走近屋门时，墙上的小门静静从里面打开，将长俊迎了进去。

玄关、每个房间的板门和拉门都是这样。

一定是暗处有人看到长俊走来，才给他开门的。但是，我们既看不到这位仆人的身影，更听不到他的声音。

山中长俊将浑圆的身体蜷缩在被褥中。

没有喘息声，也听不到鼾声。

当天空现出鱼肚白时，昏暗的卧房中出现一个人影，也不知他是从哪里来的。此人走到长俊枕旁，双手作揖。

他保持着那个姿势，纹丝不动。

过了一会儿，床上传来山中长俊的声音："这几夜来，辛苦你了。"

黑影垂首候在一旁。

第叁话

我们先前曾讲到甲贺的忍者及忍术——所谓"甲贺武士"云云。

"关白殿下说他不能再等下去了。"内匠山中长俊对枕边跪着的黑影说道，"所以，吉兵卫，你尽早去安排一切吧。"

"是。"

"需要的书信在这儿。"

山中长俊从被褥里取出信匣，递给黑衣人。

信匣上刻着"三鳞"纹章，非常精致。"三鳞"是关东北条氏的家纹。如此说来，这信匣该是小田原北条家使用的东西吧……

北条家的信匣，为何会落到丰臣秀吉的谋臣山中长俊手里？

"那我就此去了。"

黑衣人接过信匣，从长俊的枕边消失。这黑衣人是一名甲贺忍者，名唤柏木吉兵卫。

吉兵卫离去后，山中长俊再次将身体蜷成一团，睡了过去。

现在，我们该说说这位内匠山中长俊到底是何方高人了。

这要先从真田家的"草者"阿江说起。

我们先前曾讲到甲贺的忍者及忍术——所谓"甲贺武士"云云。

阿江之父马杉市藏本来是甲贺豪族大和守山中俊房手下的一名忍者，因故被派到武田信玄身边帮忙，结果背弃甲贺，投靠武田，成了武田的一名忍者。

因此，市藏亡故之后，阿江就成了甲贺山中忍者眼中的叛徒。

甲贺有好几个豪族，每个豪族都有各自的忍者。很久之前，诸豪族曾一致立誓保卫甲贺，甚至联合各方大名及武将们共同行动。

阿江的父亲被派去武田信玄身边，就说明了这一点。

但是，山中大和守决定不再依靠武田，转而和织田信长联手。

武田和织田是势不两立的宿敌，大和守因而密令武田家的山中忍者全部撤退。马杉市藏抗命不回，就这样背叛了山中。

其后，随着时代的发展和时局的变化，甲贺豪族的统一战线彻底崩溃，眼下是各自为营，分别开展着忍者活动。

山中大和守一脉是柏木乡的世袭地方官，掌管伊势大神宫的领地，同时担任"铃鹿山守护"一职。

现任的大和守是山中俊房。织田信长横死之后，他投靠了德川家康，在德川的间谍网中占有重要地位。

丰臣秀吉的谋臣山中长俊正是山中大和守的远房兄弟。长俊年轻时就离开了甲贺，离开了远房兄弟大和守，独自闯荡四方。

长俊手下的忍者，人数虽寡，却全都来自甲贺。他如今为丰臣秀吉进行忍者活动，其引荐者据说是竹中半兵卫重治。

凡是有关丰臣秀吉的传记中，无不提到"竹中半兵卫"此人。在秀吉跟随信长、作为信长的一名干将而活跃的时期，竹中半兵卫就是其左膀右臂。

他早前是美浓国守护、稻叶山城主、织田信长岳父斋藤道三之孙——斋藤龙兴——的家臣。后来，半兵卫离开主人龙兴，成了一名浪人，被丰臣秀吉招至门下。

竹中半兵卫才智过人，通晓各地时势，又擅长排兵布阵，是新主人秀吉不可或缺的宝贵人才。而且，半兵卫没有贪念，不争名逐利，更不谋求出人头地，只是为了信赖于己的秀吉而工作。

他不到四十岁就在播磨的平山战役中病故，让丰臣秀吉悲痛不已。

就在竹中半兵卫病故两年前，他将山中长俊引荐给了秀吉。

"这位先生……"半兵卫很尊敬忍者山中长俊，曾这样对秀吉说道，"请像待我般信赖他。我死后，此人必能助主公成就大业。"

半兵卫死后，秀吉重用山中长俊。他们就像真田昌幸和壶谷又五郎那样亲密。

长俊办事从未让秀吉失望。

柏木吉兵卫从年轻时就跟在长俊身边，是位本领高强的忍者。虽不及德川家康的间谍组织，但山中长俊确实建立了不容小觑的间谍网。

柏木吉兵卫携带刻有北条氏家纹的信匣，出了山中长俊的府邸，迎风朝黑暗中急行而去。

太阳升起时，他已穿过了京城街道。如此脚力，真让人不敢相信他是个五十多岁的老人。

从大坂到相州小田原的约百里路程，吉兵卫一刻没停地跑完了。

只用两天时间就跑完百里路程，纵以忍者而论，这脚力都是快的。

柏木吉兵卫进了小田原城下的一个寺庙——法城院。

第肆话

小田原的法城院，是内匠山中长俊的"基地"之一。和尚心山和柏木吉兵卫一样出身甲贺柏木，年少时依甲贺之令皈依佛门。

心山是山中长俊之父长幸的弟弟，换言之便是长俊的叔叔。同为山中一族，他不遗余力地为侄子工作，虽然长俊已完全脱离了本家的大和守山中俊房。

"哦，是吉兵卫啊……"寺庙的僧人将吉兵卫带到心山的居室之后，心山问道，"是从大坂来的？"

"对。"

"如此说来，终于……要行动了？"

"是的，这一天终于到了。"

清晨的寒气逼人，吉兵卫的脸上也现出疲劳之色。

柏木吉兵卫并不是一身急行军打扮，穿的还是离开大坂山中家时的衣服。黑色的和服上系着褐色的腰带，腰中别着一把小刀，一副平常男子打扮。

“你可以好好休息了。”

“多谢好意。”

吉兵卫打开随身携带的布包，将那个信匣放在心山面前。

“噢，是这个啊……”

“是的。”

“好，好。我待会儿好好看看。吉兵卫，你先泡个热水澡，吃点饭，好好睡一觉吧。”

“谢谢。”

吉兵卫在法城院住了两晚。次日清晨，他以长途跋涉前来时的打扮，离开了法城院，直奔小田原城。

吉兵卫来到小田原城附近的岗哨之前，说道：“我是加贺鹿岛郡黑崎村的肝煎后藤助右卫门之仆——宅五郎。我不远万里来到贵地，有急事求见在此任职的画师住吉庆春，烦请代为通报。”

住吉庆春的大名，北条家的人如雷贯耳。

画师住吉庆春是北条父子的一位御伽众，三年前来到小田原城下。

当时，像庆春这样画技高明、云游四方的画师，无论在哪儿都很受欢迎。

其时尚无日后的照片那种东西，故十分流行请画师帮忙画像。

像北条家这样的大名并非没有专属的画师。偶然停留小田原的住吉庆春接受各家邀请，为大家画肖像、描绘隔扇，其出众的画技不久就大受好评，美名远扬。庆春的美名，从请他画过像的家臣口中传到了北条氏直耳中——“他不仅画技出类拔萃，人也很好，周游列国，见识广博。真是个与众不同的画师。”

听到家臣们如此评价庆春，氏直忍不住吩咐道："那就把他喊来吧，我想见见。"

于是，住吉庆春进了小田原城，见到了北条氏政、氏直父子。

庆春看上去五十多岁，瘦长脸，长相不凡。听说他是在京都学习的绘画，所以谈吐不凡、举止大方。从谈话中，能看出他的确熟知各国情形。就连北条父子从未去过的四国、九州的情形，庆春都能用画笔一一描绘给他们看。

北条父子十分喜欢庆春，尤其是隐居的氏政。最近，氏政的健康状况不是太好，总是抱病卧床。他拉着庆春的手，问道："你能否在城中小住一阵，给我讲讲这些趣闻？"

"这当真荣幸之至。"

就这样，庆春留在城内，用画笔给北条父子描绘外面的世界，或是给他们讲述天下趣闻。不久，庆春就成了北条家的一名御伽众。

现在，住吉庆春住在城内三丸的一间小屋内。只要北条父子传唤，他便会立即赶到北条居馆。

柏木吉兵卫扮演的"宅五郎"被带到三丸内的庆春的住处。

住吉庆春出现在大门口，看到吉兵卫很是吃了一惊，叫道："哟……这不是宅五郎吗？"

听到庆春招呼，吉兵卫登时"哇"地哭了起来。

"出了什么事？"

"那个、那个……"吉兵卫哭个不停。

"我说，宅五郎，莫非是家里出了什么事？"

吉兵卫脸色苍白，说道："令堂恐不久于世……"

庆春家的仆人和带吉兵卫前来的北条家走卒都看到了此番情景。

"你是说母亲大人突然抱病？"

"是，是。"

"啊……"

住吉庆春一脸错愕，说不出话，即刻更衣求见北条氏直。

"你有何事？"

"这……"庆春诚惶诚恐地将一封书信递给氏直，说道，"这是加贺的兄长给我的信。"

这封信就是内匠山中长俊交给吉兵卫的信匣里的东西。

北条氏直展信过目。

庆春含泪请求道："生我养我的老母病重。我想在病床前守候，聊表孝心。恳请您让我回去见母亲最后一面。"

"这真是太不幸了。"北条氏直看罢，折好书信交给庆春，"怪不得你哥哥给你来信。信上说你母亲想见你一面。"

"是、是的……"

"那好吧，准你立刻出发。"

"您同意了？"

"嗯。一办完事情，你就立刻回小田原来。明白？"

"明白。"

氏直命人准备了一些礼品，交给庆春；北条氏政亦赏赐给他大量物品。

住吉庆春保证道："我探望完母亲就立刻返回。"

当天傍晚，庆春和"宅五郎"急急离开了小田原城下。

夜间，两人来到了离小田原四里远的大矶海边。

"那好，一切就拜托你了，才藏。"

　　酒卷才藏——吉兵卫如此称呼住吉庆春。

　　才藏和吉兵卫一样，都是山中长俊手下的忍者，但下文姑且沿用"住吉庆春"这名字吧。

　　"吉兵卫，你等下就要回大坂了？"

　　"是的，我必须赶回去向头领汇报事情的进展。"

　　"嗯。接下来可是一场硬仗。"庆春看着漆黑一片的海面，"但是，我一定会竭尽全力……"

　　"拜托了。接下来的一切，就全看才藏你的表现了！"

　　"话说回来，我真是十分钦佩头领当年派我来小田原的长远眼光。"

　　"嗯，是啊……"吉兵卫颇有同感，点头附和道。

　　"幸好我尚算顺利地当上了北条家的谋臣。这三年来，头领也不联系我，搞得我总是忐忑不安的。"

　　"才藏你竟然也有焦急的时候啊，这可真不像你。"

　　"其实，让我去小田原时，我就觉得事情并不简单。但那只是一种感觉，说不太清。"

　　"这样啊……"

　　"那，我这就去了。"

　　"拜托了，才藏。"

　　"你替我转告头领，一切就看酒卷才藏的吧。"

　　"明白，我们敬候佳音。"

　　说完，二人就此分道扬镳。住吉庆春不是朝加贺国，而是径直朝上州沼田的方向走去。

第四章　密信

第壹话

次日黄昏时分，住吉庆春穿行在相模野。

昨夜在大矶海边和柏木吉兵卫分别后，庆春一路赶到此处。作为一名忍者，其脚力只能说是乌龟爬一样的速度。

庆春年少时就有绘画方面的天赋，一直以来努力学习、磨炼技艺，最终成了一名出色的画师。因此，他才能成功潜伏小田原三年有余，而且当上北条父子的御伽众。

法城院的心山和尚亦然。

不管是壶谷又五郎还是阿江，他们都做不到住吉庆春、心山的程度。当然，若命令庆春、心山像又五郎、阿江或柏木吉兵卫那样奔赴战场，使用火药突袭敌人，或手持武器与敌人肉搏，未免是件难事……

忍者们各司其职，各负使命，必须根据每人的特点加以利用。

擅长武技的忍者，其身体和四肢无法像学者、画师那般沉稳，一时的乔装打扮固然难辨真假，却难以长时间潜伏一处，传递情报。

心山和尚是潜心修行才成为一位无可挑剔的寺庙住持的。正因为如此，他才得以自由进出小田原城，也能面见北条父子。

若让心山拿起武器战斗，他未必能胜过向井佐平次。

住吉庆春同样如此。此刻，行走在相模野的庆春，其走路姿态、脚力都和常人无异。

据地志记载，相模野——"东西宽一里半，南北长五里多。杂草丛生，有些地方也稀疏地生长有几棵小松树……是相模国第一大旷野。"

庆春在旷野芒草丛中小跑几步，突然止步停下，侧耳倾听四周的动静，继而再度向前奔行。

须臾，他再次驻足，潜身藏进草丛，十分警惕地向四周张望。

和柏木吉兵卫分别后，庆春一路走来，并不是一直都保持如此高度的警惕。自从踏上相模野的道路后，庆春的神情多少变得有些紧张。

这意味着什么呢？

落日即将沉入晚秋时节的旷野之中，风吹得芒草丛沙沙作响。

住吉庆春注视着暮色笼罩的原野，侧耳倾听。

四周的气氛有些诡异。

"奇怪……"

庆春嘟囔着站起身来。

再有一里，就能走出相模野了。

庆春原本打算一鼓作气走出相模野，可真正进入人迹罕至的旷野之后，庆春总觉得"有人尾随在我后面"……

如果真是这样，那是离开小田原之后就被人盯上的吗？

果真如此的话，那便糟了！

如果山中长俊托付给忍者住吉庆春的阴谋被人看穿并尾随他至此，那就意味着一切计划都化为了泡影。

如果尾随庆春的人手持刀剑向庆春袭来，庆春毫无还手之力。

头领为何不让吉兵卫陪我前去呢……庆春很是不安。

吉兵卫如果察觉了尾随者的存在，他一定会护送庆春的。可是，吉兵卫和庆春在大矶分别时，两人都没发觉这一点。而且，他们都十分确定当时没有人尾随在后。

庆春再次前进，又猛然停下脚步，用手握住腰间短刀。

住吉庆春背着一个小包裹，腰间缠着那个刻有三鳞图案的信匣。

——来了！

庆春俯身躬下，拔出短刀。

他确实感到有人正逐渐接近。

那明显不是风的动静。

第贰话

庆春能感觉到尾随者出现在约十米远的地方。

庆春努力调整好气息，咬紧牙关，不发出任何声响。

可是……吉兵卫为何不随我到沼田？庆春一直在思考这个问题。

庆春根本没想到会被人跟踪。

他蜷身藏在芒草之中，根本看不见对方究竟是何人。

惟其如此，庆春更觉不安。

可是，原野上的确有另一人存在。

的确有人一直站在对面十米开外的地方，注视着自己……

最后一抹夕阳也消失在原野尽头，天色暗了下来。

风越刮越猛。

能听到人说话的声音。

住吉庆春握紧手中的短刀，在芒草丛中步步向后退去。

他隐约听到那人又说话了，可是声音被风声淹没，根本听不清楚。

"哎……哎……"

这次，庆春真切听到声音就是从近处传来。

他飞身向后退。

"哎……那边那位可是酒卷才藏阁下？"

是女人的声音。

作为女人的声音，这声音有些粗了，却又明显不是男人的声音。

此人知道我的真实姓名……还是个女人？

究竟是什么人？庆春一时间茫无头绪。

"哎……我是阿江。马杉市藏的女儿——阿江。"

嗯？她说什么……

庆春不由得站起身来。

芒草丛中，一位旅行打扮的女人，微笑着朝庆春走来。

走到近处，女人摘下斗笠，露出真面目。

"噢……"庆春吃了一惊，一时间说不出话来。他凝视女人的目光让人感觉他们似曾相识。

庆春分明从女人脸上看到了马杉市藏的影子。

"是阿江啊，真没想到……"

"是我。"阿江笑着回答，"请您先把刀收回去。"

"对……这真是失礼了。"庆春收起短刀，"你可真吓了我一跳。"

"我从树荫下无意间看到你走进相模野。"

"是吗……是这样啊……"

"我们有二十年没见了吧……"

"是啊……"庆春急忙问道，"市藏大人可好？"

"这个……我父亲在离开甲斐国后的第五年就去世了。"

"这样啊……"

庆春若有所思，一时无语。

年轻时，住吉庆春受甲贺指派，曾和阿江的父亲一同被武田信玄派往甲州工作。就是从那时起，庆春开始为山中长俊工作。

当时，这两个山中忍者相互配合，一同开展间谍活动。

可是，当山中家向手下忍者发出撤退的指令时，阿江的父亲背叛了山中家，选择留在武田家，成了一名武田忍者。

而住吉庆春则按照指令返回甲贺。

即便父亲已经去世，阿江仍被山中忍者视为叛徒而遭到攻击。只有同为甲贺忍者的庆春是个例外——他的主君是另立山头的山中长俊，而非山中大和守。

"那，你母亲呢？"

"也不在了。"

"只剩你一个人了？"

"嗯。"

两人在芒草中就地坐下，聊了起来。

阿江取出一个竹筒，递给庆春，说道："你先……"

那竹筒里装的不是水，是酒。

"这个不错啊。"

"我原就打算今夜待在这草原上，所以准备了这个。"

"哦……"

住吉庆春盯着阿江看了半天，问道："阿江，你现在多大了？"

"三十一。"

"啊……都这么大了……"

"我父亲离开甲斐时，我还是个孩子……"

“你那时虽然只是个孩子，你父亲却将你训练得掌握了一些忍者技能……”

“对。”

“嗯……”

“您是不是想问我现在在为谁工作，刺探情报？”

“这个……不，我没有……”

“您现在还在山中内匠手下工作吧？”

“你都知道啊。”

“是的，我还知道山中内匠大人现在是关白殿下的御伽众……”

“这……”

既然阿江连这些都知道，那我就不必胆怯了吧——住吉庆春镇定下来。

“阿江，你……”

“什么？”

“你真是深不可测。”

“哦？”

“你到底在哪……”

“我？”

“不，我不是非要知道……”

庆春苦笑道，他知道阿江至少不会帮北条家工作。

哪知阿江却说：“我告诉您。才藏大人和我父亲肝胆相照，告诉您无妨。”

“嗯……”住吉庆春深深颔首，“你也知道我全凭一杆笔行走天下，若被敌人袭击，只能束手就擒。虽然我也会一两招逃跑术……”

“嗯。”

“年轻时，你父亲救过我两次。都是在千钧一发的时刻，救了我的性命。”

“此等小事，何足挂齿……”

“不，身为一名真正的甲贺忍者，岂敢如此忘恩负义。”

“才藏大人。我现在虽然是一名忍者，可我不为钱财效命。”

“嗯，嗯……”

“我现在为信浓上田的真田安房守大人工作。”

“果然！”

庆春拍手赞道，声音里充满喜悦——真田家归顺了丰臣秀吉，虽不知以后会怎样，但就目前来说，庆春和阿江不是敌对关系。

“您放心了？”

“算是吧……”

两人相对而视，笑出了声。

昏暗中，住吉庆春的笑容蓦然僵住。这一细微变化没能逃过阿江的眼睛。

“喂……您怎么了？”

“嗯……”

“喂，才藏大人……”

“等一下。”住吉庆春扬手示意阿江不要说话，开始沉思。

庆春沉默了许久。

期间，阿江又劝庆春喝了一口竹筒里的酒。

“阿江……”

“何事？”

"我既然知道你是真田家的忍者，我们以后就可能无法再相见了……"

"啊？"

"你父亲不仅救过我两次，年轻时我曾沉迷女色，置忍者的责任、道义于不顾，是你父亲苦口婆心地劝导我，安慰我，鼓励我。"

"哎……有这回事？"

"这是真的。我不是为了报恩，而是因为我把马杉市藏视为兄弟，是我钦佩的人。你是他的女儿，所以我下定决心要对你讲一件事。"

"那，是什么事呢？"

"你父亲曾告诉我，甲贺忍者身上流淌的是热血沸腾的鲜血。冷酷无情的不是真正的忍者。"

"是的。"

"我的头领山中内匠一定也这样认为。"

"我听说过内匠大人的人品。"

"那，听说真田家的二公子正在大坂服侍关白殿下，此事当真？"

"对，是源二郎幸村公子。"

"好像关白殿下十分喜欢他。"

"嗯……这是件令人高兴的事。"

"这个暂且不提……"

"是。"

"我要对你说的，对真田家来说是一件非同小可的事。"

"您说什么？"阿江不由得紧张起来。

"这件事，你对不对真田大人讲，足以影响真田大人的决定。"

"如此重要的事情，您能告诉我吗……"

“可以，但你一定不要提到我的名字。既然我决定对你挑明这件事，那就意味着我背叛了头领……”

“我知道。即便我豁出性命，也决不会牵连到您……”

“切记这一点啊。”

“好。”

“我只是按照头领的指示行动。我不能说头领以及其上面的人做这件事是基于何种想法。也不是不能说，而是我根本不知道其原因。懂吗，阿江？”

“我知道。”

“现在，我拜托你一件事。”

“什么事？”

“你要护送我，直到我抵达上州沼田。只要你陪着我，我就不担心。不知为何，我害怕一个人继续前进。因为我被你吓着了，知道吗……”住吉庆春苦笑道。

阿江保证道：“我一定陪您平安到达沼田。”

“那我就放心了。你靠近来些吧，我要告诉你的就是……”

“好。”

风势小了，可夜雾笼罩下的相模野，寒气逼人。

第叁话

三天后的清晨，阿江和住吉庆春到达了上州沼田附近。

如果是阿江一个人，应该早就到了。

两人走进和沼田台地相邻的森林中，住吉庆春问道："阿江，从这儿到上田城，还得多长时间？"

"我打算今晚赶到。"

"哦……果真是神速啊！"

"我也是拼死一搏……"

"嗯、嗯……"庆春点头说道，"好。那入夜之前我就隐身在这片林荫中。估摸着你能到达上田之时，我再动身去沼田城。"

"您能这样做吗？"

"当然可以。"

"那太好了。"

阿江两手行礼，说道："才藏大人的大恩大德，阿江没齿难忘……阿江嘴拙，不知该如何表达感激之情。请您谅解。"

"不，你的意思我都懂，我十分明白。"

"那么，我就此告辞……"

"你一定不可掉以轻心啊。"

"是。"阿江朝庆春深深鞠了一躬，以表谢意，又道，"祝才藏大人一切顺利……"

"别担心。既然到了这里，就没问题了。"

"那……"

阿江走出林荫，迎着朝霭一路奔行。

越过碓冰峠，阿江于当天深夜到达上田城。

此时，安房守真田昌幸正在居馆的地炉间和源三郎信幸边对饮边下棋。

"什么，阿江回来了？"

昌幸听下人禀告说阿江回到了上田城，随口问信幸道："是不是出变故了？"

"这……"

阿江五日前刚刚离开上田，去往骏府。

现在，壶谷又五郎已经潜入骏府，正在建设忍宿。

"出什么事了？"

"父亲不妨直接问问阿江吧，相信很快就会知道了。"

"这是当然。"

正在这时，阿江走了进来。

阿江一副农妇打扮，风尘仆仆，身上弥漫着一股强烈的汗味。她的手脚和脸上全是灰尘。

"阿江……怎么了？"

"唉，能先让我喝一杯吗？"

"好，好。"

阿江一口喝完满满一盅酒，瞥了信幸一眼，说道："大人，实在抱歉……"

"怎么了？"昌幸问。

"希望您屏退左右。"

"什么……你说什么？阿江，这里只有我们三人。"

"是的。"

"你的意思是信幸也不能在这儿？"

阿江没说话，低垂着头。

"怎么回事？信幸是我的儿子，是我的继承人！"

阿江不答，依旧低垂着头。

信幸微一苦笑："那好吧。阿江，你到这儿来，我这就出去。"

"十分抱歉。"

"哪里话……"信幸戏谑道，"这么晚还得陪父亲下棋，我正好也想回去了。"

他说完便退出了地炉间。

"阿江……"

"在。"

"你这个女子真会虚张声势。什么事，快说。"

"希望您不要太过震惊。"

"你说什么？"

"大人，名胡桃城危在旦夕了！"

"名胡桃危在旦夕？何出此言……"

安房守昌幸的脸色大变，他比任何人都清楚阿江所言之事的可信程度。

"这消息是壶谷又五郎告诉你的？"

"不，不是。"

"那是谁？"

"大人，我会告诉您这件机密，但求您别问我从哪里得到的这个情报。"

昌幸盯着阿江看了片刻，说道："好，忍者是该讲道义的……"

不愧是昌幸，很理解人。

阿江往前挪到昌幸身边，贴着他的耳朵低声讲述起事情缘由。

昌幸一动不动，一直凝视着火炉，仔细倾听。

昌幸的眼神从惊愕到欢喜，从欢喜到沉痛，瞬息万变。

阿江讲完，只说了一句："恕我冒昧，我要说的就是这些。"跟着便往后退下，又伸手斟了杯酒。

昌幸没有动静。

"大人，大人……"喝完杯中酒，阿江再度强调道，"名胡桃危在旦夕了！"

"嗯……朝不保夕……"

"必须立刻派忍者赶去名胡桃通知他们。我愿意担此重任。"

"不，等一下。"

"那就立刻派援军奔赴名胡桃……"

"嗯……"

"眼下还来得及，大人您早做决断……"

"等等。"

“等什么啊？”

“嗯，多亏你赶来告诉了我。”

“既然如此，即刻……”

“我知道这件事和不知道这件事，结果完全不同。”

“那么，立刻……”

“剩下的就交给我办吧，你好好休息一下。”

“大、大人……”

“你立了一大功，阿江。我要奖赏你。想要什么，你尽管说。”

阿江一副困惑的表情。

“阿江，这件事你不能告诉任何人，也不能告诉壶谷又五郎。记住了吗……”

“啊？”

“刚才你不让信幸在场，这样做很正确。不愧是阿江啊，我会奖赏你的。对了，我也有话要对你讲。”

“什么事？”

“此等大事，你既能专程前来告知我，那我要跟你说说我的真心话。”

“您可不必如此。”

“你过来。”

“是……”

昌幸低低耳语了一番，只见阿江蓦地神情一变，愤然之情溢于言表。

“你明白了？”

“我……”

"你一定要清楚这一点。我只对你一人吐露心声，今后不会再告诉任何人的。对，这件事，不能告诉任何人啊。"

"好……我明白了！"

阿江看着昌幸，感慨万分。站在昌幸跟前的阿江虽然是名忍者，此刻却也禁不住双眼湿润……

在阿江从地炉间退下之后，昌幸一直坐在地炉前方，动都不动。

天亮了……

一名侍臣估摸着主人起床后该来到地炉间了，便进屋给地炉生火。进来后的他不由得低呼道："啊……"

侍臣以为昌幸昨晚回卧房休息了，哪知却看到昌幸和昨夜一样，依旧坐在炉边。

炉火灭了，冬天的寒气逼人，可昌幸就那样一动不动地坐着。

侍臣唤了他好几遍，昌幸这才回过神来，抬起了头。

"当时，大人的脸就像一位七十岁的老翁那样苍老。"

事后，侍臣回忆起当时的情形，如此说道。

第肆话

"这太好了。丰臣也好，德川也好，肯定都逐渐察觉真田安房守是个不容忽视的男人。"

话题回到住吉庆春身上……

当阿江赶到上田城时，庆春也来到了在上州沼田城外的城门。

"我是小田原的使者——侍臣住吉庆春。我要见城代大人，请代为禀告。"庆春对守卫城门的北条家哨兵如此说道。

城代猪股能登守在小田原城内和主君北条氏直的宠臣住吉庆春见过三次面。接到哨兵禀报，能登守当即吩咐道："立刻带他来见我。"

庆春很快就进了城。

"这不是庆春大人嘛，您怎么来了？"对于北条父子十分宠爱的庆春，猪股能登守丝毫不敢怠慢，"庆春大人，下人禀告说您是大人的使者……"

"是大人让我来的。"

"您所为何事？"

"请大人屏退左右。"

"嗯……好。"

待能登守房内只剩下他和庆春二人时，庆春取出了那个刻有三鳞图案的信匣。

能登守确信这信匣就是北条家的东西。

"请您过目。"

"好。"能登守打开信匣，取出两封密函，打开了其中之一。

这是能登守所熟悉的北条氏直的字迹。

越往下看，能登守精悍的神情便越发紧张，两眼炯炯发光。信中，北条氏直指示他："两日之内，夺取名胡桃城！"

"嗯……"

能登守反复读了几遍氏直的密函，内心激昂澎湃。

"你不必顾虑。"氏直写道，"我将我的心意如实告知丰臣和德川了。你只要果断突袭，速战速决便是！"

而且，信中写明了攻克名胡桃的谋略和方法。

另一封密函则是配合这一战略战术而准备的东西——安房守真田昌幸给名胡桃城主铃木主水的密函。其大致内容如下：

> 我决定抓紧建设信州伊那的箕轮，有关圈绳定界及其他诸事，想听听你的意见。命你将名胡桃城暂交中山九兵卫把守，火速赶来上田。

"原来如此……"

看罢，猪股能登守不禁微微沉吟。伊那的箕轮，就是德川家康这次作为交换，拨给真田昌幸的地方。

但是……

这两封密函无疑不是北条氏直和真田昌幸的亲笔。

这两封信就是丰臣秀吉的御伽众内匠山中长俊交给柏木吉兵卫，吉兵卫再交给住吉庆春的匣中之物。庆春由此成了北条氏直的使者，将这两封密函交到沼田城代猪股能登守的手中。

北条氏政、氏直父子一定以为住吉庆春离开小田原后，直奔加贺国去看望老母了。

换言之，氏直和昌幸的密函都是伪造的东西，都是山中长俊伪造的信。

可字迹竟是如此之像。

写信者肯定不单只是模仿丰臣秀吉手中所有的北条氏直和真田昌幸写来的亲笔信，一定是花费心思四处收集了二人的字迹，才瞒天过海地模仿出来。

山中长俊一定拥有擅长模仿他人字迹的属下，或许他本人就是一位临摹书法的高人。

而那刻有北条氏家纹的信匣，只怕亦是件足以乱真的赝品……

"庆春大人。这信，我收下了。"

"那么，有什么需要我转告小田原大人的话吗……"

"这个，明早再说。"

"好。"住吉庆春毫无异议，"对了，能登守大人，这件事，请您务必不要告诉他人……"

"这我知道。"

能登守连夜召集三名重臣，商讨奇袭名胡桃的战术，对其他的家臣则只字未露。

庆春被带到另外的房间休息。当然，我们不知道他能否安睡。

直到明早离开沼田城之前，庆春都未必安全。万一北条氏直有事从小田原派使者前来沼田，庆春将如何是好……

不能说没有这种可能。毕竟，小田原和沼田的使者往来目前正非常频繁。这一点，住吉庆春在小田原时非常清楚。

整整一晚，庆春在床上辗转反侧，难以入眠，黎明时分好歹打了个盹。

太阳一升起来，庆春"啊"了一声，急忙从床上跳下。

用罢早饭，庆春向猪股能登守辞行："那我就此返回小田原了。"

"那好，辛苦你了。烦请转告大人，我们一切都准备妥当了。"

"知道了。"

"我们今晚就去攻打名胡桃。"

"今晚……神速啊。"

"为了这一刻，我们一直准备着。万事俱备，就等大人下令。"

"原来如此……"

能登守给了住吉庆春一些赏钱，说道："哎呀呀，小田原的大人下定此番决心，真是太好了。没想到丰臣、德川也默许我们攻打名胡桃，这真是……"

"嗯，是啊。"

"这太好了。丰臣也好，德川也好，肯定都逐渐察觉真田安房守是个不容忽视的男人。"

"的确如此。那我就此告辞……"

"一路顺风。要不要我派人送你回小田原？"

"不，不，您不必如此费心。我一个人没问题的。"

第伍话

当日清晨，住吉庆春离开了沼田城。他当然没打算回小田原。

内匠山中长俊让柏木吉兵卫转告庆春："办妥沼田的事情之后，回大坂来。"

几天以后，庆春趁着夜色穿过小田原，向大坂的方向走去。

同天早上，一个人影出现在名胡桃城西面二里的山坳之中。

看似樵夫的这名男子来到一处被茂密山林包围的茅屋附近，俯下身子，注视着眼前的茅屋。

这间茅屋是名胡桃城的一处瞭望岗哨。这附近一带人称切之洼，是监视被北条军占领的中山城的最佳位置。

早先的中山城主中山九兵卫实光不敌北条的进攻，城池被夺，那以后一直在名胡桃城避难。

如前所述，中山九兵卫的姐姐荣子就是名胡桃城主铃木主水之妻。

中山九兵卫逃往名胡桃城时，只带了一百来名家臣，别的家臣都投降了北条军。后来，那些跟来的家臣觉得待在名胡桃不是长久之计，纷纷叛逃出城，有的投靠了北条，有的则从此隐姓埋名。眼下，名胡桃城里的中山九兵卫只剩下了四十八名家臣。

去年春天，中山九兵卫建议铃木主水秘密设置了切之洼的这处茅屋。

"若派两三名士兵交替驻守切之洼的茅屋，日夜监视中山城的情况，一旦城内的北条军向名胡桃攻来，我们就能立刻知其动向。"九兵卫如此劝说姐夫铃木主水。

"你说得很有道理……"

这一建议很快得到了主水的认可。

铃木主水收留妻弟中山九兵卫之后，得知丰臣秀吉将亲自出面调解真田和北条的矛盾，曾恳求真田昌幸："望您帮帮我的妻弟，将中山城要回来吧。"

哪知昌幸却说："我这次完全听凭关白殿下的处理，不敢有半点私心。"拒绝了主水的请求。

当中山九兵卫提出"在切之洼茅屋安排我的人放哨"时，铃木主水觉得此乃顺理成章之事。无论如何，中山家的家臣毕竟最熟悉切之洼周边的地形。

九兵卫的两三名家臣轮流在切之洼茅屋放哨，监视中山城的动静。

而真田昌幸则在切之洼以西二里的大道峠构筑了一处小砦，用以监视中山城的动静。中山城的北条军当然知道这处隘口，他们跟真田方相互监视，但总归是有着盲点。

如果北条军要从中山城攻向名胡桃的话，那他们绝不会经由大道峠，否则便会完全暴露在真田方的眼前。

这样的话，切之洼茅屋就很有存在的价值了。

中山城的北条军完全不知道这处秘密的茅屋。

而且，切之洼的茅屋和大道峠的联系非常密切。

逐渐接近切之洼茅屋的樵夫，根本不是守卫茅屋的中山九兵卫的家臣。

清晨的微风将漫山红叶如飘雨般吹到山坳之间。

山鸟清脆的叫声划过山谷，云雾浮动。

樵夫俯身等待了一会儿，用单膝撑起上半身，将右手的两根手指插进口中。

接着，从樵夫的口中传出一种不同于山鸟鸣叫、带有一定旋律的奇妙声音。

像是口哨。

这似乎是某种暗号。樵夫吹完，立刻又俯下身子。接着……

茅屋的门被打开，一名九兵卫的家臣出现在门口。他们在名胡桃城内被叫做"中山派"。

樵夫站起身，招了招手。

"噢……"刚才的那位"中山派"踩着落叶走了过来。

这个人名叫寺尾新兵卫。

"是寺尾新兵卫啊……"樵夫说。

"好久不见啊，"寺尾新兵卫回应道，"何事？"

"嗯。沼田有指示。"

"是沼田吗？"

"是的。希望你转告你家主人中山九兵卫。"

"何事？"

“今夜，我们将会攻打名胡桃。”

“哎？”

“就在今晚。”

“真的吗？”

“是。”

“大坂和骏府方面都知道这件事吗？”

“这我就不知道了。既然这是小田原方面的指示，一切应该安排妥当了吧。”

“哦……”

“关白殿下和德川大人看来都认为真田安房守是个碍事之人，所以才会……”

“看来是啊……”

两个人蹲在落叶上，窃窃私语了很长时间。

化装成樵夫的男人是从沼田城特意赶来此处报信的。

这究竟是怎么回事呢……

难道沼田城的北条军和在名胡桃避难的中山九兵卫正暗中勾结？

的确，中山九兵卫瞒着铃木主水，私通北条方面。

“那好吧，”樵夫起身，“别忘了禀告大人。”

“知道了。”

“那么，这个……”樵夫把一个用小绸巾包着的信匣交给寺尾新兵卫，说道，“请务必转交……”

“沼田城代猪股能登守说过，如这次能顺利拿下名胡桃，就把中山城交还中山九兵卫大人。此事，请一定转告九兵卫大人。”

“是，我一定禀告……”

"那么，告辞……"樵夫如猿猴般躬身跳起，消失在树丛中。

两小时后，寺尾新兵卫出现在名胡桃城。

新兵卫禀告卫士："大道峠派使者来了"。

铃木主水接到禀告后，立即让人将寺尾新兵卫带到主殿，问道："何事？"

"上田的大人派使者来了一趟切之洼。"

新兵卫取出那个信匣，呈给铃木主水。信匣上刻着真田氏的家纹——六文钱。

"咦……"铃木主水心头不觉掠过一丝疑惑。

通常情况下，真田昌幸如有书信给名胡桃，是不会通过大道峠和切之洼的，而是直接从上田派使者将书信带到名胡桃来。

虽有疑虑，但主水还是打开了信匣，展信阅读。

这貌似真是安房守昌幸的字迹。

见是熟悉的昌幸字迹，铃木主水的疑虑登时打消。

他做梦都想不到这封信竟是出自大坂的山中长俊之手……

信的内容大致如下：

　　我决定抓紧建设信州伊那的箕轮，有关圈绳定界及其他诸事，想听听你的意见。命你将名胡桃城暂交中山九兵卫把守，火速赶来上田。

第陆话

信州伊那箕轮的一万二千石领地，就是德川家康这次交换给真田昌幸的地方。

铃木主水当然知道这事。他还知道箕轮有处小城，城里有真田家派来的城代。然而，他从未听闻要在箕轮构筑新城一事。

说是怀疑，其实是铃木主水潜意识里觉得事情有些不对。

何以如此……主水倒不是困惑不解，只是觉得有些东西无法释然。

安房守大人似乎从未紧急召我前去。

尽管有一丝不解，但铃木主水深信这封信就是真田昌幸写的。

他太熟悉昌幸的字迹了，甚至没想到将眼前这封信拿来跟之前收到的昌幸书信上的字迹对照一下。

铃木主水完全不怀疑这封信的真实性。

既然相信了信中之事，主水当然就会遵命去做。他命令侍臣："喊九兵卫来……"

此刻，中山九兵卫正在居室和寺尾新兵卫窃窃私语。

　　平日里的中山九兵卫，其双眸宛若离开活水的死鱼一般无神，眼下却是瞪大双目，凝视着低声耳语的寺尾新兵卫。

　　"您必须抓紧准备……"

　　"好。我们按计划行事。"

　　"是……"

　　这时，铃木主水的侍臣来报："大人召见九兵卫大人。"

　　九兵卫低了下头，心头怦怦直跳。

　　寺尾新兵卫亦是同样心情。

　　"难道铃木主水察觉了阴谋？"——他们都是如此暗暗寻思。

　　"我这就去。"

　　中山九兵卫说完便站起身来。

　　"大人……"

　　"新兵卫，别慌张。"

　　"是……"

　　"我去去就回。"

　　"是，是……"

　　中山九兵卫来到主殿，姐夫铃木主水对其说道："我要出城一趟，守城之任拜托你了。"

　　"啊……"

　　九兵卫松了口气——看来，姐夫是完全中了他们的计了。

　　"上田大人让我过去，命我将守城之任交托于你，火速前去。"

　　"出了什么事？"

　　"说是要在伊那的置换地筑城，要跟我商量此事。"

　　"是这样啊……"

“总之，这里的一切就拜托你了。”

“是！”

铃木主水立刻准备动身：“今夜要赶到岩柜城，明早再去上田。”

一旁的小太郎听到了主水的这番话，恳求道：“父亲大人，能不能也带我去？”

“源三郎信幸早就离开岩柜了呀。”

“那我就去上田。”

“这次是紧急召见我。下次再带你吧。”

主水没答应他的请求。然而，这完全改变了年仅十六岁的小太郎的命运。如果小太郎跟着父亲离开了名胡桃城，他日后的命运就会完全不同。

天色逐渐暗了，铃木主水带着二十名侍卫，说了一句：“那我去了。”就出了城门。

虽然是在黑夜中跋涉，但从名胡桃经由大道峠的砦通往岩柜城的道路早就修整得甚是完备，故而没有危险。

“快！”一行人沿着须川河边的道路，一路策马急行。

凌晨两三点就抵达了岩柜。他们打算在岩柜稍作休息，天一亮再奔赴上田。

一行人踏上山中小道时，天色完全暗了下来。他们无法快马加鞭，只好举着火把，缓缓前行。

他们基本上按照预想的时间抵达了岩柜城。

当铃木主水一行到达大道峠的砦，暂歇马脚时，砦内的士兵先行赶去岩柜做了禀告。所以，当他们到达岩柜城时，只见城门大开着，篝火林立——城里人热烈迎接他们的到来。

岩柜城代矢泽赖纲更衣整装，从卧房出来相迎："这……出了什么事？"

深更半夜，铃木主水突然现身岩柜，不免让人以为是有何紧急状况。

将主水迎到居馆的主殿之后，矢泽赖纲再度问道："出了什么事？"

"上田的大人来信，要我立刻赶去……"

"哦？"

"萨摩守大人您不知道？"

"我不知情……"矢泽赖纲摇头说道。

"大人突然要在伊那的箕轮筑城……"

"啊？"萨摩守赖纲讶然看着铃木主水。

"您没听说筑城之事？"

"从未听说。"

闻言，主水脸色骤变。矢泽赖纲是真田家数一数二的重臣，他竟然不知道如此重大的事情！

赖纲完全不知，主水却反而知道。

这当真匪夷所思。

第柒话

铃木主水双手微抖，取出了真田昌幸的密信，递给矢泽赖纲。

"这、这个……"

"这是？"

"上田大人给我的信。"

"哦……我可以看看吗？"

"请您务必过目。"

"失礼了。"

矢泽赖纲匆匆读完，又重头仔细看了一遍。赖纲没有浏览信的内容，而是一字字加以确认。铃木主水眼看着他的神情渐渐沉重。

"萨摩守大人，如何……"

赖纲凝视着主水，甚难措辞："这……"

"这封信有何……"

"这不是上田大人的字迹。"

"什么，您说什么……"

"很像，但绝不是大人的字迹！"

"此话当真？"

矢泽赖纲没有回答，只是断然点了点头。

"啊？"铃木主水大惊失色。

"它能骗过别人，但绝对骗不了我萨摩守的眼睛。"

"嗯……"

"可是，你相信这封信出自上田大人之手，也情有可原。这字迹太像了。"

"那、那……"

"像构筑伊那新城这等重大之事，大人不可能不对我讲。"

此话有理——赖纲是真田家屈指可数的老臣，又是安房守昌幸的叔父。伊那筑城之事，昌幸不可能不告诉此等重要人物。

当然，铃木主水一定以为矢泽赖纲知道这些事情。

"萨摩守大人……"

"这一定是北条军的阴谋。"

"哎呀……"铃木主水不觉悲鸣。

"名胡桃城危在旦夕了！"

"嗯！"

"你赶紧回去！"

"明白……"

主水起身，但仍有一事不明。

若是他率众兵离开名胡桃城，北条军自可趁机偷袭兵力薄弱的名胡桃。

但是，他这次只带了二十名侍卫奔赴上田。

名胡桃城有妻弟中山九兵卫帮忙把守，守城士兵又坚定防备，无半点马虎，北条大军纵然来犯，名胡桃城亦绝不会在两三日内陷落。倘若他们当真斗胆攻来，一旦岩柜、上田的真田军派兵相助，名胡桃便会反客为主，对北条军施以迎头痛击……

这让铃木主水百思不得其解，但不管怎样，他此刻必须赶紧返回名胡桃了。

"萨摩守大人，我这就告辞……"

"啊……请稍等。"

"啊？"

"一旦事态有异，你万不可鲁莽行事。我等下就去点兵，随后便到。你先出城，前去打探情况。切记，切记啊！"

"知、知道了。"

铃木主水带着二十名侍卫，火速冲出了岩柜城。

矢泽赖纲则命人："集合军队。"

要让五百名将士整备齐整，再快总得两小时吧。

话说……有人藏身树荫，看着铃木主水一行举着火把出了岩柜城门，一直目送其消失在山间黑暗的小路之中。

那是个女人——草者阿江。

阿江在凌晨时分就到达了岩柜附近，但一直藏身树荫之中。她亲眼看着铃木主水一行进了岩柜，又匆忙离开。

阿江按兵不动，默默等待着时机。

直到主水一行离开之后，阿江才从树荫中现身，长长一叹，黯然走进了岩柜城。

城内正是战鼓齐鸣，人马喧腾。

"什么，有草者从上田来了？"正更衣准备出阵的矢泽赖纲登时一惊，"快带到这儿来。"

须臾，只见阿江上前说道："萨摩守大人，好久不见。"

"是阿江啊……你从上田来的？"

"嗯。"

"为何事而来？"

"恕我失礼，请您屏退左右。"

"嗯，好。"

屋内只剩二人时，阿江取出了真田昌幸给赖纲的一封信。

这次千真万确是安房守昌幸的亲笔信。

看罢，矢泽赖纲不禁叹道："唉……"

此时此刻，这位曾统率千军万马的老将竟然六神无主，五内俱焚。他显然比适才的铃木主水受到了更大的震惊，而且更加哀痛。

"阿江……"

"在。"

"这、这件事……这是大坂的关白殿下之意？"

"是的。"

"关白殿下欺骗了北条，欺骗了铃木主水……而且，若你不知此事，只怕上田的大人都会被蒙在鼓里……是这样吗？"

"我也是这样认为。"

"唉……"矢泽赖纲撕碎昌幸的信，交给阿江，"烧了它吧。"

"是。"

"上田的大人让我不要管铃木主水……不要救名胡桃……"

"是的。"

矢泽赖纲如化石般呆立许久，方始喟然叹道："既然这样……"

他唤来了侍臣，命众将士解除装备。

真田将士接令后都是大惑不解："这究竟怎么回事？"

"听说铃木主水大人刚才疾驰而来……"

"这……搞不明白……"

将士们虽然疑惑不解，但毕竟是各自散去了。

"萨摩守大人，那我就此回上田了。"

"嗯。你转告上田大人：为时不晚。"

"是。"

当然为时不晚——阿江凌晨时就赶到了岩柜。

然而，她不想在铃木主水到达前向矢泽赖纲挑明这个秘密，所以她一直等到主水离去，才去通知赖纲。

这是阿江自行决定的。倘若事前将此事告诉赖纲，矢泽赖纲就"不得不欺骗"铃木主水了。

名胡桃城主铃木主水是真田家非常重要的人才，他们十分信任主水。尤其是矢泽赖纲，在保卫上州沼田城时，曾万分依赖铃木主水的支援。

阿江觉得，若让这样的赖纲对主水见死不救，那不管赖纲如何无情，恐怕都会难掩悲悯之情吧。那样一来，只怕更会引起铃木主水的猜疑。

因此，虽然这可能只是阿江的多虑，但为了慎重起见，她还是按兵不动，等待着最佳时机。

阿江离开岩柜城后，矢泽赖纲回到卧房，命人："拿酒来。"

家臣们面面相觑——萨摩守矢泽赖纲从未在睡前喝过酒。

第五章　落城

第壹话

此际……

名胡桃城陷落了。这真可谓是瞬息间的巨变。

在铃木主水一行赶赴岩柜的两小时内，沼田城的北条军在夜色的掩护下逼近了名胡桃城。这一动向首先由设在利根川岸边高处的岗哨禀告给名胡桃城内。

"别慌。就算是北条军前来进犯，亦绝不会攻下此城。"

重臣师田赖母负责指挥，即刻加强了守城的防备。

被委以护城之责的中山九兵卫向师田赖母提议："我去守护北面城墙。"

"你现在是城代大人，应在本丸发号施令。"

"不不，还是赖母大人你更熟悉情况。我中山九兵卫会承担一切责任，你尽管放手指挥。"

九兵卫的谦让，让师田赖母对其顿生好感。赖母此前一直认为九兵卫是个不可捉摸之人。

九兵卫的这番话，让赖母干劲十足："此城绝非两三日便可攻下之城，请不必担心。"

"那，就拜托你了。"

"是，那就请您守卫北曲轮吧。"

"知道了。"

中山九兵卫带领亲兵朝北侧的曲轮走去。北曲轮的后方有铃木主水之妻荣子的居馆，阿德和於菊母女俩也都住在那里。

是年，阿德三十四岁，於菊六岁。

北条军举着火把，齐声高呼，朝名胡桃城压来。震动天空的呐喊和无数闪烁着的火把，让人确信对方主力的正从正面攻来。

"为何会从正面攻来？这岂非愚蠢之举！"师田赖母对此大惑不解——沼田城代猪股能登守不可能不懂这个。

北条军瞅准城主铃木主水不在之机发动夜袭，这同样让赖母深感奇怪。而且，主水只带了几名侍卫出城，守城的兵力实未减少。更何况，经由丰臣秀吉和德川家康的努力调解，北条家刚刚跟真田家和解，便迫不及待撕毁和约，举兵进犯名胡桃，当真让人纳闷……

师田赖母无论如何都想不通。北条方面如此胆大妄为，定会激怒秀吉和家康。这到底是北条氏直心中有数却执意动兵，还是沼田城代猪股能登守擅自做主，夜袭名胡桃？

不管怎样，这只能让人觉得北条之举愚蠢至极。

守城士兵很快就击退了从正面城外进攻的敌人。他们临阵不乱，奋勇作战。大家都很清楚，只要真田家的岩柜城派来援军，敌人就会处于劣势。不知北条军是否同样意识到了这一点——他们不断从正面城门发动进攻。

火箭漫天乱飞，敌人的呐喊此起彼伏。敌人只能在正面的城门外集结兵力进攻——城北一带有着大量的厚垒深壕，从二丸到本丸林立着险要的山崖，地形凸凹不平，极其复杂，敌人根本无法攻进。

可是——突然间，北条军从北曲轮那边攻进了城内！

接到"敌军攻破了由中山九兵卫指挥的固若金汤的北曲轮"这一报告时，师田赖母简直无法相信这是真的。

任谁都无法相信的吧。

中山九兵卫临阵倒戈，从北侧放北条军进城了！九兵卫和他的手下从里面打开木门，将潜伏城外的敌军"请"进了城内。

这样的话，不管何等坚固的城堡都会不堪一击。

一些守城士兵察觉了中山九兵卫一伙的叛变，奋起反抗，但中山一伙悍然杀死了他们。

城门一旦打开，没点火把、一直潜伏暗中的北条军便犹如洪水般涌向北曲轮，长驱直入城内。

"大事不好。"士兵火速赶往北曲轮后方居馆告急。主水夫人荣子和侍女们通过事先准备好的吊桥越过壕沟，逃进本丸。

"快……快……通知阿德夫人。"荣子喊道。

阿德抱着於菊，一路跑来。

女人们纷纷穿过吊桥，去往本丸。

铃木小太郎早就去了本丸。他是城主的嗣子，理应待在本丸。

"母亲大人，您没事吧？"全副武装的小太郎奔跑过来迎接母亲。

十六岁的小太郎身披战袍，威风凛凛，和幼年时的瘦弱者判若两人。

占据北曲轮的敌人捣毁了一段墙垣，又有部分敌人由此进城。

片刻之间，名胡桃全城陷落，被北条军攻占。师田赖母战死。

第贰话

铃木主水之妻荣子和小太郎被北条军抓住，关在二丸居馆的一处房间。外侧其实也有一个看押处，没把他们母子关在那里，是因为荣子是中山九兵卫实光的姐姐。

房间的板窗紧闭，外面用钉子封死，还有几名看守站岗。

荣子和小太郎万万想不到中山九兵卫竟会阴结北条，背叛铃木主水。当九兵卫实光带领北条士兵出现时，他们的错愕可想而知。

"姐姐，让您受惊了。"

"九兵卫，这、这是怎么回事？"

"是我引北条他们进来的。"

"你？你究竟做了什么……"

"中山城很快就会回到我们手中。"

"你竟敢背叛大人……"

"这件事，关白殿下也知道。"

"这怎么可能？"

“你不必担心。我九兵卫实光会保护姐姐你和小太郎的性命，我已征得了小田原方面的同意。”

“啊……”荣子又惊又怒，登时昏了过去。

小太郎从旁守着母亲。他眼下能做的就只有这些。他恨恨望着舅舅九兵卫。

九兵卫一言不发，走了出去。他无意加害姐姐荣子，但对铃木主水的儿子小太郎，九兵卫却暗自思量：“不能让他活着出去。”

“母亲……母亲大人。”

“嗯？”

“您振作一下。”

“小太郎，九兵卫呢？”

“走了。”

“九兵卫在干什么呀！竟背叛有恩于他的大人……”

“现在，说什么都没用了。”小太郎镇定地说道，“母亲大人，我们以死誓志吧。”小太郎自身亦没想到他内心竟会如此平静，“如果我和母亲成为他们的人质，就会牵制父亲大人，让他无法全力夺城。所以，我觉得我们母子不如以死激励父亲大人。”

小太郎简直不敢相信这是自己对母亲说的话——“您觉得呢？”

“小太郎……”荣子突然惊呼道，“阿……”

“嗯？”

“阿德母女俩呢？”

母亲这样一说，小太郎才想到阿德母女俩的事情。敌人杀进本丸时，小太郎恍惚记得看到侍女抱着於菊，却没有看到阿德。

“我记得她们也转移到本丸了……”

“是的，的确是这样……”

“是不是被关在别处？”

“但愿她们平安无事……”

“母亲……”

小太郎边说边解下衣服带子——他的武器、盔甲都被敌人夺走，只得用这条带子勒死母亲，再咬舌自尽了。

小太郎的这一举动让荣子震惊异常。这孩子往常总被人喊作小白兔，万没想到他竟会做出如此壮烈之举……

小太郎手拿带子，靠近荣子：“母亲……”

“且慢……小太郎！”

“请您原谅，事到如今，只能……”

“不，我并不是怕死。我没关系。可是，你可是铃木氏的嗣子。你不能白白葬身于此……”

“继承人啊，什么时候都能有。”小太郎满不在乎道。

“你说什么？”

“只要父亲夺回此城，再娶位新夫人，就会再有个男孩的。”

“这……”

“我们一定要助父亲夺回此城。”从未想过的话，此刻从小太郎口中潇潇洒洒被讲了出来。小太郎虽是临时决意，却全无不妥。

沼田城代猪股能登守的确打算抓住荣子和小太郎，作为人质迫使铃木主水投降。这一点，他事前就告知了中山九兵卫。

然而，九兵卫觉得这不足以降服铃木主水。名胡桃城陷落后，他派使者火速赶往沼田，向猪股能登守建议务必要杀死小太郎。

"小太郎……"

"是。"

"我没想到你能有此决心。"荣子叹息道，"那我会遂你所愿的。"

"您愿意死吗？"

"非常荣幸……"

母子二人一动不动，相对而视。

"母亲，请您原谅我吧！"

小太郎抱住母亲的肩膀，脸贴在了母亲的颊上。

"小太郎……"

"对不起。"

小太郎正要将带子缠到母亲脖子上，就在此时——

房间厚厚的木门从外面被打了开来，一个士兵端着枪走了进来。

是个身材魁梧的士兵。

小太郎慌忙将带子从母亲的脖子上解了下来。

只听那士兵轻轻说道："嘘……我是来帮你们的。"

"嗯？"

"别说话……现在不能白白送死，再坚持一下……坚持！"

那士兵说完便悄悄走了出去，留下小太郎和母亲面面相觑。

外面有三名士兵，刚才走出去的士兵好像大笑着和同伴说着什么。

天马上就要亮了。从岩柜赶回来的铃木主水得知名胡桃城沦陷之事，只得暂且去往城外的正觉寺。

第叁话

铃木主水从正觉寺的和尚那里要来纸笔，给上田的真田昌幸写了封简短遗书。

返回途中，当得知名胡桃城完全沦陷时，主水就下定了决心。

对一名武将来说，这是最大的耻辱。

主水不光憎恨北条的卑鄙，更因如此轻易就中了敌人的阴谋诡计而万分羞愧自责，深感无颜苟活，更无脸再见上田的大人……

主水没有给妻儿留下只言片语。

要死，就死得干净利落！不能再徘徊犹豫了。用不了多久，城内的敌人就会搜寻到城外此处。

"大人……"

"我们不如先回岩柜……"

"你们都退下。快，快……"

二十名侍从拼命地想要劝说主人放弃自杀的念头，可没人能阻止主水。

"闭嘴！"

铃木主水以从未有过的骇人气势压倒了一众侍从。

他不容侍从们再说话，决意自杀。

有侍从喊道："请大人为幼主着想啊。"

"正因为如此，更无脸相见。我要告诉小太郎，武士对自身犯下的错误唯有以死谢罪。今日我只能教给他这些了。我只有死了，才能永远活在小太郎的心中。"

主水边说边亲自动手脱下武装。

"啊……""大、大人……"

面对惊慌失措的侍从，主水大喊道："惊慌若此，成何体统！你们只要想想该如何跟小太郎并肩作战，夺回名胡桃城就行了！"

话音未落，主水便猛然把短刀插进腹中，用力横向左右拉动刀柄。鲜血顷刻间喷涌而出。浑身是血的主水命令道："砍我的头吧。"

事已至此，再无法挽回了。

"大人……请恕罪。"一名侍从绕到主水身后，拔出了刀。

"嗯……镇定，朝我的头砍。"

"是。"

"告诉小太郎。"

"是……"

"要他誓死为真田大人效命！"

这就是铃木主水最后的遗言。

侍从们将主水的头颅用布包好，遗体则埋在了正觉寺内，而后说声"快走"便立刻离开了正觉寺。他们必须在被敌人发现之前逃离名胡桃。

这时，天空起了晨雾。

空气彻骨寒冷，似乎会有一场降雪。二十名侍从顶着雾气在山间小路急行。在到达安全地点之前，他们不能骑马。

他们唯恐马蹄声会惊动敌人。

一行人避开三国街道，迅速渡过须川河，转入山道。

这是一条只有名胡桃人才知道的隐蔽小道，勉强能骑马通过。

以前，铃木主水担心街道会被敌人封锁，便铺设了这条"暗道"直通大道峠，而且勤加维护。现下，这条小道真的派上了用场。

"喂……"

不知是谁喊了一声。

"怎么了？"

"有人……有人在下面……"

"什么……"

侍从们立刻举起刀枪，严阵以待。

雾气弥漫在须川河的河面和沿岸树丛之上。

只听一名侍从低喝道："有人倒了！"

另一名侍从接着喊道："是个女的！"

两名侍从下了山道，把倒在岸边草丛里的女人抬了上来。

"啊？"

"这不是阿德吗？"

此人真是阿德。

阿德那丰腴的身体被水浸泡着，脸上和四肢沾满了血水和泥水。

"阿德怎么会在这儿……"

"死了没有？"

"还有呼吸。只是昏了过去。"

"那太好了，太好了。"

"看，她的肩头好像受伤了，用布包着呢。"

"怎么办？"

"等等，这样下去可不行。我们得把她移到别处，生火让她暖和暖和，再给她处理一下伤口。"

"好。"

"不，我们几个照顾阿德。你们十五位尽快把大人的头颅和遗书送走。"

"嗯，好。"

"那我们这就走了。"

"好。"

"阿德就拜托你们照顾了。"

"明白。"

"我们会尽快让大道峠的砦派人来接你们。"

"好。"

十五名侍从护卫着铃木主水的头颅和遗书，消失在山道中。

剩下的五名侍从则抬着昏迷的阿德向山林中走去。

十五名侍从到达大道峠的砦禀明了此事之后，二十名守砦的真田士兵立刻出砦去迎接保卫阿德的那五个人。

铃木主水的侍从们一刻也没停歇，出砦继续赶路。

十余名砦兵加入他们，一起护送主水头颅。他们并未在岩柜停留，而是直接赶赴上田。

其中，主水的两名侍从由五名砦兵护卫，在中途和去往上田的一行人分开，赶往岩柜城向矢泽赖纲报告。

五小时后，阿德被运到了大道峠砦。

阿德醒了过来，她的左肩被箭刺中，好像是她本人拔出箭并缠上布止住血的。除了箭伤，阿德的身上另有好几处摔伤，右脚也骨折了。

为了报信，阿德一个人从名胡桃城逃了出来！

"您竟能做出如此之举……"大家很是震惊。

阿德皱了皱眉，苦笑道："可是我只顾拼命逃跑，竟弄得……"

从北曲轮出来，通过吊桥去本丸时，阿德将於菊塞到一个机灵的侍女怀中，留下一句"拜托你了"便滑进深深的战壕里面。

阿德也不明白她为何会突然做出如此举动。

她不了解实情，更没想到模仿真田昌幸字迹的伪造信会被矢泽赖纲看穿，铃木主水到达岩柜后恍然大悟，立刻又返回了名胡桃。

正因如此，她才会想尽办法要将名胡桃的情况告知大道峠砦。

阿德沿着空壕越过本丸西北角的土垒，在黑暗中避开北条军的耳目，拼死顺山崖逃出了城。

就在这个过程中，一支流矢刺中了她的肩膀。

"然后我是怎样、从哪儿逃出来的……这我完全不记得了。"阿德讲道。

说这些话似乎耗尽了她所有的气力，她的状况十分令人担心。

第肆话

“经由关白殿下和德川公的调解，我跟北条父子达成了和解。因此，纵然北条擅自毁约，我亦不会轻举妄动。”

阿德没有离开大道峠砦。

她的肩伤出血太多，身上的数处摔伤更让其痛苦不堪，虚弱至极。尽管砦内的人全力抢救，阿德的意识终不免逐渐模糊。

“这样可不行。”

“必须禀告上田大人。”

“好。”

一名使者即刻出发，奔赴上田报信。

“阿德说把孩子交给了一个机灵的侍女……”

“无论如何，必须尽快夺回名胡桃。”

“要等上田大人的指示，万不可鲁莽行事。”

“是。”

可是，他们一直没等来上田或岩柜下达夺回名胡桃城的指令。传来的指令只是让他们加强警备——“不要擅自离砦！”以及：“如果阿德能活动，就把她送到上田来。”

几个士兵为此抬着轿子从上田赶到了大道峠。

然而，那时的阿德早已是另一个世界的孤魂了。昏迷以后，阿德再没有睁开眼睛，也没有留下任何话，默默辞别了人世。

当真田昌幸的夫人山手殿听说阿德为了报信，孤身一人从名胡桃城逃出，因此丢了性命时，不禁悲痛万分。

搬到上田以后，山手殿听说了阿德为昌幸生了个女儿之事。

虽然不是昌幸亲口告诉她的，可这毕竟是一件众所周知的事实。

当得知是女孩时，山手殿的怒火锐减。

她没有责问昌幸，昌幸因此打算借机将阿德和於菊接到上田。哪知就在此时，身为女子的阿德竟做出如此愚蠢的举动。连男人都未必敢做的此等决绝之事，阿德竟能潇洒地义无反顾。

她不该是武士的妻子。自从身为铁炮足轻的丈夫死了之后，阿德就成了昌幸的小妾，她根本不必为了真田家而丢了性命。

后来，真田信幸曾对父亲昌幸如此说道："阿德能如此做，大概是因为在名胡桃城居住的那段日子培养了她坚定的意志吧。"

信幸的意思是说，铃木主水的夫人荣子感化了她。

而山手殿亦曾对其妹久野说道："唉……当初早点把阿德母女二人接到上田来就好了……"

久野的儿子樋口角兵卫自回到上田后，还算老实。可是这一次，角兵卫再也按捺不住了。他跑到真田昌幸跟前，主动请缨："请让我去名胡桃吧！"

"你想干什么？"

"我要悄悄潜进城内，救出铃木小太郎。"

"不要擅自行动。"

“为什么不把名胡桃夺回来？”

“这个你不必知道，退下！”

角兵卫受到昌幸的训斥，退了回来，忍不住对侍从们抱怨道：“大人不会被吓破胆了吧……”

安房守昌幸立刻唤来长男源三郎信幸：“你帮我盯着角兵卫这家伙。”

“出什么事了？”

“他说要潜入名胡桃，救出铃木母子。”

“啊？”

“倘若角兵卫胡闹一通，一切就都成泡影了。”

“知道了。”

此前，昌幸曾对信幸和几名重臣解释了为何不去夺回名胡桃城。但别的家臣听闻名胡桃沦陷，看到无动于衷的真田昌幸，一时间不免纷纷议论道——

“这可不像大人平日的作风。”

“大人用得着如此惧怕北条氏直吗？”

如此一来，恐怕会失去臣服真田家的豪族们的信任。

岩柜城的萨摩守矢泽赖纲同样沉默不语。真田家的家臣对此无法理解，陪伴铃木主水走完最后一程的那二十名侍从更是极其不满——他们被带到岩柜城，矢泽赖纲监视着他们，密切而且周到。否则，虽然他们的武技不如樋口角兵卫，却肯定会逃出岩柜，潜回名胡桃，救出主水夫人荣子和小太郎。

真田昌幸将北条军强取名胡桃一事火速报知大坂的丰臣秀吉和骏府的德川家康。

只要事情略有进展，昌幸就会派出第二、第三、第四名使者，不断将情况报知大坂。而且，昌幸如此说道："经由关白殿下和德川公的调解，我跟北条父子达成了和解。因此，纵然北条擅自毁约，我亦不会轻举妄动。"

他表明了态度——愿意听从秀吉和家康的安排，处理此事。

据说德川家康听闻此事，直呼"十分意外"、"犹如晴天霹雳"……他向真田父子保证会秉公处理，让他们少安勿躁，跟着便派使者赶往大坂报信。

而丰臣秀吉则派使者告诉真田昌幸："北条父子无可饶恕！我和家康几经努力才将事情平息，他们为何又做出如此混账之事……如此，天下岂会太平。北条父子这是意欲挑起天下之乱。我一直虚怀若谷，忍耐他们，他们竟如此不讲信义，我若再视若无睹、任其胡作非为，将何以治理天下。不仅是关白我，天下人人得而诛之。"

秀吉狠狠质问了小田原的北条氏直。

这时，北条氏直才刚刚得到沼田城代猪股能登守的密报："按您的指示，顺利攻下名胡桃城了。"

氏直对此疑惑不解——他不记得曾下过这样的指示。

第伍话

"事情好不容易才告平息，真田安房守忍人之所难忍，谦恭礼让；北条氏直却擅自撕毁和约，滋生事端，破坏天下太平，罪不可赦！"

北条氏直派使者全速赶去沼田，告知猪股能登守："我没下令攻打名胡桃！"

猪股能登守大惑不解。"住吉庆春曾送来小田原殿下您的密信。"他立刻着人去小田原答复。哪知北条氏直却回答："住吉庆春当时说要回加贺国探望母亲，所以离开了小田原。他不该去沼田的啊！"

直到此际，氏直才察觉大事不妙，大呼"糟了"，怒得全身颤抖。

"被住吉庆春给算计了！"氏直和能登守猛然醒悟。

不单是被庆春，而且是被操纵庆春的一个更大的势力给算计了。

那会是谁呢？是家康……是秀吉？

北条氏直凭直觉认定对方就是丰臣秀吉。

但是，住吉庆春的下落不明，既然无法搞清其真实身份，便没有任何证据。仅有的证据就是模仿北条氏直字迹的那封伪造信。而且，被氏直委以沼田城代重责的猪股能登守竟没能识破那是模仿主人手迹的伪造信，正是这一过失致使他们中计。

就这一点而论，猪股能登守远远不如岩柜城代矢泽赖纲。

能登守被狠狠训了一顿，但这于事无补。北条氏直目前唯一能做的就是将事情坦率禀告丰臣秀吉——他是如何被人陷害，以致北条军进攻了名胡桃，他事先对此全不知情，万望秀吉原谅。

北条氏直怕要亲自去大坂城说明真相了——沼田城代误信了模仿我字迹的假信，而且觉得我既然下令攻打名胡桃，肯定是征得了关白殿下同意，所以……如此这般向秀吉请罪，立誓服从丰臣秀吉。

这样的话，事情尚有转机。说不定秀吉正期待氏直会这样做。

德川家康派本多忠胜到小田原建议北条氏直："你该火速去大坂向关白谢罪才是。"

可是，事到如今，氏直仍不愿前去大坂。大概他觉得既然无可挽回，大不了就承认失败。所以他不但不去大坂，反而怒道："该死的关白，竟做出如此卑鄙之事！"

正因为不得不承认失败，所以氏直更加愤怒。

但是，他没胆量光明正大反抗秀吉。

秀吉向天下宣称："事情好不容易才告平息，真田安房守忍人之所难忍，谦恭礼让；北条氏直却擅自撕毁和约，滋生事端，破坏天下太平，罪不可赦！"

如今，秀吉所言即是"天下的呼声"，他因此有了极其充分的攻打小田原的理由。

经不住家康的再三劝说，北条氏直只好决定向秀吉作一番解释说明——不是谢罪，而是辩解。

"这样真不如不说！"女婿氏直的蠢笨让德川家康目瞪口呆。

而且，氏直依旧没打算去大坂拜见秀吉。

所以，秀吉彻底放弃了对北条氏直的外交手段，向诸大名发出了"攻打小田原"的动员令。

德川家康和真田昌幸都收到了这一命令。

北条父子最后的盟友德川家康对他们彻底死心了。即便如此，他们仍不愿向秀吉低头。他们夜郎自大，自以为小田原是天下名城，打算固守该城。

"那个……"有天晚上，在大坂城本丸宫殿内的御烧火间，关白丰臣秀吉问御伽众中的内匠山中长俊，"一切进展都顺利吧？"

"嗯。"

"可是……真田安房守有些可怜。"

"真田真能沉得住气。"

"就是啊。"

"我本以为他会立刻出兵名胡桃呢……"

"可他没有这样做。"

"是的。"

"名胡桃丢城之前可以理解，但就算是城池沦陷之后，他也处变不惊，把一切都托付给我和德川来处置。"

"我有同感。"

"对了，你不愧是精通古今书法的人。你精心制作的北条氏直和安房守昌幸的信件，其效果着实让人吃惊。我会好好奖赏你的。"

"多谢大人夸奖。"

"名胡桃城的铃木主水真是可惜。"

"的确……

"主水的妻儿可还活着？"

“应该还被关在名胡桃城内。”

“嗯……在我攻下小田原之前，希望他们母子能平安无事……”

“我已经做了安排。”

“哦？”

“这个事情，我已经交代下去了，会力保他们平安的。”

“此话当真？”

“只要此人能顺利行事……”

此时，铃木小太郎和母亲荣子仍被关押在名胡桃城内。

名胡桃城陷落时，悄悄告知他们“现在不能白白送死，再坚持一下”的那个士兵，在那之后瞅准机会给他们送来了重要消息。

他告诉荣子母子：铃木主水在正觉寺自杀身亡。

母子二人闻言自是痛不欲生，但主水既死，母子二人就不必再以死激励他了。

这位中年士兵又告诉这对母子，中山九兵卫触怒了北条氏直，目前被喊去了沼田城。氏直似乎觉得是九兵卫怂恿了猪股能登守。

这士兵身材粗矮短小、微胖，看上去有些迟钝。他又告知荣子，阿德之女於菊和侍女们被关在了别的地方。

当小太郎问他阿德是否平安时，他似乎也不知情。

北条军好像认为於菊是侍女的孩子。

在中山九兵卫去沼田之后，这个士兵对荣子母子说：“暂时不必担心。不会有危险了。”

“你是我们的人？”小太郎问他。

只听那士兵低嗓音一沉，明确答道：“是的。”

第六章　攻打小田原

第壹话

这一年——天正十七年（1589 年）的年末，真田源二郎幸村突然回到了上田城。

只因丰臣秀吉对他说："你回上田去见见父母、兄长吧。"

不仅如此，在准备来年春天进攻小田原之际，秀吉还命令"源二郎可加入安房守的部队"。

这意味着什么呢？

其一，这次名胡桃城的突发变故让秀吉觉得愧对真田昌幸。

其二，变故发生后，真田昌幸没有贸然行动，而是等待秀吉和家康裁决。这态度让秀吉深感欣慰，也使他更加信任昌幸——"这充分说明真田绝不会背叛我呀。"

秀吉把作为"人质"的幸村归还上田，哪怕时间短暂也好，昌幸不能不感谢秀吉的此番好意。

二十三岁的幸村带领以二十六岁的向井佐平次为首的十五名侍卫，回到了上田城。

“哟……”兄长源三郎信幸出来迎接，见到幸村甚感诧异，“幸村，简直认不出你了呢。”

的确如此。

幸村待在日本第一权贵丰臣秀吉的身边，生活在日本首屈一指的宏伟城堡里，就连每日吃的东西都不是平常之物。

他身上的服装更是出众夺目。

幸村吩咐向井佐平次：“你快回家去见妻儿吧。”

佐平次立刻策马赶回砥石的旧居馆——日夜盼望他回来的茂枝和佐助就住在这里。茂枝奔出迎接，见到佐平次后却“啊”了一声，讶然凝视着他，继而低下了头。

佐平次眼看着茂枝的脖子红了。

“怎么了？”

“我都认不出你了……”

“说什么傻话……”佐平次抱起五岁大的儿子佐助，“嗯，佐助长这么高了啊。”

“这孩子虽然娇小，可从未生过病。”

“喂，你还记得爸爸吗？”

佐平次去大坂时，佐助才三岁，不可能记得什么。可茂枝似乎经常跟他提起佐平次，所以佐助用力点了点头。

“是吗？好，好……”

佐平次满心欢喜。

茂枝马上备好了酒菜，可总觉得她有些不自然。

华丽……至少在茂枝的眼中，如今佐平次的衣着考究，连发髻都变了样子。这样的丈夫简直让茂枝不敢相认。

直到闲杂人等退下，只有夫妻二人独处时，茂枝才吐露心声："你刚回来那会儿，我觉得和帅气的你相比，我是那么土气、寒酸……"

佐平次安慰她说："都城大坂和信浓山间的生活不一样，我和源二郎必须适应那里的生活，所以才会穿着这样的窄袖便服，讲话也变了。但这都是做给别人看的，我可是没有一天不想回故乡呢。"

"你说的故乡，是指甲斐？"

"不，是这里。这里才是我的故乡，只有这里才是。"

虽然丈夫在大坂生活了整整两年，可茂枝知道，此刻他的话是发自内心的肺腑之言。

"佐助睡了吗？"

"睡了。"

"你过来。"

"是。"

"你胖了啊。"

"或许吧。"

"茂枝……"

"嗯？"

"我又闻到你身体的气味了。"

"你……做什么？别挠我。"

"你是不是不记得我了……"

这时，上田城内的酒宴犹未结束。

山手殿等女眷们纷纷回了卧房，主殿大厅里只剩下昌幸、信幸、幸村和樋口角兵卫以及几位重臣。

他们仍在畅饮。

幸村的酒量大有进益，让众人深感吃惊。

当说到名胡桃城的变故时，幸村不禁担忧起铃木主水的妻儿及下落不明的於菊。

昌幸听说最近山手殿常常说起阿德所生之女於菊——山手殿曾对久野说过："肯定没死，一定还活着。"

山手殿十分相信她的预感会应验。

现下，北条军根本顾不上名胡桃城了，他们在拼命加强本城小田原城的防备。

关于被关押的荣子和铃木小太郎母子，据说北条氏直向德川家康表明："绝不会加害他们。"

名胡桃城无疑失去了战略意义。铃木主水既然自尽，铃木母子便没有了被利用的政治价值。如果这场战争是冲着真田昌幸而来，铃木母子或许还有利用的价值，可现在北条父子迫在眉睫的是要在本城迎接丰臣秀吉大军的进攻。

"我觉得目前不会有问题。"

安房守昌幸思量再三，说道。看来他不是十分担心。

"阿德在咽气前，的确说过把於菊交给了一个算是机灵的侍女。"

真是这样的话，应该不会有人想加害年仅六岁的於菊。

"我也如此认为。"信幸表示同意。

话说回来，北条父子是多么愚蠢的家伙啊……

他们为何要发动一场全无取胜可能的战争呢？这让人根本想不明白。

如果北条氏直诚恳地向秀吉和家康道歉，亲赴大坂保证服从秀吉——"那不就什么事都没有了。我不就是这样做的嘛。"

“可是，父亲，北条父子此前不是屡次戏弄了关白殿下和德川公嘛。事到如今，绝不是道歉就能平息的啊。”幸村说道。

昌幸苦笑着看了看幸村，又转脸看看信幸。

信幸也在笑。

“怎么了？”

“那个，幸村，以后我会慢慢讲给你听的。”

“什么事？”

“只要北条父子俯首道歉，万事就都可以解决了。”

重臣们举杯对饮，相谈甚欢。

大厅的灯火恍如白昼。

只有樋口角兵卫一人默默自斟自饮。昌幸也好，信幸、幸村也罢，没有人理会角兵卫。不是他们有意疏远他，而是很自然就这样了。

这倒不是角兵卫那庞大身躯很碍眼的缘故，而是他脸上没有一丝微笑，对于受到父兄及重臣们热烈欢迎、此刻正兴高采烈讲述大坂趣事的幸村，角兵卫竟是横眉冷对，一副无聊死了的表情，独自一人频频举杯。

不得不说，这个角兵卫非常不适宜出席这种场合。

——源二郎你小子那副得意扬扬的表情是什么意思啊？你是被当做人质送到关白身边，你还得意什么呀？

角兵卫果真是甚感不屑。

不一会儿，角兵卫的络腮脸就变得面色苍白。

幸村回到上田城时，角兵卫曾出来相迎，问候道：“你回来了。”

而幸村并未下马，只轻轻点了下头，说了一句：“哎呀，阿角，你怎么变得这样老啦？”

角兵卫的胡须从脸颊到下巴都是茂密浓厚，虽让人甚感羡慕，却毕竟让只有十九岁的他看来足有三四十岁。每当角兵卫睥睨四方，行走在城墙内时，守城士兵都极其惧怕，避之唯恐不及。

角兵卫在三丸外修建了一所小屋，和母亲久野一起生活在那里。没人敢接近那里，只有他叛逃时驯服的五名浪人成了他的家臣，陪伴身边。

"哎……"角兵卫似乎难以忍耐，捧杯来到幸村面前，"请饮我此杯。"

"我不能再喝了。"

"你不喝我的酒吗？"

"阿角，你怎么这么说呀。好，来吧，干！"

"不用了。既然你不愿意，那就不勉强了。"

"咦……"

"啊，啊……"角兵卫的两眼放光，"这把刀太妙了。"

"这个？"

幸村握住身上佩带的短刀刀柄："父亲大人、哥哥，我忘了呈给你们看了。这是关白殿下赐给我的来国俊。"

第贰话

丰臣秀吉赏给真田幸村的来国俊的名刀长七寸五分，其父昌幸贪婪凝视着做工精美、高贵华丽的刀身，赞叹道："名不虚传……"

来国俊是三百年前的名匠，他锻造的短刀历来便是武士们垂涎欲滴、梦寐以求之物。

纵是这样的稀世之物，秀吉也满不在乎地说："你拿去用吧。"就给了幸村，这让昌幸有些意外。看来，幸村确实很受秀吉宠爱。

信幸欣赏完，将短刀还给幸村。后者正欲重新佩带上时——

"源二哥哥，"樋口角兵卫突然凑近了大喊道，"我想要这短刀！"

宴席上的人都看着角兵卫和幸村。

"我身为一名武士，一定要佩带这样的名刀。"

"阿角，你为何故意为难我呀？"

"不是为难你。"

"就是为难我。"

"很遗憾，你误解我了。"

“你听好——这把短刀是关白殿下赐给我的。”

“我知道。”

“如果我把这把刀给了你，那我回大坂后，关白殿下若问我怎么不见那把来国俊的短刀了……我该如何回答？”

“那你就禀告大人说把刀给我了。”

“你说什么蠢话……”

“你就是不愿给我吧？”角兵卫单膝跪地，悍然盯着幸村。

就在此时，源三郎信幸大喝道：“角兵卫，退下！”

平日里，信幸说话总是温温吞吞，这猛然大喝真让人难以想象是出自信幸之口。幸好众人都知道战场上的信幸叱咤风云、喊声如雷，所以没有特别震惊。但若女人们这会儿还在，只怕就会被信幸这震撼人心的嗓门吓破了胆……

信幸的突然大吼吓得角兵卫缩成一团。

一直以来，角兵卫只惧怕信幸。

“你回居馆睡觉去吧。”信幸的口吻恢复平缓，像换了个人似的。

“是。”

樋口角兵卫缩着头，抬眼瞥了一眼幸村，缓缓从大厅退了出去。

真田昌幸把脸扭向一旁，闭上双眼。气氛顿时冷了下来。

信幸对幸村说道：“源二郎，去我的居馆吧。到天亮还早着呢。”

“好，我跟你回去。”

兄弟二人向父亲告辞，安房守昌幸“哦”了一声，欲言又止，黯然看着这两个儿子。信幸和幸村对视一眼，同时微微苦笑。

昌幸抿了口酒，小声说道：“你们好好休息吧。”

他在本丸内为幸村准备了卧房，幸村当晚却住在了哥哥家里。

此时，信幸的夫人稻姬尚未就寝，而是备好了酒菜，等待丈夫和幸村回来。

稻姬年仅十七却已为人妇，不能再称"姬"了。昌幸之妻未出阁时芳名"典子"，嫁给武将后则称"山手殿"；所以，我们以后就用"小松殿"来称呼稻姬吧。

言归正传——五天之后的上午，幸村只带着向井佐平次一人策马去了城外的一处温泉，在那儿住了一晚，才又回到上田。

远处的群山都落了雪，上田却是风和日丽，没有一丝冬日的感觉。

"佐平次，你直接回砥石吧。"

两人来到城门口时，幸村说道。

"不，我护送您回城内吧。"

"有什么不同吗？"

"不，那可不好……"

"过不久又要出门打仗了。现在，你好好疼爱一下茂枝吧。"

幸村不再是少年了，说话和做事越来越像大人。对于幸村的这一变化，佐平次也曾对茂枝说过："最近我也不太敢像以前那样亲近他了……"

佐平次目送幼主进城之后，便掉转马头，向砥石方向奔去。

幸村来到三丸，翻身下马，将马交给了马厩的下人。

就在这时，樋口角兵卫喊着"源二哥哥"出现了。

"哦，是阿角呀。"

"哥哥，角兵卫都十九岁了，别再'阿角'、'阿角'的喊了，请称呼我的名字！"

角兵卫的神情有些异常。

第叁话

"哦？有理。"

对角兵卫带有挑战性的抗议，源二郎幸村无意辩驳。

若是以前的幸村，一定会反唇相讥："叫你阿角，哪里不妥当啦？"

可现在的幸村已经在大坂生活了两年，就连其兄信幸都曾对父亲昌幸说道："幸村长成大人了呢。"

信幸只比幸村大一岁，可是在家臣们看来，兄弟俩的年龄差距足有五六岁之多。

现在，他们的年龄差距缩减到了两三岁。

幸村欣然对角兵卫道："我以后会注意的。"

樋口角兵卫的怒火没能发泄出来，冷冷地斜视了一眼幸村。

他凭什么对幸村发火呢？真是个莫名其妙的家伙。

非要觅出个缘由的话，恐怕就是五天前宴会上失态的延续。

其实，从少年时期开始，角兵卫对幸村就抱有敌意，如今这股被压抑的情绪突然爆发了出来……

“源二哥哥。”

“嗯？”

朝二丸走去的幸村转头看着角兵卫，一副不耐烦的表情。

就在这时——

“给我吧。”

角兵卫大吼着，向猛兽一样扑向幸村。

“你做什么！”

“给我……给我！”

角兵卫扑到幸村身边，接着又猛然退后，手里拿着那把来国俊短刀。

他用惊人蛮力从幸村腰中抢过了此刀！

“啊？”幸村一呆，“阿角，你……你干什么……”伸手要去夺回短刀，角兵卫却连呼“给我”、“给我”，一下子从幸村身边窜过，正好跑到欲将幸村的坐骑牵到马厩的下人背后。

一切是瞬间之事。

手拿缰绳的下人受到角兵卫的强烈撞击，只听“啊”的一声，身体像球一样被弹了出去。

角兵卫的庞大身躯猛然一跃，坐到了幸村的马背上。

“角兵卫大人，你……”

“快住手！”

三名下人跑了过来，逐渐接近角兵卫。

角兵卫勒住缰绳，大喝道：“喂，退下！”

骏马一下子人立起来，下人们都不敢靠近。

“躲开！”

转眼间，角兵卫夹紧马腹，朝三丸的木门疾驰而去。

人们聚集在马厩、空地、岗哨及三丸附近，意欲将他拦下。樋口角兵卫却一路高呼着"嘿呀"，策马从他们中间穿过，冲向三丸之外。

前来迎接幸村的侍从们从马厩牵出了马，要去追赶角兵卫。哪知幸村却制止了他们："别去！"

"可是，幸村大人……"

"不要追！他可是我的表弟。"

"啊……"

"行了，算了吧。"说完，幸村就朝二丸走去。

幸村告诫侍从们："切不可将此事告诉别人。"但毕竟是有好多人亲眼目睹了这件事，所以用不了多久就会传到昌幸和信幸的耳朵里面。

幸村就住在本丸父亲的居馆，到了晚上，在地炉间的父亲昌幸差人叫幸村过去。

"父亲大人，您有什么事？"

"你，过来。"

"是。"

"是不是阿角这个浑小子抢了你的国俊刀？"

"您都听说了……"

"好像这小子还没回来。"

"好像是的。"

"真是个让人头疼的家伙。"

"没事，他不久就会回来的。"

"我说的不是这个——国俊名刀到底是关白殿下送给你的物品啊！"

"是。"

"日后你回大坂，关白殿下若问你国俊短刀何在，你如何回答？"

"这……"

"这可不是件小事。"

"恐怕是吧……"

"殿下赐你的刀，竟然被别人夺去，你如何向殿下说明？"

"这……"

幸村轻轻摇了摇头。

安房守昌幸不明白幸村的意思。

"那，你是什么意思？"

"什么……？"

"你为何摇头？"

"没关系。"

"什么没关系？"

"我只要把事情的原委详细向关白殿下说明，应该就没问题了。"

"嗯？"

"关白殿下不可能因一把国俊刀批评我。不会出什么事的。"

幸村胸有成竹。

话虽如此，昌幸次日一早仍下令道："搜查阿角的下落！"

近百名士兵开始在四面八方搜捕角兵卫。

源三郎信幸建议道："父亲大人，我觉得此事最好别太张扬。"

"不，我绝不饶他。"

昌幸没有接受信幸的建议，他唯恐日后再出现此类事件。

可是，昌幸一时尚未想好抓住角兵卫后该如何惩处。

"父亲有些奇怪。"信幸对幸村说道。

"我有同感。"

"阿角才不会束手就擒呢，哈哈哈……"

"可是，哥哥，阿角会回来吗？"

"我想他是会回来的。和以前的角兵卫相比，现在的他多少有些改变，可依旧喜欢争强好胜。"

"即便是与人争斗，他的疯狂也无人能及啊。"

"嗯……"

"我可不喜欢没有胜算的争斗。"

幸村认真说道，嘴角带着一丝微笑。

"跟我一样嘛……"信幸笑道。

幸村跟着问道："哥哥不喜欢打无把握之仗，对吧？"

"正是如此。"

此时，小松殿备好酒菜，送了进来。

兄弟二人一边喝酒一边聊天，如此直到深夜。

"哥哥，给角兵卫娶个媳妇，如何？"

"这……"

不知为何，信幸没有回答。

"哥哥……"

"嗯……"

"您觉得如何？"

"这个嘛……"

“如果角兵卫成了亲，会不会安稳一些？”

“他狂暴的缘故，其实不是你想的那样。”

“啊？”

“那是他的天性。”

“哥哥，我们身上不是流着和阿角相同的血？”

听到幸村如此说，信幸笑了：“这就真是搞不清楚了……”

小松殿惑然看着兄弟二人的脸。

她知道樋口角兵卫是丈夫信幸和小叔子幸村的生母山手殿夫人的妹妹久野之子，却觉得此刻真田兄弟二人的言谈和眼神中隐藏着一些秘密。

“幸村，”片刻之后，信幸端起酒杯说道，“给阿角娶个媳妇，固然很好……然而，阿角的老婆未免太可怜了。她不会幸福的。”

“……”

“两人所生的孩子……同样会很可怜。”

第肆话

第二天，樋口角兵卫果然回来了，但没有回到上田城内。

他出现在离城门很近的城下锻冶町。

这条街道正如街名一样，锻冶刀剑的商铺鳞次栉比。

角兵卫就现身在这些房屋上面的一处屋顶上，朝着往来的行人大吼："我是真田家的樋口角兵卫，速去禀报城内，我在这里！"

接到报信，家臣们从上田城内赶来察看，确认了是角兵卫本人。

被角兵卫骑走的幸村的爱驹残月，就被拴在锻冶铺的屋檐底下。

家臣们赶紧把残月从屋檐下牵了出来。

"速将此事禀报幸村大人……"

"是。"

家臣们牵着残月向城内急行而去，背后的屋顶上传来角兵卫的嘲讽。

"角兵卫大人，休得无礼啊！""您快回城吧！"

留在街上的家臣们纷纷喊道。

角兵卫却大吼道："喊源二来！"他甚至没使用幸村的名字。

角兵卫如猛兽般的咆哮冲击着混有尘土的空气，吓得街上人家纷纷关门闭户。

天上的太阳被云彩挡住，四周暗了下来。可太阳很快就冲破云层，洒下耀眼阳光。

"请返回城内吧。""回去吧……"

"闭嘴！"角兵卫拔出腰间大刀，"你们来抓我啊。"

他双目怒睁，狠狠注视着地面上的人。

家臣们都被角兵卫的气势镇住。

不管怎样，角兵卫总归是主君的外甥，不能对他刀枪相向。

樋口角兵卫喝完一瓶酒，把酒瓶往下一扔。他的脸完全被杂乱的胡须盖住，刚硬的胡须被酒一浸，闪闪发光。

大家后来才知道，角兵卫白天藏在周围的山中，一到夜里就去村子里抢夺村民的食物和酒。跟着他的残月更是没受亏待——"酒足饭饱。"

当家臣前来禀报时，幸村正好在信幸的居馆。

"哥哥，这件事让我一个人去处理吧……"

"你能行吗？"

"行。"幸村跟着便嘱咐家臣，"不要惊动别人，知道了吗？"

他骑上刚被牵回来的残月，朝锻冶町赶去。

风吹来北方山中的积雪，幸村骑在马背上，在雪花中徐徐前进。

路上见不到一个人影。看来，大家都知道了角兵卫的事。

幸村来到了锻冶町中，屋顶上的角兵卫一看到他，登时用左手高举大刀，右手往腰间一拍。

角兵卫的腰间别着那把从幸村那里抢来的来国俊短刀。

幸村来到角兵卫停留的锻冶店铺前："角兵卫，你去哪儿了？"

"山里。"

"哦……那你为何回到城下？"

"你问这么多干什么？"

"那你想让我怎么做？"

"不知道。"

"你是打算回城接受父亲的批评吗？"

"不知道，我说了不知道！"

"你火气挺大啊。"

"闭嘴！"

"你把刀收回去吧。"

"收回去之后呢？"

"你想让我怎么做？"

"我把刀收回去，你就把这把国俊短刀送给我吗？"

"嗯，你用吧。"

"你、你说什么……"角兵卫难以置信。

"这刀你用吧，我不骗你。"

"真的？"

"真的。"

"咦……"

角兵卫嘀咕着把大刀从左手换到右手，插进刀鞘。

"你就这么想要这把刀？"

"想要、想要、想要！"

“好，那就给你用了。但你要准备好接受父亲的训斥。角兵卫，你现在是一名顶天立地的武士，所以你当然明白这一点吧？”

“这我知道。”角兵卫点了点头，“如果大人让我切腹，我就用这把国俊短刀，漂亮地死给大人看！”

“好样的，真有骨气。”幸村的脸上全无笑意，肃然说道。

对角兵卫而言，这是幸村第一次认真夸奖自己。他有些不敢相信幸村的话，表情混杂着扬扬得意和不安之感。

角兵卫蜷身趴在屋顶上，死死盯着幸村。

“角兵卫，下来吧……”

“赢了啊。”

“什么？”

“我赢了源二哥哥。”

“什么意思？”

“关白殿下给哥哥的刀，被我抢来了。”

“是的。”

“被我抢来的刀，你说给我了。”

“对。”

“所以，我打败了源二哥哥！”

“哦，是这个意思啊。”幸村若无其事，“对，对，就是这么回事。”

“那么，哥哥你输给我了。”

“对，我输了。”幸村满不在乎。

此刻，樋口角兵卫的脸上洋溢着一种从未有过的略带羞涩的微笑。那笑脸就像是天真无邪的儿童。

健壮的角兵卫从屋顶上轻轻一纵，跃了下来。

第伍话

幸村称赞角兵卫是善战的勇士。这件事深深影响了樋口角兵卫的一生。

幸村翻身上马，对角兵卫说道："角兵卫。你跟我来。"

"好，我跟你去。"

周围真田家的侍从都没想到角兵卫会如此听从幸村，更没想到幸村真的把丰臣秀吉赐予的来国俊短刀让给了角兵卫……

回到上田城后，幸村让角兵卫在外等候，自己先去见了父亲昌幸。父子二人交谈了一会儿，才把角兵卫叫进居馆的地炉间。

角兵卫一进来，安房守昌幸就斥道："你这个无法无天的东西！"

角兵卫双手伏地，低着头一言不发。

"角兵卫，你、你知道自己做了什么吗？知道吗？"

"知道。"

"你身为我的外甥，源二郎的表弟，竟做出如此莽撞之事，家臣们将如何看你？"

"嗯……"

"道歉——你要向源二郎道歉！"

角兵卫没有说话。

"你为何不说话？"

"源二哥哥已经把国俊短刀送给我了。"

"所以你就不用道歉了吗？"

角兵卫俯首不答。

"你给我听好——我命令他们取你的脑袋，但源二郎说不能用一把短刀来交换力大无比、英勇善战的你。"

角兵卫吃了一惊，看向幸村。幸村装出一副毫不知情的样子。

"源二哥哥，此话当真？"角兵卫颤抖着问道，"哥哥……"

"是真的。"

听到幸村的回答，角兵卫立刻解下腰间佩带的国俊短刀，放到幸村面前，说道："还给你。"

"你说什么……"

角兵卫两眼发光，须臾竟热泪盈眶。昌幸和幸村都吓了一跳，你看看我，我看看你。他们从未见过角兵卫流泪。

"角兵卫，这把刀我送给你了，你拿去吧。"

"我不要了。"

"为什么？你引起那么大的骚乱，不就是想要这把国俊短刀吗？"

"还给你。我不要短刀了，还给你，还给你！"

角兵卫大喊着，"嗖"一下从地炉间跑了出去。

"父亲……"

"嗯……"

父子二人都呆住了，一时无语。

片刻后，幸村行了一礼："那，我告退了……"

　　昌幸叹息着说了一句："辛苦你了。"紧跟着又柔声道，"我也该向你说句谢谢才是。"

　　"不、不……"

　　幸村从地炉间退下之后，安房守叫来下人，准备酒菜。

　　据说，从此以后，樋口角兵卫对待幸村的态度有了三百六十度的大转弯。这意味着什么呢……

　　在大坂丰臣秀吉身边生活的这两年，让幸村成长了起来，他对角兵卫的态度也变了。对于幸村的态度改变，本性粗野的角兵卫也感受到了。角兵卫自幼饱受幸村的嘲弄，虽然力气大过幸村，却必须屈服于对方的才智。或许就是长年累月攒下来的这种郁闷和自卑，让他做出了抢夺关白殿下赐给幸村的短刀之举，这是当时的正常武士绝不会做的事情。

　　幸村恐是害怕由此引发更大的骚乱，所以才把国俊短刀让给角兵卫的吧。而角兵卫则只觉得："我赢了源二哥哥……"

　　既然源二郎承认他赢了，角兵卫就觉得不再需要什么短刀了。

　　而且，幸村对昌幸说："角兵卫怎能跟一把刀相比，两者无法交换……"正是幸村的这番话感动了角兵卫。就连从小一直保护自己的源三郎信幸，都没有这样夸过他呢！

　　幸村称赞角兵卫是善战的勇士，这件事深深影响了樋口角兵卫的一生。

　　这件事同样影响到了信幸，导致了让人意想不到的后果。

　　可那是三十年以后的事了。

　　总之，自此之后，樋口角兵卫再没对幸村做过任何无理之举。不但如此，凡是幸村的话，角兵卫都绝对服从，这让人们大吃一惊。

第陆话

天正十八年（1590年）的正月十二日，丰臣秀吉从大坂派使者带着信函来到了上田城。信上的内容大致如下：

> 值此酷寒之际，祝愿你一切安好。望你于本月内做好准备，二月十日前后率兵出征。我会安排船只运送四国和西国的兵马粮草。二月末三月初，我方便可在海上自由通行。其后，各国人马齐动，供给的粮草储备在八幡大菩萨国。尾州和信浓的人马，其军饷用金银支付。望你了解。彻底消灭小田原敌军之前，你不要轻举妄动，可派两三万人从木曾口突破，配合大局，稳扎稳打。我们各路人马相互配合，统一行动，惩治凶徒。

为了讨伐北条父子，丰臣秀吉给各地大名都下了一道军令，其规模前所未有。他调动了二十至二十五万的大军来攻打北条家。

胜败一目了然。

秀吉亲自率领大军，先来到骏府休息，由德川家康打头阵攻向伊豆。而前田利家的部队则从北陆前往越后，跟上杉景胜和信州诸大名的部队会合，自上州开赴关东，攻打北条氏的各个属城。

真田昌幸就在这第二梯队之中。

秀吉派使者叮嘱昌幸："切勿轻举妄动……"他不希望兵力微薄的昌幸急着立功，擅自率兵进攻，因而命他加盟前田氏和上杉氏的第二路军——"不要有任何顾虑，尽管献计献策！"

这足以表明秀吉对昌幸这位武将之实力的高度认可。

秀吉的使者同时带来了一封石田治部少辅大人给真田昌幸的亲笔信。

昌幸当然知道那位大名鼎鼎的治部少辅——石田三成。昌幸带长男信幸去大坂时，石田三成凑巧离开了大坂，所以没能见面。但是，从次子幸村的口中，昌幸得知三成深受秀吉的信赖。

石田三成出生的地方是近江国坂田郡的石田村，也就是现在的长滨市石田街。有关其父石田正继的情况，史册全都是语焉不详，只知道他人品端正，学问渊博。三成尚处年幼之际，正继就希望他能到外面的世界开阔视野，增长见识，把他送到附近的观音寺当了一名小童。

当时，三成名唤"左吉"。

后来，织田信长率军攻打北近江地区的浅井长政，浅井氏的居城小谷城眼看着便要陷落之际，长政切腹自杀了。信长遂命羽柴秀吉封锁了小谷城附近的横山城一带。

从横山城沿山道下来，走不远就到了观音寺的境内。

　　时任长滨城主的秀吉偶然来到了观音寺内，跟寺里的和尚随便闲聊。就是这个时候，秀吉注意到了石田左吉。

　　"好一个聪明少年。我想把他带在身边，培养成一名真正的武士。"秀吉如此说道。

　　那时的左吉只有十四五岁。

　　下面这段小故事虽然出自古籍，却是众所周知。然而，我忍不住想再讲一次。不管这故事是否真实，总归是体现了石田三成的过人才智。

　　某日，出来狩猎的羽柴秀吉感到口渴，就拐到观音寺，站在院子里喊道："有人吗？我想讨杯水喝。"

　　正巧石田左吉在寺里，就用大碗倒了杯温茶水，端给秀吉。口渴的秀吉一饮而尽，说道："好喝，好喝！再来一碗。"

　　这次，左吉倒了一杯比刚才稍热些的茶水，端给秀吉。

　　"好喝，再来一碗！"

　　"好。"

　　左吉端给秀吉的第三碗茶水比第二碗又要热些，而且用了个小一些的碗。

　　秀吉问道："为何水越来越热？"

　　"当人口渴的时候，往往会一饮而尽，所以茶水不能太热。"

　　秀吉很欣赏石田三成的回答，决定将这孩子收作家臣。

　　出仕秀吉之后，三成一帆风顺，二十四岁就当上了近江水口城主，两年后又被授以"从五位"的"治部少辅"一职，后更当上秀吉的奉行，可以相机替秀吉发号施令。自从秀吉控制住堺、博多这些贸易城市之后不久，三成就被委以管理这些城市的奉行之责。

　　正因有如此丰富的阅历，石田三成很同情背井离乡、被当成人质送到大坂城的源二郎幸村，对其多方照顾。真田昌幸从幸村那儿闻知此事，立刻拟了封言辞恳切的感谢信给石田三成。

　　这位治部少辅石田三成特意让秀吉的使者给昌幸带来消息，那到底是……

　　热心的三成将名胡桃城沦陷后的情况逐一告诉了昌幸，信中称大坂城目前逐渐掌握了名胡桃城内部的情况。

　　看来，丰臣秀吉布满天下的情报网同样渗进了北条军的内部。

　　三成告诉昌幸，铃木主水的妻子和儿子小太郎目前依旧被关押着，但没有生命危险。而死去的阿德和真田昌幸所生之女於菊则平安无事。

　　三成叮嘱昌幸："上述情况只有我一人知道，所以别告诉他人。"

　　石田三成的这封信让昌幸感动万分。

　　他对身在大坂城的幸村的照顾和好感，如今也让其父昌幸及真田家的人们感受到了。

　　"真是慈悲为怀的仁义之人啊！"昌幸告诉幸村，"三成的此番好意，你一定要牢牢记着。为父也永志不忘。"

　　"明白。"幸村掩饰不住对三成的感激之情。

　　之前，上杉景胜对真田家的宽容和此次石田三成的好意，就给真田昌幸、幸村父子留下了深刻的印象，让他们终生难忘。

　　这不仅是真田家生死未卜之际所受到的恩惠，更是对昌幸的安慰——他明知铃木主水将有大难临头，却被迫见死不救，此时得知名胡桃城的情况和铃木主水的家人平安无事，心头自是一宽。当然，确认了亲生女儿的性命无虞，更是一大喜事。

“父亲，我们收回名胡桃城之后，让小太郎……”

“这个不用你说，我会让他继承主水的家业，管理名胡桃城……”

“那我就放心了。”

“源二郎。”

“嗯？”

“出征之前，咱们必须去一趟越后的春日山。”

“好，咱们这就去吧。”

他们要去感谢上杉景胜的仁义之情。

幸村本来是上杉家的人质，却被丰臣秀吉仗着势力，强夺去了。既然这次要和上杉景胜一同出征，父子二人就必须前去拜候一下景胜——这便是真田昌幸的想法。

从上田去春日山距离不远，因此，他们更要向上杉景胜显示诚意。

“这样做再好不过了。”信幸同样十分赞成父亲的想法。

昌幸吩咐信幸和重臣们做好出征的准备，便带着幸村赶赴春日山城。

这真是明智之举。

“他们真的来了……”

上杉景胜被真田昌幸的情义打动，心头仅存的那一丝不快亦告烟消云散。

他笑容满面，迎接了真田父子，赠给幸村大刀一把、和服一套，预祝他出征顺利。

第柒话

德川家康将世子长丸送到了京都。

长丸时年十二，正是日后的德川幕府第二任将军——德川秀忠。

家康将继承人送到丰臣秀吉身边，当然是要向对方表明绝无二心。

据说小田原的北条氏政、氏直父子听说此事之后——

"不可能啊！"他们极度震惊，脸上都变色了。

此前，北条父子（尤其是隐居的氏政）一直认为，只要开战，德川家康一定会支持身处关东的他们。

家康是否向北条方面表示过这种意思，我们不得而知。可是，在北条父子被步步紧逼之前，家康确曾亲自出谋划策，对其忠言相劝。正因女儿嫁给了北条家的当主——左京太夫氏直，家康才会坐立不安。

这些年来，家康割据东海道，进入了人生的成熟期，他热切地希望关东的北条家能顺应时代发展，成为强大的盟友。

但北条父子似乎过于肤浅地理解了家康的好意，他们只看到对自己有利的表面东西，没有真正理解家康的用意。

六年前的小牧·长久手之战中，家康让秀吉吃了很大的苦头，这件事让北条父子记忆犹新。因此，他们仍然坚信如果北条、德川两军联合，纵是丰臣秀吉亦不足为惧。

换言之，北条父子尚不清楚六年前的秀吉和现在的秀吉有了翻天覆地的变化。而德川家康却清楚意识到了这种严峻的变化和现实。

因此，家康多次派使者去小田原劝说他们"听命大坂"……

而北条氏政也不再是昔日的氏政了，他认定："不管怎样，只要我军有胜机，家康就会支援我们。"

氏政如今过着隐居生活，终日待在小田原城内，所以没有意识到天下间的巨变，兀自对家康抱有期望。

如此一来，北条家和丰臣秀吉的这场战争无论如何都免不了了。

北条氏直的叔父北条氏邦建议："在丰臣军出动之前，我们先攻下沼津城，把它作为根据地，如何？"

北条氏邦是武州钵形城主，以英勇闻名。他主张果断出兵，让小田原城的北条军赶紧拿下沼津城，先头部队挺进富士川一带，以一举歼灭跋山涉水、疲惫不堪的丰臣军。

据说参加那次战前会议的大部分将领都同意北条氏邦的建议。反对者只有深得北条父子信赖的老臣——尾张守松田宪秀："这太危险。"

宪秀认为，若在地域开阔的平原和丰臣大军对垒，北条家怕是难有胜算。正确的做法是：凭借箱根的险要地势，固守小田原，和敌人周旋。

宪秀坚持主张，不肯退让。

箱根的群山就像屏风一样耸立在小田原城外。北条家依据天险，在群山中建城立寨。丰臣秀吉曾就此评价道："难关就是箱根的山脉。"

在箱根山脉一带，北条家的城砦共有八处。

松田宪秀的雄辩促使北条氏政形成决议："尾张守所言非常正确。"

氏政本就信心不足，当然希望能固守小田原城。

北条氏直没有反对父亲的决定。

结果，北条氏邦大怒道："这场战争，我们必输无疑！"拂袖离席。

其实，这次会议召开的几天之前，松田宪秀曾秘密接见了丰臣秀吉的密使。秀吉利诱松田："我将把伊豆和相模给你。你能否帮我们呢？"

宪秀基本接受了对方的提议。

秀吉担心天下会再度战乱，一旦北条军夺取沼津，他们就更会占有地理优势——"战争会因此变成拉锯战。"

小牧·长久手之战中，德川家康曾运用这一战术，让秀吉大尝苦头。因此，秀吉不打算让北条军出城作战，而是派大军主动进攻箱根天险——不能被敌人迎头痛击，一定要主动出击！

而且，和野战相比，秀吉本来就擅长攻城。

第捌话

丰臣秀吉从京都出征之前，将德川家康送来的长丸送回了骏府。

长丸到达秀吉在京都的聚乐第时，秀吉热情迎接了他。

跟随长丸前来的有井伊直政、酒井忠世、内藤正成等人，秀吉在德川的这些家臣面前，夸奖长丸："这孩子真是出类拔萃。"继而亲自拉着长丸的手，把他带到后宫的北政所夫人面前，"这孩子的发髻和打扮太土了，你帮他拾掇拾掇。"

秀吉命人给长丸准备了新的和服、罩衫、裙子等物。北政所则亲自给长丸梳了发髻，教其穿衣打扮。

秀吉又赠给长丸一把由名匠后藤德乘制作的带有三宝（金属装饰、算梳、小刀）的大刀，对井伊直政说道："你看，长丸公子的发髻和衣着追上大城市的潮流了吧，就跟换了个人似的。"

然而，直政等德川氏家臣根本就不关心潮流云云。就连他们的主人家康，大冬天都不穿袜子，过着简朴的生活。

秀吉说家康的世子长丸太"土"了，特意将他打扮了一番。

虽然德川氏家臣都没觉得这"潮流"有何特别，但秀吉毕竟是如此热情地招待了长丸，井伊直政只好表示谢意："承蒙殿下费心……"而其余德川氏家臣则都是一脸"无所谓"的漠然神情。

哪知秀吉接下来说的一段话，竟让他们脸色大变。

秀吉是这样说的：

"德川大人重德重义，千山万水地把年幼的长丸送到都城，与其说是对关白我尽仁义之礼，倒不如说大人是打算把长丸当做人质吧。如今，我丝毫不怀疑德川大人对我的忠心。把幼小的孩子扔到他国，孩子太可怜了。你们随时随地都可以把长丸带回去。"

德川的家臣们既震惊又感动。

秀吉能说出这样的话，正因为其威势大得让人无可反抗，这也是毋庸置疑的事实。

秀吉能立刻将家康的孩子长丸返还骏府，自然就向天下显示了其威势。

当井伊直政等人护卫长丸，回到骏府，并将这一切报告给德川家康时，家康丝毫没感到吃惊或是欢欣，只是微笑着点了点头。

跟直政他们的无比震惊不同，家康非常淡定，说道："把长丸还给我固然很好，可我就必须得把我的地盘借给关白殿下用了。"

果不其然，秀吉没几日就派使者来到骏府，说是希望家康可以让丰臣军进驻家康的属城。

"你们看吧，如今我是无法拒绝了啊……"

一切都被家康说中，井伊直政不得不佩服主人的洞若观火。

天正十八年二月二十八日。

关白丰臣秀吉进皇宫面见天皇，后阳成天皇赐予他御刀——仿中国制度而设，在将军出征打仗之际由天皇赐予的大刀。

当时，大部分的地方大名都率领军队从本国出发了。

北陆道的前田利家十五日从加贺出发，上杉景胜也于同日到达了信州的海津。

真田昌幸拟定率三千人马于二月二十五日从上田动身，三月二日到达碓冰峠，在此构筑军防，等待上杉、前田两部到来。

这一路大军，除了上杉、前田、真田三支部队，尚有信州小诸城的城主松平康国，总兵力达到了三万五千人。

三月一日——

丰臣秀吉从京都的聚乐第动身了。

时年五十五岁的丰臣秀吉，小脸庞上布满皱纹，化了薄薄的妆，鼻子下贴着熊皮做的假胡须，头戴帽缨竖起的头盔，盛装打扮，简直就像是参加祭祀活动。

只见秀吉身披红甲，佩带镀金装饰的大刀和红色弓箭，骑着用金银装饰的爱马，向人员整备的部队发出号令："好，出发吧！"

将士们都欢声雀跃，没有一个士兵认为这场战争会输。

将士们按照秀吉的命令，都花费心思地装饰了军装，一眼望去，只看到成千上万的华丽风幡和战旗迎风飘扬。

秀吉亲自率领了二万八千人的大军，石田三成带领的一千五百人也加入其中。

"这是出征的部队吗……"

"从未见过。"

"何等壮观的队列！"

“真不愧是天下人①殿下啊。”

在春日中前来给军队送行的京都百姓们也都很兴奋，人声鼎沸，齐声欢呼。

秀吉是想借此来显示自己的强大威势，同时也鼓舞士气。这次出征的对手虽是严阵以待的北条父子，秀吉却全无一丝不安。

出征前，秀吉曾对北政所说："这一次，我要一点点跟他们打。"

"一点点？"

"我不打急功近利之仗。"

"这样啊。"

"我会尽量避免我军流血牺牲。我打算让北条父子看到我的威势，让他们认清形势，放弃武力。"

动用华美壮丽的出阵部队，只怕亦是冲着这目的吧。

部队行经皇宫前时，后阳成天皇登上了设在那里的一处高台。

这是从未有过的事情。不管秀吉的关白之位如何稳固，他毕竟只是一个大名。一位大名出征打仗，天皇竟然走出皇宫送行！

就算秀吉目前是天下人了，但总归是天皇的臣子。天皇给臣子送行，这真是闻所未闻的事。无怪乎秀吉会春风满面，得意之极。

只见秀吉翻身下马，挪动到天皇所在的高台之前，禀道："关白秀吉奉命出征，誓要讨平关东贼寇！"

天皇微笑着点了点头。

秀吉深深低头行礼，继而缓缓后退，上了战马，大呼道："出发！前进，前进！"

---

① 掌控天下实权之人。

为了今日的出征，秀吉已下令将横跨鸭川的三条大桥重新用石头铺设，以便大军通行。由此可见他的威势和财力都非常人所及。

进军路上，丰臣秀吉一度在大津、近江八幡、柏原等地停留，行军缓慢。这期间，他不断对先行进军的各大名发号施令，排兵布阵，分析四面八方汇集而来的情报，再下达指令。

直到十九日，秀吉才到达骏府。

在此之前——

抵达碓冰峠的真田昌幸在等待后续的前田部队和上杉部队之余，命人侦察了一下松井田城的情况。

碓冰峠附近松井田城的城主，是北条家老臣——大道寺政繁。他是一位久经沙场的勇将，虽已五十八岁，却是个不好对付的劲敌，昌幸丝毫不敢对他放松警惕。

秀吉虽告诫昌幸不必急于求成，可昌幸觉得这点行动还不能算是擅自行动。

"源三郎。你去看看。"

"知道了。"

信幸带领约五十名骑兵，下山而去。

幸村一直待在父亲昌幸的身边，可他像是突然想起什么，对向井佐平次耳语道："去把角兵卫叫来。"跟着便从父亲身边走开。

樋口角兵卫一踏进幸村伫立的树林中，就开口问道："叫我什么事？"语气里有些莫名其妙。

"哥哥刚才出去了。"

"是的。"

"可我总有些不放心。"

"不放心什么？"

"草者这次也没随军前来，对方的情况我们都不了解。"

"啊？"

"角兵卫，我总觉得大道寺的人在监视我们的动向。父亲虽然说过没有问题，可我还是担心哥哥。你能否带二十骑兵跟在哥哥后面，替我保护他？"

"好，"角兵卫欢然答道，"那我去了。"

既是幸村托付之事，角兵卫更要积极表现了。

第玖话

现下，昌幸不能再随意打仗了，一切都要听从丰臣秀吉的指挥才行。

真田军以碓冰峠的熊平地区为中心，构筑阵地。

从这儿沿山路下去，三里半开外就是北条的松井田城。

八年前——天正十年的时候，织田信长将上州之地赏给了泷川一益。本能寺之变后，泷川一益撤出上州，退回伊势。

在那不久之后，北条家的大道寺政繁就进驻了松井田城。他坚信松井田是守卫关东的要塞，第一时间加强了城郭防备。

丰臣秀吉曾特意嘱咐从北陆前来参战的前田利家："去年，真田安房守来大坂时，我曾跟他讲过松井田城的事情。我认为那样地势险要的城堡，天下少有。你们要充分准备，再发动进攻"。

那是个长二公里，宽一公里的巨大城郭。

城郭的水渠超过五十个。

本丸和二丸设在海拔高达四百米的尾根中心。

以此为中心点，利用尾根和山谷的地势，大大小小的城墙像蜘蛛的脚一样，细细长长，延伸到四面八方。

从松井田城沿碓冰川向西北行进的话，很快就能到达碓冰峠。

这一段山道蜿蜒曲折，地势越来越险要，其间还有一个坂本城。

说它是城，其实更接近砦——本丸长六十米，宽十五米，只在南面有四段城墙。真田昌幸的大道峠之砦都比这儿大。

真田信幸接到父亲命自己前去侦察之令时，就曾暗想："不知敌军是否暗中向坂本城驻兵了，必须要先确定这一点。"

但对方就算来此驻军，亦肯定只有两三百人的一小撮。

安房守昌幸说了，要在前田、上杉部队到达碓冰峠之前，拿下碓冰城。

碓冰城和坂本城隔着一条街道（中山道），坐落在其北面约一千米的一座山顶上。

若想从碓冰峠向松井田城进发，就必须得经过坂本、碓冰两城之间的中山道。

碓冰城是一座废城，据壶谷又五郎领导下的草者的报告，北条方在此没有布置一兵一卒。

壶谷又五郎正和其手下一起潜伏在沼田、名胡桃等地。

阿江应该也在其中。

现下，昌幸不能再随意打仗了，一切都要听从丰臣秀吉的指挥才行。

这意味着他要服从统帅这一路军队的前田利家的调遣。

昌幸觉得若攻下松井田城，跟着一定会攻打沼田和名胡桃。上杉景胜亦曾说过此事，而昌幸所属大军的战略正是如此。

所以，让熟悉地形的真田部队担当先遣军自是理所当然。

昌幸就是想到了这一点，才让草者们提前潜至沼田等地。

昌幸还特别嘱咐亲赴上田的壶谷又五郎："你要在名胡桃设法救出铃木主水的妻儿，还有於菊，以及所有被抓起来的人。这就是派你们前去的目的。"

真田昌幸希望在攻打松井田之前，拿下碓冰和坂本两城。

纵然它们已是废城，但城郭还在。只要有城郭，就能容纳士兵。

若友方三万五千人的大部队全都集结在碓冰峠，未免太挤。

——"地方太小，无法调动兵力。"

"此等小事，由我去解决就行了。"昌幸说道。

源三郎信幸率领五十名骑兵，分为三部，信幸和十五名骑兵打头，沿山道先行下去。

往下走，一切完全不同。

有温差。山的地表颜色和树木的形状也不同。

已是四月初了，从山岭的顶点到信州一侧却兀自留有残雪，昨日军队阵营里更曾吹来雪花。

可是，从山顶下行往上州一侧前进的话，一路能听到山鸟啼鸣，春意盎然，虽然是乌云密布的阴霾天气，可仍让人感觉光线明亮，似是阳光洒落。

信幸来到坂本城东面千米远的地方，命五名骑兵前去侦察。

骑兵们下马急行，跑进山林。

信幸又让十五名骑兵在前面开道，自己则带领三十名骑兵，不紧不慢地沿山道下来。

来到碓冰和坂本两城之间的中山道前，信幸停了下来，在此等候先行的骑兵和前去侦察坂本城的骑兵回来报告。

樋口角兵卫跟着信幸一行，和他们保持将近半里的距离。

角兵卫还让五名骑兵先行，不断确认"源三哥哥有没有事"……

由此可见，角兵卫较以前成熟了。

先行的骑兵回来报告信幸："前方没发现异常。"

信幸又往前走了一段。这时，山林中的骑兵也回来禀告："坂本城内一个敌军都没有。"

"好。"信幸决定穿过中山道，接近松井田。

此时是巳时下刻（上午十一点）左右……

其实，逐渐接近坂本城下的真田信幸一行人的一举一动，早已在大道寺政繁家臣们的监视之中。

只能说源二郎幸村的担忧应验了。

第拾话

"究竟还有多少敌军？"奋力还击的信幸脑海里闪过一丝绝望的阴影，"我今日要战死于此吗？死不足惧——我死了，还有源二郎呢！"

坂本城的东面，有一小段地势平坦的山谷向南延伸，这里虽称不上城下町，却有木板茸屋顶的三十家民居夹道而立。

现在，路上没有一个人影。

坂本城内没有驻军，而且因为马上要打仗了，所以居民们都躲到别处去了。

真田信幸让十名骑兵先行侦察情况，很快就接到报告："这里连只小狗也没看到。"

"太好了，继续前进。"信幸决定一鼓作气穿过坂本城下，到达一个叫御所平的地方之后，再派人侦察松井田城的情况。

从御所平到松井田城，大约有一里的距离。

"不可疏忽大意。"信幸叮嘱道。

压阵的十名骑兵左看右看，警惕着四周的动静，缓慢前行。

走完平地，出现了一个上坡道。

突然，前面的街道上传来一阵蹄声。

先行的十名骑兵紧张地回头望着信幸，其中五人策马急行，冲到坡上，往对面的山坡张望。

"啊……"

"这是……"

他们慌忙掉转马头，返了回来。

"怎么了？"信幸问。

"敌人扑过来了。"

"什么……"

北条军埋伏在街道两侧，向信幸发动了进攻。

虽然地势不利于观测前方情况，可如此多的敌军埋伏在此，还是让信幸怎么都没想到……

而且，敌人是突然杀过来的，虽然尚未看见自己。

"这是怎么回事？"

突然，信幸恍然大悟。

——敌人早就埋伏好了要伏击我们！

如果真是这样，就意味着从碓冰峠一路前进到此的信幸一行，其一举一动早已在敌军的监视之下。

信幸感觉到危险正步步逼近，断然命令道："撤退！"

那一瞬间——

一支箭"嗖"一下从信幸的肩头擦了过去。

"少主！"不知是谁叫出了声。

街道两侧的山林中开始骚动起来。

山林中万箭齐发，射向信幸一行。

战马受到惊吓，开始狂奔。

信幸看到前面的两名骑兵在飞扬的尘土中倒了下去。

"撤退！撤退！"

一行人掉转马头，伏下穿着盔甲的身子，朝坂本城疾驰撤退。

雨点般的流矢掠过山中寒气，冲刺而来。

信幸听到背后传来人马的悲鸣。

眼前出现了坂本的平地。

信幸背后空无一人。

他们以身体保护了少主的后背和战马，甘当盾牌挡住敌人的箭，就此倒地身亡。

敌人的进攻不光是用弓箭——伏在道路两旁的逾百名敌军骑兵凶猛地追了上来。

其中一人眼看就要追上信幸。

信幸察觉了身后的敌军，突然拉住缰绳。爱驹领悟到他的意图，疾驰的马蹄骤然一止，人立起来。

追来的这名敌军没能停住战马，从信幸的身旁擦肩而过之际，顺势大喝道："嘿，看枪！"

他单手握着一把长枪，刺向信幸的头。

信幸低头躲开了长枪。这时，前面的两名真田骑兵察觉信幸有难，立刻冲回来保护他。

向信幸袭来的那名敌军骑兵，很快就被挑下战马。

"少主，快撤……"

"好！"信幸应了一声，夹紧马腹。

又有两名敌军追了上来，他们的后面还有近百名敌军。

四十名真田骑士围着信幸，朝坂本城策马撤退。

“枪……给我枪！”信幸叫道。

一名骑兵从马背上扔来一把长枪，信幸伸手接住。

今日，信幸没有带枪。

突然间，有火枪一响。

信幸眼看着前方的两名骑兵被枪弹击中，长枪脱手落地，从马背上跌落下去。

“这是冲我而来啊……”马背上的信幸恨得咬牙切齿。

虽然他一路小心谨慎，可敌军早已知道信幸出了城。这说明敌人的探子完全掌握了在碓冰峠扎营的真田军的一举一动。

而真田方面根本没派出草者刺探敌情。

壶谷又五郎曾向昌幸建议派草者随军参战，信幸也向父亲昌幸如此建议过，可真田昌幸乐观地认为："用不着如此兴师动众。"

北条军不可能离开松井田主动进攻。一旦他们出击，势必会遭到昌幸的痛打。倘若昌幸那天早上不派长男信幸去松井田侦察，就什么事都没了。

但信幸毕竟是带了五十名骑兵来松井田一带打探。当大道寺政繁从忍者那里得知这消息时，立刻下令准备伏击信幸。

眼下追着信幸的近百名骑兵，正是松井田城派出来的。此外还有约一百二十名骑兵藏在坂本城。这些骑兵用来保卫作为忍者根据地的坂本城，拥有十挺铁炮，是北条军应付突发情况的机动力量。

得知信幸一行逐渐接近，这一百二十名的小分队便全部出了坂本城，潜伏在山林中。

现在，这一百二十名北条军正守株待兔，准备痛击溃败而逃的真田军。

北条军意欲夹击信幸。

街道上出现了长枪阵——藏在路两旁民房后面的北条军纷纷现身，高呼："杀啊！"

信幸在马上挥动长矛，奋力反击，大吼道："散开，撤退！"

信幸的呼喊很快便被淹没。

信幸沿着民房的屋檐下急行，四处舞动着手中的长枪，将左右两侧的敌军纷纷挑落马下。

街道中尘土飞扬，血流成河。

信幸的背后，又有十来名敌军追了上来。

"究竟还有多少敌军？"奋力还击的信幸脑海里闪过一丝绝望的阴影，"我今日要战死于此吗？死不足惧——我死了，还有源二郎呢！"

身披铁黑漆两层盔甲的信幸，几次被敌军的矛头击中，身体却尚未受到一丝伤害。

"保护少主！保护少主！"真田的骑兵只剩三十人，他们将信幸围在中间，拼死突围撤退。

他们屡次突破敌人的枪阵，一路向北而去。

从背后追来的敌军冲上街道旁的山麓，抢到他们前面，打算包围信幸。

第拾壹话

山谷的街道中，人马相撞，街上回荡着凄惨的叫声，鲜血遍地。

一个、二个……真田的武士们一个接一个被敌人的长枪击中，跌落马背，转眼间尸首又惨遭敌人战马践踏。

源三郎信幸沿着右边的民居小巷，一边喊着"撤退"、"撤退"一边将手中长枪耍得有若神龙，不断击退从侧面袭来的敌人。

"少主！少主！"侍从们绝望的喊声不断传入信幸耳中。

"嗯？"信幸抬头一看，前方又有新的敌军杀到。

"敌人怎如此之众……"他只好下定决心，"来吧，你们！"

信幸连考虑死亡的时间都没有了，只能拼死抵抗。他夹紧浑身沾满汗水和血水的爱驹腹部，从屋檐下冲到街道中央。

"少……少主……"

"过来，大家快过来！"

此时，真田的骑兵只剩二十五人，他们以信幸为中心，围成了一个圆。

他们要抱成一团，放手一搏，向迎面杀过来的北条军发起最后的突围……

这时，不知何处又响起了铁炮声。而且，不单是一挺铁炮的动静。

敌我双方都吃了一惊，分不出是敌是友——那炮弹不是朝真田方这二十五位骑兵打来。

紧接着，从真田军正面冲上街道的北条军混乱了。

——是我们的人！

源三郎信幸凭直觉认定，一定是碓冰峠的同伴得知险情，杀到了敌人背后，赶来解救。

"振作起来！"信幸信心大增，"快，勇往直前，冲出去！"

信幸大吼着——"杀！"挥舞长枪，击落身旁的敌人。

这时，信幸的长枪折成了两截，他立刻扔掉枪柄，从马鞍里抽出一把大刀。

"哇！"侍从们冲到信幸的身旁，顽强抵抗正面的敌军。

街道上尘土飞扬，两军混战，枪尖银光闪闪，锋芒舞动不休。

从北条军后方冲进来的，是樋口角兵卫率领的二十名骑兵。

角兵卫终于赶来了。

"呼"、"呼"……角兵卫手舞六尺多长的铁棒，挟着风声向敌人打去。铁棒毫不留情地砸到敌人的盔甲上，划破、掀落他们的盔甲。

受到如此猛击的敌军转眼间就从马背上跌落下来，长枪亦被击落。其中一些人被击中面部，血流满面，倒在地上。

这里的战场并不开阔，只是山谷间的街道罢了。

所以，从背后受到奇袭的北条军竟误以为樋口角兵卫的二十人骑兵足有着两三倍以上的兵力。

“哥哥……”冲进乱成一片的敌军中，眼花缭乱地将敌军掀落马下的角兵卫不停叫道。

角兵卫看到信幸骑在马上从前方飞驰而来。

“哥哥！”

不光是敌军，角兵卫的铁棒还砸向敌人战马的马头、马身。

敌人从狂奔的马背上被甩了下来。

折断后腿，不能飞奔的战马；倒在地上，口吐鲜血的战马……

“哥哥！”

“是角兵卫啊……”

“快，快！”

“好。”

真田军你推我搡地拥挤在一起，强行突破敌军。

“喂，阿角……”

“哥哥……”

“你来得正好，我们冲出去。”

“是。”

这次，角兵卫殿后。只见他时而用双腿夹紧马腹，时而松开双腿，自由自在地驾驭着他的战马，每次怒吼“你们这些家伙”、“无礼之人”时，就会有敌人应声落马。

后来的那股敌人和从真田军背后追击而来的北条军撞在一起，纷纷惊呼道：“是自己人！”

“不，是从碓冰峠赶来的援军！”

北条军乱成一团，突然一阵恐慌。若真是真田大本营派兵来救信幸，我们没准会被包围、歼灭……

“撤退！撤退！”北条军吹响了军号。

那是撤退的暗号。

源三郎信幸虽然脱离虎口，但从大本营带出的五十名骑兵竟有二十七名战死沙场，剩下的二十三人亦一概负伤。

信幸虽经历了生死搏斗，却几乎没有受伤，这真可说是奇迹。这之后，有人笑称信幸是练就了金刚不坏之身。

角兵卫率领的二十名骑兵都安然返回。

最初从敌军背后射击的那五名铁炮手，是角兵卫出城时，唯恐万一有需要，便未请示昌幸和幸村，擅自带上的。

在此之前，角兵卫考虑事情从未如此周到过。

虽然只有五挺铁炮，可当时还是相当成功地扰乱了敌军。

事后，真田昌幸高兴地赞赏道：“阿角这家伙，学会动脑子办事了呀……”

不仅昌幸，对于救哥哥信幸于危难之中的角兵卫，源二郎幸村毫不掩饰自己对他的感激、赞赏之情。

“角兵卫，你干得太好了。”

当着家臣们的面，幸村紧紧地抓住角兵卫的手，晃动着他的臂膀，重复说了好几遍“谢谢”。

幸村的眼里分明闪着泪光，他抓着角兵卫的手臂轻轻地颤抖着。

看到幸村如此对待自己，樋口角兵卫再也忍不住了，放声大哭。

角兵卫没有想到幸村会如此地感谢自己。

因此，他不是被幸村的兄弟情深感动得流泪。

在此之前，自己从未接受过别人的感谢。

角兵卫激动得喜极而泣。

以至于后来，角兵卫觉得和幸村相比——"源三哥哥那是什么态度啊？"为此愤怒不已。

信幸在坂本城混战时，只匆匆忙忙对角兵卫说了一句"干得不错"。

角兵卫暗暗恼火："如今你不应该对我表示一下感谢之意吗？"

倘若幸村没对角兵卫表示出那般强烈的谢意，想来角兵卫就不会如此恼恨了吧。

受到幸村的感谢、夸奖，让角兵卫越发对信幸的态度不满。

换句话说，角兵卫的心里滋生了一种骄傲的情绪。

——怎么能这样对我？

角兵卫终于憋不住了，去了信幸的阵营，对他说道："要是源二哥哥没派我去救你，源三哥哥可能就不会活在这世上了！"

"嗯……"信幸点点头，微笑着道，"的确如此。"

信幸再没说别的，既没流泪，也没说："角兵卫，谢谢你。"

哼，太没意思了——角兵卫愤然离开了信幸的阵营。

从那以后，樋口角兵卫的心理发生了微妙的变化。

少年时代的角兵卫亲近信幸，十分厌恶事事都嘲讽自己的幸村。而这件事后，他突然开始仰慕幸村，逐渐不喜欢接近信幸了。

而且，樋口角兵卫的这种变化，对他今后的人生之路，甚至对信幸、幸村两兄弟的将来，都有着巨大影响。

第拾贰话

前田利家和上杉景胜的大军到达碓冰峠后，此地驻扎的兵力达到了三万五千人。经过几回小战役，他们的大军对上州的松井田城形成了包围之势。

负责守卫松井田城的北条军宿将大道寺政繁盘算着："绝不出城作战，否则会损失兵力！"

之所以决定固守，只因先前支持北条方的附近豪族大都转投了丰臣一方。既然失去了豪族们的配合，再坚持出城野战的话，结果只会是被敌人大军围歼。

四月十八日，上杉景胜率领越后部队攻破松井田城的追手口，首先夺取了马厩一侧的曲轮。这本是次日总攻的准备工作，景胜却决定乘胜追击，命令部队："截断城内供水，突入二丸！"

然后，他们攻破了"安中曲轮"，逼近二丸，却遭到二丸北条军的强烈抵抗，双方激战一番。这一日，景胜未能攻下二丸。

第二日——十九日，总攻开始了。

在此之前，丰臣秀吉给真田昌幸写了封信："听说你们包围了松井田城，甚佳。但是，不要急躁，放慢攻势吧。我把小田原城围得水泄不通了，北条方不久自会灭亡。"

秀吉的信写得洋洋洒洒。但是，松井田城不可只围不攻。

前田利家和上杉景胜商量之后，决定对松井田城发动总攻。

十九日的黎明。前田军接二连三攻克了松井田城的外围设施，入夜后又马不停蹄发动夜袭，终于占领了二丸。

如此一来，敌军便无法再坚守本丸。

大道寺政繁决意开城投降，投降书用箭射到前田军阵营里。

持续的苦战让守城士兵筋疲力尽，除了投降，别无他法。

但是，大道寺政繁指挥二千余城兵，毕竟是坚持了二十余日。

为了表达投降的诚意，政繁把儿子直重当做人质，自己则跟随前田利家，加入围困小田原的丰臣秀吉麾下。

就这样，秀吉的"北方大军"接连攻下了从上州到武藏的诸城，上州的沼田和名胡桃两城当然也被丰臣方接收了过来。

死去的铃木主水之妻、主水的儿子小太郎，以及阿德所生之女於菊，全都平安无事！

被解救出来后，荣子和小太郎努力寻找在他们被关押期间，不断偷偷告知他们外面的情况、并暗中鼓励他们的那个士兵的下落，可此人如同消失了一样，荣子娘俩再没见过他。

在投降的敌军中，同样没看到他。

这名士兵可能是丰臣秀吉御伽众之一、负责指挥间谍活动的内匠山中长俊的一名手下，他一定是很多年前就成为北条方的一名士兵，潜伏了下来。

真田昌幸跟随前田利家和上杉景胜的大军，转战关东各地。这一日，他把信幸、幸村都喊进了大帐，问道："名胡桃应该会归还给我们吧……到时让谁做城代好呢？"

信幸和幸村齐齐答道："我们觉得该让铃木小太郎担任城代。"

"可是，小太郎毕竟是个孩子，这总让我不太放心呢。"

"只要有一位稳重的侍臣来辅佐他就行了。"

"那倒也是……"

"父亲……"

"嗯？"

"我们不能忘了铃木主水大人临死前的决心！"

"我怎能忘啊！"

"那，就让小太郎……如若不然，则无法向名胡桃将士交代。"

"的确如此……"昌幸同意了。

因此，在北条父子投降后不久，回到上田的安房守昌幸就叫来了铃木小太郎，对他说道："今后，名胡桃城就交给你了。"

小太郎的回答让昌幸大为意外："我不愿做一城之主。"

"那么，你想做什么？"

"我想效忠真田家。"

"这样啊……这是一样的。你替我守护名胡桃吧。"

"不，我不想身居高位，为人之上。我想在一位明主手下效力。我有个请求，请您答应我。"

"什么事？"

"我想在源三郎信幸大人手下效力。我无才无德，无法率众。请您一定答应我，让我成为信幸大人的家臣吧。"

第拾叁话

生活在战国时期的真正男人都是如此，而且，他们的刚烈和自尊将会随着故事的推进而渐告消失。

攻打北条氏政、氏直坚守的小田原的丰臣秀吉大军，于三月二十九日那天攻下了箱根的山中城，只用了一天的时间。

山中城即是如今沿东海道从三岛站往箱根山方向十一公里的地方。据书上记载，此处城郭东西三町、南北二町，而向三岛方向突出的岱崎那里则设立了坚固的"出丸"。

丰臣秀吉以六万七千人进攻山中城。箱根山脉一带，北条方有诸多城砦，其中最坚固的就是这山中城。秀吉打算第一时间攻下该城，以打击北条父子，所以我们不难想象他的心情是何等迫切。

但是，秀吉真没想到一天内就攻下了此城。

事情如此顺利，皆因进攻该城的中村一氏（近江水口城主）有个家臣渡边勘兵卫。此人奋勇杀敌，英勇无人能及。

这名武士被称为"长枪勘兵卫"，是位举世闻名的枪手，当日他仅带领几名手下，就突破了岱崎，只身一人穿越空壕，一鼓作气突入三丸城内，给中村部队的进攻打开了一个缺口。

关于勘兵卫当日奋勇作战的情形，有关战记上是如此记载的：

渡边勘兵卫一路高呼，奋勇追击，直闯三丸。敌人闻
风丧胆，无人敢与之对抗。中村部军威大振。

中村一氏凭借勘兵卫的出色表现，成为攻克山中城的第一功臣，丰臣秀吉对其大为赞赏，并将自己穿着的一件从大明进口的战袍赏赐给了一氏。

因着这次战功，中村一氏后来被封赏了骏河的十七万五千石，荣膺骏河府中城的城主。

但是，中村一氏没有向丰臣秀吉禀明家臣渡边勘兵卫的出色表现，而是将他的功勋据为己有。

这种人没有资格做战国时期的大将！

死战换回的功劳竟没有被主人和他人认可，这让渡边勘兵卫十分愤怒，对主人中村一氏更是愤愤不平——"岂有此理！"

一氏亦非愚蠢之人，很快就察觉了这个情况。

后来，一氏悄悄把勘兵卫喊到阵营里面，对其大肆赞赏，但勘兵卫只是报以冷笑，没有回话。

从勘兵卫炯炯的双眼中，明显能看出他对主人的鄙夷。

中村一氏惊慌失措，突然脱下了丰臣秀吉赏赐的战袍，说道："这个你拿去吧。"欲递给勘兵卫。勘兵卫连手都没抬，扭头不理。

身为战国的武士，主人和家臣一样，都想建立功勋。

如果自身的努力得不到世人的认可，得不到相应的赏赐，那拼死战斗就没有意义了吧。

渡边勘兵卫本是近江阿闭贞征的家臣，织田信长攻打甲州时，他助了信长的长子信忠一臂之力，在信州高远城一战奋勇杀敌，织田信忠特意把勘兵卫带到信长面前："父亲大人，这位是阿闭淡路守的家臣——渡边勘兵卫。"接着便将勘兵卫的赫赫战功讲给信长。

和信忠截然相反，中村一氏竟然想独吞战功，其卑劣行径让勘兵卫极其鄙夷。

"我绝不侍奉此等小人！"

小田原之战结束后，勘兵卫很快就离开了中村部队，不知去向。之所以讲到此人，只因他日后和真田家尚有一段渊源。那是后话，按下不表。却说——

"中村式部少辅昏头了吧？"真田昌幸听闻此事后无比震惊，"眼看着如此英勇的家臣离去，这是何等蠢材！"

"勘兵卫一定是做了浪人，云游各地。把他给我带回来！"昌幸命壶谷又五郎搜寻勘兵卫的下落，可当又五郎打听出时，竟然迟了——勘兵卫被增田长盛招至了门下，当了增田氏的家臣。

渡边勘兵卫是一位典型的战国武士，只肯给赏识者卖命。

所谓的赏识，其一当然就是能让他出人头地；其二则是，就算得不到相应回报，但若对他的付出不表示感谢之意，亦不会去效忠。

同时，此人必须是他看中的主人。只有这样，勘兵卫才会为他拼死奋斗。他是一个强烈追求自我存在的男人。

生活在战国时期的真正男人都是如此，而且，他们的刚烈和自尊将会随着故事的推进而渐告消失。

持续了一百二十年的日本战国时期，很快就会迎来它的末日。

第拾肆话

坚守城内抵抗敌军进攻的这种战术，只在会有外部救援的情况下才能奏效。

小田原城东西约二千三百米，南北约二千二百米，占地面积巨大，而且背靠着箱根天险。

攻下山中城之后，丰臣秀吉将战时大本营安置在了箱根汤本的早云寺，其麾下诸将立刻着手准备进攻小田原。

"不必着急。"秀吉说道，"我们慢攻细打便是。"其后他竟然命令在此建一座城。

秀吉打算在哪儿筑城呢？

诸将们都目瞪口呆。他们千里迢迢来到关东，并不是为了建座城。

他们是来打仗的。

然而，秀吉不是开玩笑，他当真建起了一座城。

而且是在一夜之间。

在小田原城西面不到四公里的山头上，先是用木头搭起框架，贴上木板，然后糊上白纸，城的中央高处是瞭望楼。四周用松林围起来，而且松林全部是在一夜之间采伐下来的。

"啊……"山下小田原城内的北条军，看到此城，惊叫连天。

虽然只是一座用木头和纸搭建的"假城"，有一里之遥的北条军看到时却觉得无比真实。

多年以后，这座城就被叫做"太阁一夜城"。

当然，北条军很快就明白了这座城的真实面貌。

虽然他们知道了这只是一座假城，但最初看到之时，他们还是受到了无比强烈的震撼。

秀吉昔年以织田信长的大将身份出征中国地方时，曾建造过一座同样的"一夜城"，吓呆了据守备中高松城的毛利军。

这样做首先能挫杀敌人的士气，还能让敌人看到自己的威势——"就算建座城再来对付你们，都一样绰绰有余"。

这就是秀吉如今的战略。

而且，秀吉非常期待自己奇思妙想的效果。

亲率稳操胜券的大军包围敌军，秀吉想的是："接下来该怎样做，才能让北条军大吃一惊呢？"

就算只是天马行空的想象，都会让秀吉无比自得其乐。

正因为有这种想法，秀吉才想要建一座假城。

秀吉果真开始建造一座"仿真城"了，有石墙，有箭楼……秀吉完全沉浸于在山顶建城的乐趣之中。

这座山后来被称为"石垣山"。

石垣山的东南山脚延伸到相模湾的海岸。

海面上漂浮着九鬼嘉隆、胁坂安治等丰臣军的军舰。

城郭结构包括西曲轮、二丸、本丸、瞭望台。盛夏时节，这座城完全建好了。

比起打仗，丰臣秀吉更热衷建城，他一天到晚精力充沛、兴致高涨地巡视、监督、指挥工程建设。

德川家康的家臣榊原康政曾对奉命留守九州、没有参加小田原之战的加藤清正写信如此描述："这真是让人叹为观止的建筑。太阁殿下在山顶上筑起十余丈高的石墙……让人感觉箱根山脉的天空触手可及。"

"无法用言语描述城内房屋的壮美，丝毫不比你所知道的大坂城和聚乐第逊色。大小不一的房屋之间栽种了花草，还有风雅的茶室，瞭望台顶天而立，让人怀疑这里还是战场吗……感觉自己简直就是身处梦中。"康政还洒脱地说希望能在此地度过余生。

身为德川家的一名勇将都能有如此心情，丰臣秀吉的小田原之战真可谓是"破天荒"的战争。

秀吉是希望这次战争尽可能避免敌我双方的流血牺牲。

秀吉要让北条父子感受到自己的威势，感受到双方实力的差距之甚，从而降服他们。

入夏以后，秀吉更无心恋战，决定将侧室淀殿接来石垣山，还吩嘱众将领可将妻妾接到此处。

为了犒劳参战的将士们，还从附近地区招来艺妓供他们玩乐。

实际上，他们哪有什么苦劳？

这场战争好似一开始就是来游山玩水的。

城外的丰臣军整日玩乐，而小田原城内的北条军日益缺乏粮草，他们所期待的关东地区的盟军城镇也接二连三被丰臣军攻下，所以士兵们都失去了生存的信心。

　　松井田城失守了，上州的馆林城、武州的岩槻城以及北条父子抱有最大期望的武州钵形城、八王子城都落进了丰臣军之手。

　　坚守城内抵抗敌军进攻的这种战术，只在会有外部救援的情况下才能奏效。

　　现下既然失去了援兵，守城自是没有任何意义可言。

　　若再坚持守城，等待他们的将是被全歼。那就不如全城将士抱成一团，奋勇杀出城外，将热血洒满战场，更显得英勇、豪迈。

　　不久，淀殿就到了石垣山城。

　　淀殿是织田信长之妹阿市和浅井长政所生之女。

　　秀吉不光把淀殿喊到了小田原，其他三名侧室都跟着来了。

　　此后，城内歌舞声飘扬，不仅有能乐表演，千利休还举行茶会。秀吉终日吃喝玩乐。

　　此时，包围小田原的丰臣军海陆总计近十五万。

　　而守城的北条军据说只有五万余人。

　　两军的兵力相差近三倍——"北条军怎么可能取胜！"真田昌幸叹息道，"即便处于劣势，也不应该失掉勇气。"

　　正因为安房守昌幸曾在上田痛击超出自己四五倍兵力的德川军，打了个漂亮的防守反击战，所以他才会觉得北条父子应该也会有所行动吧。

　　据打探回的消息，这次战争似乎是隐居的北条氏政坚持进行的。

　　开战之初，当权的北条氏直曾经由岳父德川家康向秀吉表示出和解之意，却受到了父亲氏政的严厉批评。

　　石垣山城完工后，丰臣秀吉通过北条方的守将太田氏房劝北条父子归顺。

氏政直到那时兀自坚持说道："我是关东八州之主，此乃世代相传的家业。如果我战败了，领地失守，那自是无怨无悔。可我绝不会不战而败！"就这样拒绝了秀吉的好意。

如果北条氏政此时肯听从秀吉的吩咐，尚能捡回条命。

是年，氏政五十三岁。固然不算年长，但与生俱来的平庸、迂腐丝毫没变。

可是，北条氏政不能一人作战。

就在其固执己见之际，重臣中不断有人开始私通秀吉方面的人。

譬如，丰臣方的宇喜多秀家曾赠给太田氏房三桶酒和十尾鲜活的加吉鱼，说道："你真不愧是一位出色的武将，请用这些酒菜犒劳一下将士们吧。"

两人似乎非常情投意合，不断互派使者，交换礼物。

宇喜多秀家进而劝解太田："我们共事一主不好吗？你穿着便装来京都，我们举杯共饮，这多么让人期待啊……"

结果，太田悄悄表达了投降之意。

第拾伍话

政宗拟定四月六日从黑川率兵去往小田原。可是，就在动身的前一天，出了一个令伊达政宗终生难忘的变故。

此时，北条氏政、氏直父子犹如海上的一叶浮舟，其最后一线希望就是顽强坚守伊豆韭山城的北条氏规（氏政之弟）及奥州（日本东北地区）猛将伊达政宗的支援。

事到如今，他们只能祈祷这两支部队能突破围攻小田原的丰臣大军。

然而，北条氏规的韭山城被五万丰臣军围困，虽未投降，却根本不能指望他会来前来搭救。

而伊达政宗的情况如何呢？伊达氏系出常陆国（茨城县），随源赖朝征伐奥州有功，被赐予陆奥国之伊达郡（福岛县），而后几经乱世，家业传到了当主政宗的头上，自是名望显赫，威震当时。

伊达政宗十八岁时就继承了家业。

政宗先后英勇地打败畠山、佐竹、芦名、结城等人，天正十七年更在摺上原一战大败宿敌芦名义广。

芦名义广是会津黑川城主。伊达政宗将之击破，取得会津。

于是，奥州的十余郡都尽在政宗掌握之中，实力大增。

芦名义广曾暗中起誓臣服关白丰臣秀吉。

因此，秀吉不能坐视不管。

秀吉派出使者，强烈谴责政宗："你以私人恩怨，消灭关白麾下的芦名家，夺取会津，此等行为不可饶恕。"

对此，政宗千方百计地进行辩解。

他虽没表现出会违背秀吉的意志，可秀吉命令他"到京都来"时，他却百般推脱，并没按秀吉说的去做。

虽没亲赴京都，政宗却给秀吉送去了礼物，并拜托前田利家为自己说情。

"既然如此，那你来京都吧。"即便秀吉再次如此命令，政宗还是不肯动身。

就在此期间，伊达政宗还着手准备和佐竹、相马两氏开战，并和小田原的北条父子结盟，看来他并没有放弃"如若有机会就打进关东"的雄心壮志。

随着和丰臣秀吉之间的关系不断恶化，北条父子也转而希望借助伊达政宗的力量，并不遗余力地配合政宗。

佐竹义重（常陆太田城主）不堪伊达、北条两方势力的压迫，向秀吉求救。

政宗虽未到三十岁，却有着与其年龄不相符合的老奸巨猾，他的不断推辞终于惹火了秀吉——"没有规矩的家伙！"

为此，秀吉之前还期盼小田原的北条父子能主动臣服，但现在不能总是迁就小田原，如此下去，何以服天下之众？秀吉果断地下令开战。

伊达政宗没想到秀吉对小田原的动兵会如此之快。

政宗进驻芦名氏的根据地会津黑川城后，意欲尽早消灭陆奥大崎郡名生城主大崎义隆，遂着手战前军备。

就在此时，秀吉对小田原发动了进攻。

伊达家派往关东的探子，将打探到的战争情形急报政宗。

"嗯？"就连一向胆大的政宗听完都震骇莫名。

石垣山筑城，浩浩荡荡的包围阵营，数量庞大的军队……

另一方则是日益低迷、苍白无力、死气沉沉的小田原守城军。

秀吉屡次催促政宗："你快到小田原的大本营来，随我上阵。"

政宗难以抉择，遂召集全族人以及老臣、重臣共议对策。

有人大胆放言："秀吉不足惧！"但政宗到底认为："如今，仅凭一己之力，难以和关白对抗。"

他给前田利家的长子利长写了封信，表明决心：我会去小田原助战的。

政宗拟定四月六日从黑川率兵去往小田原。可是，就在动身的前一天，出了一个令伊达政宗终生难忘的变故。

四月五日下午，政宗前往母亲在黑川城内的居所。

政宗年幼时得过天花，右眼失明，其母保春院一直不喜欢政宗。保春院溺爱政宗之弟小次郎，总是暗暗祈祷政宗会战死沙场。

只要政宗死了，她所宠爱的小次郎就能继任伊达家了！

母亲邀请明日即将奔赴小田原的政宗去其住处一趟。

对参加小田原之战一事，政宗有着必死的觉悟。这就和政宗独身一人出现在丰臣秀吉身边一样，只要秀吉想谋杀政宗，根本就是无需任何理由的反掌之事。

但是，平素一直不善待自己的母亲竟主动设宴送行，这不免让政宗暗暗奇怪……

政宗没理由拒绝，只好去母亲的居所赴宴。

母亲的态度和平日大不同，非常温柔。

政宗感到今日的母亲有种割舍不断的亲情，所以没有任何戒心，举筷夹菜。喝下汤菜之后，不到片刻功夫，政宗忽觉得肚子绞痛。

——汤菜里放了毒药。

政宗登时离席，奔回居馆，服下了解毒药丸。

那药丸救了政宗一命。

幸亏政宗觉得母亲态度奇怪，出于一种本能，在吃饭时有意少吃了些，才侥幸逃过一劫。

母亲保春院无疑是要毒杀政宗。哪知政宗竟能大难不死，这就让保春院徒唤奈何了。

政宗决定大义灭亲——"绝不放过母亲和弟弟！"

据说此事的幕后操纵者是保春院之兄——出羽国山形城的城主——最上义光。

刚毅的政宗若被毒杀，保春院溺爱的小次郎就能继承伊达家的家业，伊达家的实权就会自然而然落到义光手中……

四月七日，伊达政宗亲手砍下了胞弟小次郎的人头。

虽忍痛杀了小弟，却不能处死生母——政宗无法下此狠心。

结果，保春院被送回山形的哥哥最上义光那里。

说是送回，其实更像是政宗流放了他的母亲……

第拾陆话

因这一突发事件，伊达政宗到小田原参拜一事又耽搁了数日。

丰臣秀吉对此只说了一句："你就待在底仓吧。"没有接见政宗。

箱根的底仓地区诚如其名，是一处被群山环绕的低谷。

跟随政宗来到此处的近百名家臣议论纷纷："是不是要在此处杀掉我们？""果真如此，我们就拼死反抗！"

他们做了最坏的打算。

政宗亦是无法冷静，心下惴惴不安。

两天之后……前田利家一行人来到底仓，质问政宗为何迟迟不遵从秀吉之意。

政宗极力辩解，博得了丰臣秀吉的好感。结果，秀吉只认定他犯了"进攻会津"这一项罪名。而且，秀吉相信此时的政宗绝不会再背叛了。

随后，秀吉邀请政宗来石垣山城。政宗偷偷揣了一把小刀，前去面见秀吉。一旦事情有变，他便会以之刺杀秀吉，然后自尽。

政宗不止一次有过这种想法。短短几天之前，当政宗要来小田原时，亲生母亲都要将他毒杀……

秀吉一见伊达政宗来到城内，便微笑着招了招手。

他身边的家臣对政宗也毫无戒备之色。

自从来到小田原后，展现在政宗眼前的丰臣秀吉那雄伟壮观的围攻阵营完全震慑住了伊达政宗。

此刻，秀吉的宽宏大量，竟让政宗觉得："啊……我怎能与之抗衡……"并对自己自私、狭隘的推测和想法深感羞耻。

政宗不禁主动解下了腰上的佩刀和短刀，走到秀吉面前深深低头行礼。

秀吉用手中的手杖，轻轻敲了敲政宗的肩，说道："若再晚来几日，你这儿就保不住喽。"边说边用手杖戳了戳政宗的脖子。

是年，秀吉五十五岁，政宗二十四岁。两人在年龄上接近父子，而秀吉正是像对孩子一般对待奥州猛虎——伊达政宗。

次日，丰臣秀吉再次邀伊达政宗来到城内，用茶道招待了他："如何治理奥羽，就交给你吧。"

政宗只能照办。他唯有发誓对秀吉忠诚，除此别无他法。

话说，自夏季开始以来，丰臣秀吉便蓄意收买一直保持着联系的北条方重臣——松田宪秀。

"事到如今，我们不该做出无谓的流血牺牲。希望你慎重考虑，尽早劝说小田原投降。"

宪秀早有此意。

不料，其子松田左马之助察觉了父亲的这一变化。

（总觉得父亲和城外的丰臣军有联系……）

左马之助忍无可忍。某个晚上，他本想去父亲阵营质问，却亲眼看到丰臣秀吉的密使偷偷潜进父亲阵营，和父亲密谈的情形！

“你……”

左马之助突然闯进，一刀砍死了密使。

“你在做什么！”

“父亲……”

“退下！”

“这是怎么回事！”

“这……”

“我全都看到了，你不用解释！”

松田宪秀面色苍白，低垂着头。

左马之助是位主战派。

——虽说他是我的父亲，可我绝不会饶恕这种叛徒！

那该怎么办呢……

“父亲，你自尽吧！”

左马之助逼迫着宪秀。倘若你不自行动手，就由我帮你完成！——他脸上的表情将这种决心呈现得清清楚楚。

结果，松田宪秀在儿子的帮助之下，切腹身亡。

形势至此，人人自危，谈何守城？

主战派的人数日渐下降。有的是逃跑，有的则是投靠了丰臣军。

终于……北条父子打开了城门，向丰臣秀吉投降。

北条氏直没有禀告父亲氏政，而是以当主的身份，直接带着弟弟太田氏房来到了德川家康的阵营。

氏直请求家康："我会切腹的，但希望您求情放过父亲氏政和众将士的性命。"

家康一直对女婿氏直抱有好感。可是，因着这层关系，家康更须慎重，不能独断。他把氏直送到了泷川雄利的阵营——泷川雄利一直坚持跟北条家讲和。

雄利欣然将氏直的请求禀告丰臣秀吉。

秀吉不禁莞尔："我等的就是这一天！"

自此，小田原开城投降。北条氏直免于一死，被放逐到高野山。后来，秀吉又赏了氏直一万石的年俸。

其父氏政及其叔父北条氏照均被勒令切腹。

钵形城主北条氏邦虽系氏政之弟，秀吉却觉得他和本家那些胆小鬼不一样，是位优秀的男子，可加以重用。所以，氏邦被派往加贺国，给前田家效命了。

总之，难以算是战争的小田原之战就此结束。

关东八州全被关白秀吉的威风扫平，只有奥羽地区的战乱犹未结束。直到第二年（天正十九年）的秋天，奥羽方告平定。

秀吉从小田原前赴会津，八月十二日离开会津，踏上凯旋京都之路。而后，他命令德川家康撤出骏河国（骏州）、远江国（远州）、三河国（三州），迁往关东，以武藏国的江户城作为新的本城。

第拾柒话

除了上述三州，德川家康的旧领地还包括甲州（甲斐国）和信州（信浓国）的南半部分。他本来只是三河的一介豪族，如今却坐拥五国，这其中的辛劳殆非三言两语所能表达。

不光家臣，就连亲人、妻子和孩子都跟着他浴血奋战，历尽艰辛。

最终，家康成了仅次于天下人丰臣秀吉的实权派。

这不光是就兵力而言——资源富饶的骏河、三河、远江三地是家康实力的根源保证。

这三地包含了现在的静冈县和爱知县的一半地区。

时至今日，依然存有这种说法：吃不上饭时，远州人就当小偷，伊豆人会行骗术，骏河人则做乞丐。

远州和伊豆姑且不说，骏河当真是资源丰富——纵靠行乞，亦足生活。

骏河有富士和爱鹰这两座大山，更有经甲斐（山梨县）山脉流向骏河湾的河流，滋润着沿岸田野。

　　而且，静冈县是日本首屈一指的温暖湿润地区。"去了骏河，任何人都会乐而忘归。"这块土地上的人们常常以此炫耀。

　　插几句闲话——笔者有一位信州的老友年轻时曾去静冈工作，打定主意要在静冈养老，很早就购置了房产以安度退休生活。虽然后来他因工作关系去过很多地方，可每次都把妻儿留在静冈，孤身一人到外地赴任。现在，我的这位朋友仍然住着静冈的老宅。我曾问他："怎样？这里的生活是你想要的吗？"他每次都欣然回答："当然！没有比这儿更舒适的地方了。"言语中的自豪感说之不尽。虽说目前的静冈县车水马龙，尾气熏天，骏河湾沿岸的工业地带释放出大量煤烟，污染严重，但依旧有相当多的人抱有这种想法。

　　因此，我们更能想象到这片土地往昔的富饶美好。

　　要从这片得天独厚的地方搬到关东，德川家康当然不会高兴。

　　按理说，除了保持旧领地，家康本该再得到关东的部分地区才对。然而，早在小田原投降之前，熟知家康实力的丰臣秀吉就对他说道："我会把关东八州都给你的。"对此，家康没有异议，他很清楚秀吉的威势和实力。

　　当真田昌幸听说家康要迁往关东的消息时，苦笑道："真是逆来顺受啊。"

　　——连家康这等人物在关白殿下的威风前都如此顺从，真让人感叹不已。但若换了是我，绝不会如此忍辱负重。

　　安房守昌幸无疑是颇自负的。

　　当时，昌幸正和长男信幸一起喝酒，他用讥笑的眼光瞥了一眼信幸，但后者一言未发。

　　话说……

德川家康迁往关东之后，秀吉就把资源富饶的骏河地区赐给了中村一氏——就是那个被"长枪勘兵卫"瞧不起的大名。

"咦？"对这种对换安排，真田昌幸有些不解。

中村一氏失去了渡边勘兵卫那样的豪勇之士，被家臣抛弃，秀吉却将极重要的骏河国交给了他。

昌幸不禁纳闷："关白殿下的心思，我真是不懂。"

三河被交给了池田辉政和中田吉政。

堀尾吉晴出任浜松城主，受封十二万石，统领远江。

丰臣秀吉将那些勉强算是"嫡系家臣"的大名，安置在了德川家康的旧领地。

和中村一氏相比，池田、田中、堀尾倒是说得过去，但昌幸总感觉："除了这些人，难道就没有更合适的人了……"

从信州上田城主真田昌幸的角度而言，家康的旧领地无疑相当重要。这里资源丰富，而且距离秀吉统领天下的大本营（京都、大坂）很近。

因此，秀吉才会体面地把家康支到遥远的关东。换言之，秀吉是在自己和家康之间设置了一块缓冲地带，在这里安插上信得过的人，妥善经营。

秀吉无疑用心良苦。

然而，真田昌幸很是担心："他们果真能如关白殿下希望的那样，挑此重任？"

"如果我是关白殿下……"昌幸端着酒杯，对信幸说道，"我会集中精力好好经营骏河、远江和三河，借此牢牢树立丰臣家的威风，为统治天下打下坚实基础……"

昌幸的此番预测，不久真的应验了。

丰臣秀吉死后，其残余势力和关东（德川家康）的不断扩张相比，思想出现了复杂而微妙的落后。

这跟东海道那三州没有被丰臣家好好经营不无关系——至少昌幸是这样认为的。

"你看，我说得没错吧？"

那时，真田信幸也无比惋惜地说道："当时……把德川迁往关东时，如能立刻将上杉景胜从越后调来，让其治理三河、远江和骏河就好了……"

第拾捌话

父亲百年之后，哥哥自该继承父业，出任信州上田城主。哪有让他去当沼田城主的道理？

小田原投降后，丰臣秀吉给了安房守真田昌幸怎样的恩赏呢？和昌幸的预测基本一致——秀吉对他说："沼田交给你了"。

秀吉凯旋京都，进宫面见天皇，禀明了征讨关东的战果，同时献上白银三百条。至此，应仁之乱[①]以来持续了一百二十年的战乱终告平息，全国得以统一。

回到聚乐第之后的一个晚上，秀吉唤来了山中长俊。

"你辛苦了……"

"不敢……"

"我会嘉奖你的。说说你想要什么吧。"

"我并无所求。"

"怎会没有？世间之人必有所求。"

---

① 应仁の乱，日本室町幕府统治时期的一场长达十一年的内战，致使幕府将军的大权旁落，掀开了所谓"下克上"（没本事的主君变成傀儡，有实力的臣子篡位夺权，平民百姓都有出人头地的机会）之战国序幕。

"既然这样，那我就斗胆说了。"

"嗯，讲……"

山中长俊所求之物，便是深化完善丰臣家的谍报网所需费用，以及由他直接掌控谍报网的秘密权限。秀吉听完一脸惊讶："内匠，你这不是要求，而完全是帮我做事啊。"

"这……"

"好，我明白了。你听好——除此以外，你有何要求，尽管说。"

"别无其他。"长俊微笑道，"甲贺出身的忍者不会有任何欲望。如果提出什么要求，我们自身都会觉得难为情呢……"

秀吉主动提及了两三种恩赏，长俊都没有心动，只是决然说道："我并无所求。如果您赐给我领地、漂亮的房子、众多的家臣或很多的金银财宝，那我就和常人无异，就不能安心做一名真正的忍者。您觉得这样也可以吗？"

"这样的话，我就头疼了。"

"所以，一切照旧即可。"

"这……"秀吉思索片刻，最终尊重了对方的意愿，"随你便吧。"

同样是这天晚上，秀吉和山中长俊对饮时突然说道："内匠，这次的事情总算顺利解决……"

"嗯。"

"可我觉得有些亏欠真田。"

长俊的脸上看不出任何表情变化。

"对安房守而言，名胡桃城主铃木主水可是一位不二忠臣。"

"……"

"让安房守眼看着亲信去送死，太无情了……"

“不过，真田还是很能坚忍啊。”

“就是这件事，内匠。”

“如果当时真田从上田、岩柜出兵的话，完全能夺回名胡桃吧，但真田没有出兵……”

“大概他是不想伤及关白我的颜面吧。”

“这……”山中长俊好像不太赞同秀吉的说法。

只听秀吉话题一转，笑道：“你真不愧是通晓古今书法。猪股能登守竟没看穿那封由你执笔的左京太夫（北条氏直）的信。”

“拙笔献丑了。”

“名胡桃的铃木主水同样没看破那封假冒安房守的书信呀。”

“是啊……”

“来，喝酒。一醉方休。”

“定当奉陪……”

“对于你的那些手下的出色表现，我一定要奖赏他们。”

“承蒙您的好意。”

“现在天下太平，我可以把沼田城还给真田，感觉轻松多了。”

“是，是。”

真田昌幸成了拥有信州上田三万八千石及上州沼田二万七千石——共计六万五千石——的大名。

仔细算算，昌幸无非是收回了故地，却无比高兴。庆功宴上，昌幸笑容可掬：“此时此刻，我真是高兴得不得了啊，死而无憾了。”

长期压迫昌幸、让他终年寝食难安的关东北条氏被完全消灭了，天下被关白丰臣秀吉彻底统一。

这意味着此后再不会有战乱了，日本将迎来天下太平。曾让秀吉烦心的上、信二州的地盘纷争，亦随之烟消云散。

自主家武田氏衰败之后，真田昌幸一路艰辛奋斗，才等来今日局面，从乱世之中生存下来。

武田家灭亡八年了，当时三十六岁的安房守昌幸现下都四十四了。当时十七岁的源三郎信幸现下二十五岁，当时十六岁的源二郎幸村则是二十四岁。

昌幸决定把沼田城交给源三郎管理，他切实感到了长男的成长。

然而，这遭到了源二郎幸村的反对——他认为沼田只要设个城代就行了。父亲百年之后，哥哥自该继承父业，出任信州上田城主。哪有让他去当沼田城主的道理？

昌幸对此默然不答，信幸却满不在乎："不，我去沼田。这样最好。"立刻着手准备迁往沼田。

开朗的幸村又现出郁闷之色。

就在此时，丰臣秀吉命人来上田城传话："让幸村即刻回京。"

幸村离开上田时，甚至都没正视哥哥信幸一眼，将脸转向一边，踏上了回京之路。

二十七岁的向井佐平次再次告别了妻子茂枝和六岁的独子佐助，随幸村返回京都。

昌幸心头一宽，对刚从岩柜返回上田的矢泽萨摩守说道："源二郎这小子竟然劝我隐居。"

"哦？"

"还说赶紧让信幸接管上田。"

"这样啊……"

“这当然不是不行……但是，以后的沼田并不只是设个城代那么好办。我想让能者尽其用，好好治理那个地方。”

“原来如此。”

“幸村不明白我的意思。”

“可是，大人……”

“怎么？”

“这座上田城，大人到底打算让给哪位公子啊？”

对于矢泽赖纲的提问，真田昌幸只是笑了一笑，没有回答。

身为昌幸的叔父和真田家的老臣，矢泽赖纲没有继续追问。正欲从昌幸面前退下之际，却听见昌幸说了这样一句话：“萨摩守，你当然知道世事难料……这就是人生啊。”

矢泽赖纲微微颔首，说道：“因此，战争尚未真正结束。”

“哦，你果真如此认为？”

“那只是我的感觉罢了。”

“嗯……”

小田原之战结束后的第二年——天正十九年秋天。

在征得丰臣秀吉和德川家康的同意之后，源三郎信幸正式进驻沼田城，成了上州的第一任沼田真田氏城主。

同时，信幸被授予了“从五位下”的位阶和“伊豆守”一职。

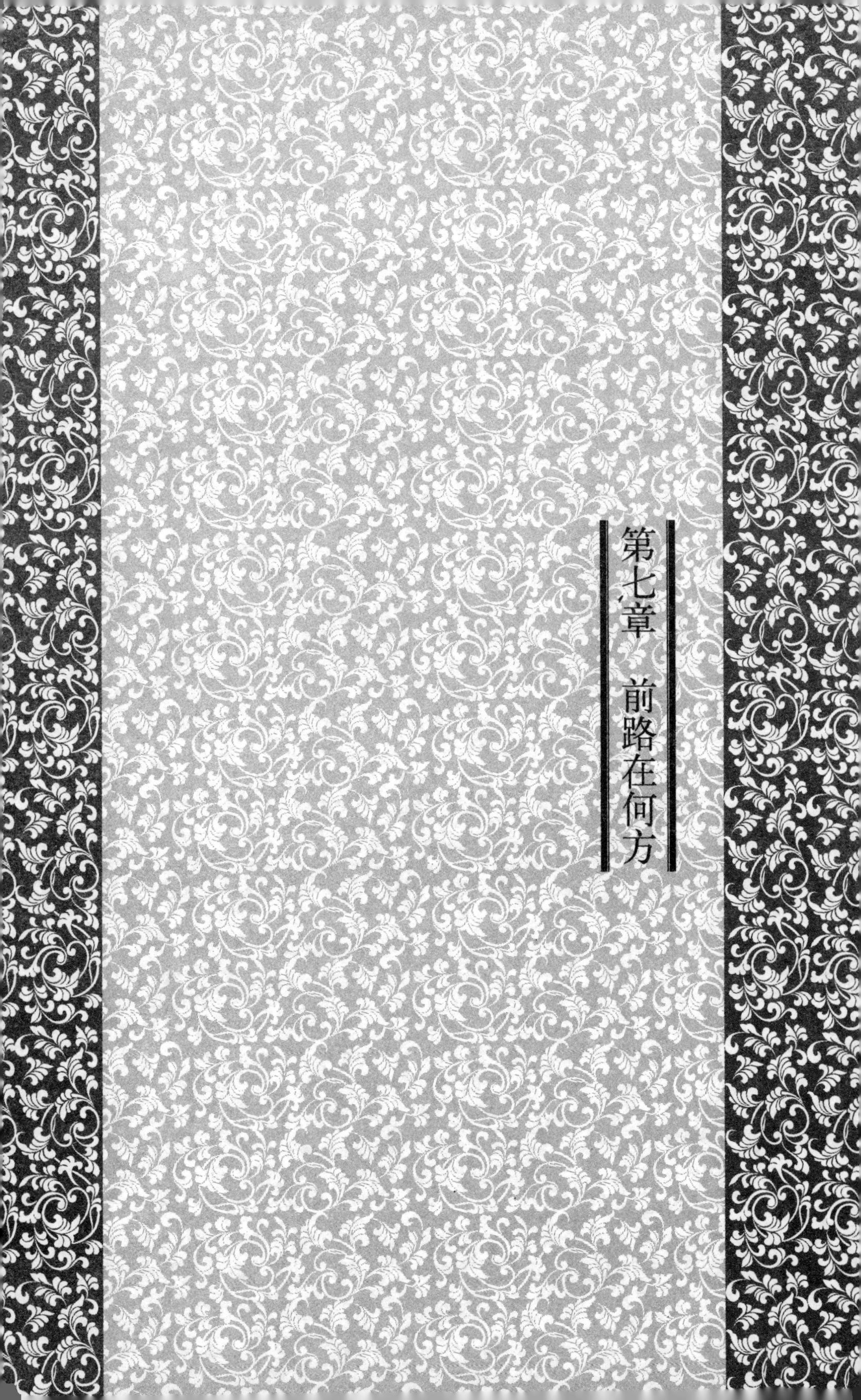

第七章　前路在何方

第壹话

天正十九年的年末，忙碌中的伊豆守真田信幸迎来了身为城主的第一个新年。

岩柜的家臣们相继搬来沼田，更有大量的居民从上田举家迁来。所以，信幸重新规划了一下城下町的建设。

沼田城不再是那座时刻准备跟北条军开战的要塞了。随着关白丰臣秀吉统一天下，日本各地那些久经战争的大名们都准备休养生息，励精图治。

晴朗的日子里，沼田城一带施工建设的敲击动静总是绵绵不绝。真田信幸成天面对着巨大的城下町建设图纸，听取萨摩守矢泽赖纲等老臣们的建议，有时更会亲自骑马去城下视察情况。

自信幸从上田搬到沼田之际，矢泽赖纲就跟随着一同来到这里，辅佐年轻的外甥之子——城主信幸。矢泽赖纲曾奉真田昌幸之命，以城代的身份长期把守沼田，阻止了北条父子的进攻。正因他有着这样的经历，信幸才向父亲昌幸请求："借用赖纲一段时间。"

时下已是冬季。

沿利根川从赤城山山脚向北，有一处三面被积雪山脉包围的盆地。

沼田城就在该盆地南面的丘陵之上。

从前天开始，雪就一直下个不停。上州的冬风很是猛烈，可在被山岳包围的沼田，雪都是轻轻飘落下来。

"沼田的雪就犹如梅雨季节的细雨一样。"

信幸记得父亲曾这样比喻。沼田的雪下下停停又停停下下，而且一般都是细雪，很难见到积雪。

那天傍晚时分，铃木右进忠重从城内二丸外的信幸居馆告退。

铃木右进就是昔日那个铃木小太郎。真田昌幸想让他当名胡桃城代，但被他拒绝了——"我只想侍奉信幸大人！"

昌幸答应了他的请求，现在的小太郎是信幸的一名家臣。

信幸受任"伊豆守"时，将小太郎的名字改成了"右进"。

这正是小太郎亡父年轻时的名字。

右进早就行过了冠礼，如今已是一位十八岁的少年。

近年来，他几乎没生过什么大病，完全不似小时体弱多病。唯有被信幸叫做"小白兔"的可爱、温柔的风采依旧。

信幸让铃木右进住在城内三丸。搬到沼田后不久，右进的母亲荣子就抱病身亡。名胡桃失守后，先是丈夫主水离她而去，其后被北条方囚禁的那段日子更让荣子的身心饱受折磨。

从前跟随铃木家的侍从，如今分在上田、沼田两处，大部分还在为真田家效力。有二十余名家臣一直追随着右进。

右进是被信幸叫来下棋的。连日的降雪让信幸倍感无聊。

铃木右进从信幸的居室出来后，走到东面的走廊下。

走廊的尽头闪烁着一盏墙灯的灯光，除此以外，飘雪黄昏的走廊下，一片昏暗，连个人影都看不到。

"喂……"突然传来一个女人的声音。

很低沉，但无疑是要喊右进——走廊里除了右进再无他人。

右进游目四顾，只见柱子的阴影处有一个年轻女人的身影。

"是谁？"

"是我……"

"谁……"右进吃惊地瞪大眼睛，"这不是阿顺？"

"是我。"

"哦，果真是阿顺啊。"

阿顺比右进小一岁，十七岁，是杉野源右卫门的次女。其父源右卫门以前曾辅佐右进，现在去了上田，是真田昌幸的家臣。

"怎么了？"

"嗯……"

阿顺低着头，欲言又止。

杉野源右卫门服侍上田本家，而阿顺则远离父母家人，在沼田分家当了信幸夫人小松殿的一名侍女。

"有什么事吗？"

"啊……"

主君、家臣、侍女之间层层关系形成复杂的制度，那是在多年之后的事情。当时不论哪家大名，男女都互不避嫌，共同工作，并没有严格的"男女授受不亲"之类的规矩。

"你找我有事吗？"

“嗯。”

这一次，阿顺分明点了点头。

右进从小和阿顺一起长大。阿顺身材苗条，脸上略带孤寂神色。

“什么事？”

“我……”阿顺开口说道，突然抬头看向走廊另一头。

从走廊的另一头传来家臣们说话的声音。

右进觉得阿顺一定有什么难言之隐要说。

右进默默抓住阿顺的胳膊，拉开右边的板门，将阿顺领到里面。

阿顺纤细的胳膊，微微颤抖着。

这大概是间相当于储藏室的房间，三间六坪大的用木板搭建的房间相连。

等走廊上三名家臣的脚步声逐渐消失后，右进小声说道：“你遇到什么麻烦事了？”

右进感觉阿顺点了点头。

正因阿顺是昔日家臣之女，右进才觉得她很亲切。

房间里隐隐飘散着阿顺身体的香味。

铃木右进以前从未和年轻女子独处一室。

他的内心悸动莫名。

“那好，阿顺，你说吧。”右进把阿顺拉到摆放器物的架子下边，说道，“有什么话，你尽管跟我说。”

“我……”

“怎么了？”

“我……那……大人……”

“你说大人？”

"是。"

"大人怎么了？"

突然，阿顺紧紧地贴近右进，说道："可、可怕。"

——可怕？阿顺指的是什么事呢？

大人……真田信幸让阿顺觉得可怕？

这把右进搞迷糊了。

阿顺抽抽搭搭地哭了，但右进倒不觉得如何厌烦。

许是刚刚失去母亲的缘故，右进的情绪很容易被感染。他搂住阿顺纤细的肩头，说道："你父亲和我们家的交情匪浅，我一定会帮你的。有事情你尽管说，你光哭也没用呀。你小声告诉我吧。"

阿顺断断续续地道出了事情的原委。她的黑发散发出阵阵清香，右进只觉得全身都兴奋了。

听着阿顺哽咽的叙述，右进更加困惑不已。

第贰话

伊豆守信幸对阿顺颇有好感，要将她纳为妾室！

据说，信幸曾征询阿顺之父杉野源右卫门的意见，源右卫门欣然接受了这门亲事。

这当然无甚奇怪。女儿能成为主君的偏房，是家臣无比光荣的事情，若再能为主君生下个一男半女，便更是无比荣耀之事。

而且，信幸没有事先耍手段占有阿顺的身体，而是先把这意思知会了杉野源右卫门。

就是说，信幸一定是征得了正室小松殿的同意。

信幸和小松殿成亲三年有余了，却一直未生下孩子。

众所周知，武士家庭是一定要由男子来继承家业的，所以男孩的出生总是一件意义重大之事。

只要是男孩就多多益善。

和时下不同，当年人的死亡率颇高，往往孩子尚未长大成人，父母就辞世而去。

信幸成了分家城主之后，他本人和家臣们都热切期望能赶紧出现一个可以继承家业的男孩。此等重要的道理，小松殿自亦十分清楚，她因而没有反对信幸纳妾之事。

换言之，被选中的阿顺，其实就是个"生孩子的工具"……

然而，不管信幸想要儿子的心情何等热切，他都不会跟不中意的女子发生关系。从这个角度来说，阿顺是被信幸"选中"的人……

所以，怪不得铃木右进会随口说道："这不是挺好的嘛。"

阿顺描述完整件事情，又哭了起来。

"你不愿意？"

阿顺没有说话。

"阿顺，你非常讨厌大人吗？"

（莫非就是这缘故所致？）

阿顺摇了摇头。

（好奇怪啊……）

右进有些迷惑，忍不住道："你是不是觉得这样挺好玩的？"

"很抱歉……"

"算了，你根本没必要跟我商量！"

右进猛然一省，一把推开了偎依身边的阿顺。

"我……"阿顺又朝右进贴了过来。

"行了，够了。我很忙。"

"我……可是……"

"可是？"

"我……"阿顺吞吞吐吐——她自称对大人没有特别仰慕，但既被选中了要当侧室，她只能认命接受。

就是说，阿顺虽不喜欢伊豆守信幸大人，但又不讨厌他的人品。

她恐惧的是别的东西。

"什么呀？你怕什么呢？"右进焦急起来，不由得提高嗓门。

"我害怕主人……"

"什么？"

"主人"指的当然就是小松殿。

像是恶寒袭来，阿顺全身颤抖。

"小松殿不知道大人要纳你为妾？"

"不……"

"那就是说，她知道？"

"是的。"

"那你害怕什么？"

虽然能得到正室的认可，可身为大名的侧室，不可避免地还是会受到很多委屈。即便十八岁的铃木右进能知道这一点，可他根本无法想象那具体会是怎样一种遭遇。

右进的亡父铃木主水没有侧室。虽然没有切身感受，右进还是能理解阿顺害怕小松殿的心情。

信幸的正室小松殿，这一年只有十九岁。这年龄若在现代，无非就是个年轻少妇，但小松殿三年前刚嫁到上田时，萨摩守矢泽赖纲就这样描述过她："看上去真不像一位十六岁的小姑娘。端庄大方，讲话有条不紊，举止得体……真让我眼前一亮啊。"

"这样啊……"听阿顺讲完，铃木右进若有所思地点了点头。

右进同样一直觉得小松殿不太可亲。

一想到小松殿只比自己年长一岁，右进便更加觉得可怕。

比起自幼熟悉的伊豆守信幸，小松殿总让右进觉得不敢亲近。

她一直谨慎小心地侍奉信幸，一言一行从无任何过失，浑身上下洋溢着德川名臣本多忠胜之女和德川家康养女的光芒。

因此，内向软弱的阿顺一旦成为信幸的侧室，在如此强势的正室的光环下，必然会忍气吞声看人脸色生活。一想到这儿，右进就觉得阿顺的恐惧不无道理。

可是，既然阿顺在上田的父亲引以为豪地接受了信幸的提亲，而且此事又征得了小松殿的同意，阿顺当然无法将之扭转。

后天晚上，阿顺便要在伊豆守信幸居所附近的"鸟仙间"将身体献给信幸了……

铃木右进听阿顺如此一说，登时有了股莫名冲动。

既然是选侧室，为何千挑万选，选中这样一个身体纤弱、内心脆弱的女人？这不像大人的一贯作风啊……

阿顺的发髻拂过右进的脸庞，低声啜泣着，右进不由得紧紧抱住了她。

大人也会抱着阿顺纤细的身体吗？

右进的头脑里一浮现出那种情景，对伊豆守信幸一直以来的敬爱之情，几乎都烟消云散了。

右进啧啧咂了下嘴。

房间里此刻漆黑一片。

右进不由自主地把脸埋在阿顺浓密的黑发里。

"好，我知道了……"他温柔地抚摸着阿顺的后背，说道，"一切都交给我吧。"

第叁话

那个晚上终于来了。

雪从前一天早上就停了。昨天和今天的天气都很不错，没有风，阳光温暖。

时间一到，阿顺便被侍女长和侍女服侍着入浴、更衣、化妆。

侍女长和三名侍女都是在正室小松殿身边服侍的人。她们用阿顺从未见过的冷淡面容和尖锐目光看着阿顺，让阿顺不禁胆怯。

一切准备妥当之后，侍女长肃然说道："我有话要跟你说。"

她逐条嘱咐阿顺应注意的事项。

阿顺低着头，弓着身子。

不光是紧张——她说的都是些什么话啊！

阿顺的内心异常惊讶。侍女长的声音生硬呆板，神情严厉，讲的都是赤裸裸的男女房事。

最后，侍女长严厉地拍打了阿顺的手，同时说道："你绝不能做违背大人旨意的事情。记住了吗？记住了吗……"

阿顺脸色苍白，双手行礼，答道："是……"

侍女长还嘱咐说，明早大人离开鸟仙间后，阿顺不能离开房间半步。直到侍女长去接她，方可走动。

在这之后，下人端来了晚膳，可阿顺几乎一口都没吃。

时间一到，阿顺便被带到了鸟仙间，睡衣外只套了件罩衫，在金屏风外等候信幸的到来。

侍女长一直陪伴在阿顺身边，直到此时才离去。

半刻（一小时）后，伊豆守信幸出现在鸟仙间最里面的卧房。

卧房里摇曳着两盏灯光，屋内香气四溢。

鸟仙间有三个房间。

外屋有信幸的两名侍从当班守夜。

第二间房内无人。

里屋则竖着金屏风——阿顺就在那里面恭候着信幸。

被屏风围起来的卧床一带，光线昏暗。

"阿顺……"真田信幸小声唤道，一步步靠近窗边。

咦？

信幸心下有些奇怪。阿顺目前只是一名侍女，这种时候，她应该正坐在屏风外面，等候主人的到来才是。

阿顺应该知道这一点。

可是，此刻阿顺早已在黑暗中躺下了。

她是不好意思吧……

信幸只能这样想了。

"阿顺……"信幸低唤道，将半个身子探进黑暗，摸索着，"咦！"

一瞬间，信幸错愕不已。他发觉躺在床上的人并不是阿顺！

“什么人！”信幸揪出床上的男人一看，更觉惊诧，“右进……”

此人赫然竟是铃木右进忠重。

“你这家伙！”

愤怒的信幸把右进推向墙边。

外屋的两名侍从听到动静，纷纷喊道：“大人……”“您怎么了？”跑到中间的房内。

信幸回道：“别进来。我没事，你们在第一间屋里等着。”

“啊？”

“退下。退回去！”

“是。”

侍从们只好照办。

信幸待他们都退回原处后，问道：“右进，你这是在干什么？”

右进背靠着墙正坐，低着头。

“说话，右进。”

“……”

“倔强的家伙。你不回答是吧？”

“不……”

“阿顺怎么了？”

“在地板下……”

“什么，你说什么？”右进的回答让信幸大吃一惊，“为什么阿顺会在地板下……”

“这个……”

铃木右进中午并未退出信幸的居馆，而是藏在了院子中的树丛里，等待着黑夜来临。

　　阿顺一进入鸟仙间，右进就从檐廊下掀开地板和榻榻米，现身室内。右进当然是来救阿顺的，他让阿顺藏在地板下。

　　正打算孤注一掷的阿顺不禁问道：“这……这样做真的可以？”

　　“你就放心交给我吧。”

　　“是。可是……”

　　“可是大人没准会处死我们吧？别怕，有我右进陪着你呢！”

　　说完，右进盖上了地板，把榻榻米恢复原状，躺到了床上。

　　“你这家伙……”真田信幸余怒未消，“说，你为何要这么做。说不明白的话，我要你脑袋！”

　　“我无所谓。”右进面色苍白，全身颤抖，用尽全力挤出最后一句话，“我……阿顺和我……我们定了终身。”

　　“嗯？”昏暗的灯光下，信幸脸上的怒意逐渐消失，“嗯……”

　　信幸站在右进面前，俯视着他，喃喃说道：“是这样啊……”他把上面那句话重复了两三遍，方又说道：“这事儿，我不知道啊。”

　　信幸的声音听来像是换了个人……是平日里那个温和、让人感到温暖的伊豆守信幸的本色声音：“这次是我不好。”

　　右进突然瘫倒在地。

　　“这事我不知道。但是，右进，你和阿顺……你们为何不告诉我呢？”

　　“这……”

　　“要是不好对我讲，告诉矢野丹后也行啊，为什么事先不说？”

　　矢野丹后是个中年侍从，服侍信幸和小松殿。

　　“总之，我知道了。”信幸平静地说道，“我会撮合你们二人的。你们可以结为夫妻。”

闻言，右进大吃一惊，抬头看了看信幸。

他从未想到事情会发展成这样。

在那间昏暗的房间里，右进抱着哭泣的阿顺的柔弱肩膀，的确是怜香惜玉，可右进根本没想过要和阿顺结婚。

对铃木氏旧家臣之女阿顺的同情和右进那年轻的冒险之心，让右进做出了今日的莽撞之举。

"我给你们做媒，不够吗？"

信幸接连问道。

铃木右进没有退路了，是他亲口说出"我们定了终身"这句话的。

"那……感谢大人的好意！"

叩拜在地的铃木右进再次下定决心。

"好，这太好了。"

突然，右进哭了起来，他再次感受到真田信幸的胸襟是何等开阔。

右进做了如此胆大妄为之事，事情按理不该如此结束。只因信幸尊重家臣右进和侍女阿顺的人格，所以才会有这样的处置。

"你哭什么？"

"呜呜呜……"

"喜极而泣了？"

"呜呜……"

"你别再撒娇了，阿顺还藏在地板下吧？"

"是，是的……"

"你这蠢货……快，快把她叫出来吧。"

第肆话

信幸总觉得："这时就进攻朝鲜，未免太早了吧……"

第二天，整日忙着建设新领地、新本城和城下町事务的德川家康，从江户派了一位使者来到沼田城。

丰臣秀吉推进了攻打朝鲜的安排，德川家康只得捎话给信幸："我最晚二月初就会从江户出发，参加这场战争。"

使者是信幸之妻小松殿的父亲本多平八郎忠胜的家臣——三宅清太夫。

三宅清太夫年过五十，是个其貌不扬的矮小男人，却深得忠胜信任。小松殿嫁至真田家前后的那段时间里，在清太夫的陪伴下，她活跃在各种场合。

三宅清太夫不是家康的家臣。家康这次是先知会本多忠胜，再由忠胜派使者面见真田信幸，此举其实是要向信幸表明伊豆守信幸的岳父和其主君德川家康是一体关系。

换言之，家康是要告诉真田信幸："我德川家的君臣就是这样亲密无间……"

早在这一年的秋天，丰臣秀吉就在肥前国一个叫名护屋的地方修筑了攻打朝鲜的大本营城郭。

城池尚未建好，秀吉却下令各国大名都要到名护屋来，准备攻打朝鲜，同时互相协作，共同修筑城郭。

这种想法和做法，是秀吉从故主织田信长那里学来的。

信幸总觉得："这时就进攻朝鲜，未免太早了吧……"

小田原战争结束不久，关东地区总算得以平定，而奥羽地区的战乱更是刚刚平息。

——何以此时又要动兵？

信幸不理解秀吉的想法，左思右想都想不明白。

而且，对手是大海彼岸的另一个国家。要渡海去攻打该国，花费无疑会比日本国内的战争更大。

战争经费当然不会由秀吉独掏腰包，而是由各国大名各自承担一部分，大家共同分担经费支出。

可是，日本各地都饱经战火蹂躏，根本无力承担这笔额外支出……

信幸觉得丰臣秀吉不会不明白这一点。

似乎早在织田信长手下时，秀吉就有"踏平朝鲜国"的想法。

有一次，信长对秀吉说："筑前守，你若能平定中国地方的毛利，我就把毛利家的地盘全部交你管理。"

秀吉听后，轻轻摇了摇头："我不想要。"

"哦？你看不上毛利家的地盘？"

"不，不是这样……"

"那你为何不想要呢？"

"平定中国地方以后，我要再平定九州。到时，我会率军打头阵的。"

"所以，你想要九州？"

"不，平定完九州，如果您允许，我想渡海攻下朝鲜国。"

"呵呵……"信长有些不可思议地看着秀吉，问道，"你是想得到朝鲜国？"

"是的。"

"哎呀……"

"然后……"

"你还要打仗？"

"嗯，只要平定了朝鲜国，我就会再攻打大明。"

织田信长忍俊不禁："那好，朝鲜、大明，我都给你。"

虽不知这小故事是否真实，但秀吉妄图染指朝鲜的心思，只怕确实是从那时就形成了吧。

对于秀吉一心将战事扩展到海外的原因，有人曾这样说过："或许秀吉觉得在国内无法超越故主信长的功业，所以才会毅然决定攻打外国，成为外国的王者……"

秀吉并不是没有这种心理。

信长死后，秀吉在平定九州之时，就已经召见过对马的宗义调，命其详细调查朝鲜国的情况。

对马在九州的西北部，是朝鲜和九州之间的一个岛屿。

从镰仓时代起，宗氏历代都被任命为守护代之职，治理对马。

因之，宗氏一直负责着朝鲜和日本的外交往来。

他堪称是最了解朝鲜情况的日本大名。

平定九州之后，丰臣秀吉拥有了大半个天下，堪称天下人了。

天下人既然开了金口，宗义调便只得答道："就算不诉诸战争，我亦会让朝鲜国臣服日本的。"

他的意思是说——通过外交谈判，让对方听从秀吉的指挥。

得到宗义调如此自信的答复，秀吉昂然说道："那我就暂时先不出兵。你立刻派人到朝鲜国去，告诉他们，让他们的国王亲自来日本，向我秀吉行臣下之礼！"

宗义调当时的表情，委实无法形容。

哪能跟人家这样说啊？哪会有如此不讲理的蛮横外交？

朝鲜虽然一直向邻国大明称臣纳贡，却是个很有骨气的国家。

而且，它没有任何理由需要向日本低头。

第伍话

对马的大名宗义调希望采取更稳妥的办法，和朝鲜进行外交斡旋。朝鲜一直向毗邻的大国称臣纳贡，心头早有不满之意。因此，宗义调的策略是跟朝鲜进行友好而和平的通商，促使两国联盟，共同抵制大明。那样的话，朝鲜一定会听从日本的差遣。

倘若突然威胁他们必须无条件服从日本，否则就派军征讨，朝鲜的国王肯定不会就此屈服，反倒会向大明求救。

而且，跟朝鲜通商会带来可观的经济利益，宗义调当然希望能避免和朝鲜开战。

有这种想法的人，不止是宗义调一个。甚至可以说，日本各地的大名里就没有谁觉得对朝鲜动兵是必要之事。

但是，不管宗义调内心的想法如何，只要丰臣秀吉的命令一下，他就必须去跟朝鲜国协商沟通。他别无选择，只好向朝鲜提出："希望你们派使者问候日本的关白殿下。"

"关白是谁啊？"朝鲜人如此问道。

关白丰臣秀吉是替天皇统帅日本之人——宗义调做了一番解释。

朝鲜人听了又问："那我国为何要向日本派遣使者呢？"

宗义调当然不能直接回答："是要行君臣之礼。"

如此直白的回答，肯定会惹怒朝鲜国王。他因此大伤脑筋。

然而，丰臣秀吉结束小田原之战不久，经由宗义调的不懈努力，朝鲜国的使者最终远渡重洋，来到日本。义调总算松了口气，哪知秀吉竟不满意，责问他道："朝鲜国王何以不亲自前来？我不是命你让朝鲜国王亲自来我国吗？"被秀吉如此刁难，义调只觉得走投无路。而且，他确实不记得秀吉曾说过这样的话。

"关白殿下到底怎么了啊？"万分苦恼的义调向小西行长请教。

秀吉坚持不见万里迢迢来到京都的朝鲜国使节。

小西行长是和泉国堺市药材商人的儿子，后来侍奉秀吉，很快就出人头地，现任肥厚宇土城主，是一位十四万六千余石的大名。他的女儿是宗义调的妻子——换言之，小西行长就是宗义调的岳父。

小西行长出自国际商业都市堺的富商之家，对朝鲜的情况十分了解，同时又拥有敏锐的政治嗅觉，且具有商人身上罕见的阳刚之美，深得秀吉信赖。

经行长苦口劝说，秀吉才勉强说道："那就见一见吧。"

聚乐第里，等了许久的朝鲜使节总算见到了丰臣秀吉，哪知对方竟然说道："我最近就要去攻打大明了，你们朝鲜到时候要给我带个路才行呀。"

秀吉的这番话让朝鲜使节听得目瞪口呆。一直以来，宗义调跟朝鲜协商的都是建立联盟，共同抵御大明。朝鲜方面当然觉得这便是秀吉的想法，不料秀吉突然说出这种话来，一时间头都蒙了。

虽然秀吉在日本贵为"关白殿下"和"天下人"，可在朝鲜使节的眼中，他只是个满脸皱纹、长得像猿猴一样，身着华丽的衣衫，耀武扬威的小老头。

这样的男人能统治日本国吗？没看出有哪里比别人强嘛……

使节们搞不好会如此质疑秀吉。

真田幸村当时就在秀吉的身旁，亲眼目睹了秀吉接见朝鲜使节的情形。后来，幸村派密使给昌幸送来一封密信，称："我最近有些搞不明白殿下的想法。"

真田昌幸打趣道："哎呀，幸村都不了解殿下的真意了呀？"

有如此感觉的，只怕不是昌幸一人……此前，秀吉在军事、政治方面运筹帷幄，充分显示出他的才能和实力，而刚刚结束的小田原之战更显出他那新奇、大胆的独特战术。

然而，秀吉这次要征讨的是大洋彼岸的异国。真田昌幸当然知道此番作战对象的特殊，却道："殿下自有殿下的想法，你别担心。"

却说朝鲜使节震惊万分之余，不免觉得双方没的谈了。结果，这次会面匆匆结束，朝鲜使节很快就回国了。

哪知丰臣秀吉却是十分高兴——"很不错嘛。"他觉得朝鲜使节听懂了他的意思，决定臣服日本，遂下令道："那就让朝鲜国来做向导，我们去攻打大明吧！"

秀吉打定了主意，要攻取地大物博的华夏大陆。

恰是此时，真田幸村派向井佐平次来到沼田的兄长信幸之处，给兄长带了一封密信，提道："自从大和大纳言去世后，关白殿下就好像变了个人……"

"大和大纳言"是丰臣秀吉之弟——丰臣秀长。

第陆话

丰臣秀长以前的名字是木下小一郎。

秀吉的生母大政所嫁给尾张国中村的一名普通百姓——木下弥右卫门，两人所生下的藤吉郎便是日后的丰臣秀吉。

木下弥右卫门是织田家的一名走卒，因作战时负了重伤，无法再当武士，只好回老家当一名普通百姓。

大政所和木下弥右卫门育有两个孩子——秀吉和其姐友子。弥右卫门病故后，大政所和织田家的茶师筑阿弥再婚，生下小一郎和一个女儿——后来的朝日姬。

哥哥藤吉郎出仕织田信长之后，小一郎很快便崭露头角，跟着哥哥一同打拼。后来，木下藤吉郎变成了羽柴筑前守，又变成丰臣秀吉一统天下，小一郎和哥哥并肩作战，出征中国地方，历任但马竹田城主、出石城主等重要职位。

织田信长死后，秀吉和柴田胜家在贱岳大战之际，秀吉曾抽空坐镇美浓大垣城，指挥攻打岐阜城。

　　秀吉离开期间，小一郎替哥哥指挥全军，那时的他已成长为一名可独当一面的出色武将。后来，小一郎又领兵征讨纪州和四国，立了大功，受封大和郡山城主，封地包括大和、纪伊、和泉和伊贺的部分地区，总量近百万石，且出任"从三位"的"大纳言"一职。

　　我们不难想知丰臣秀吉对这个弟弟是何等依赖。秀吉靠着一生的努力，总算当上了"天下人"，但其直属家臣都只跟随了秀吉一代，阅历并不太深。相反，德川家康的大部分家臣都是祖祖辈辈和德川家同甘共苦，就这方面的情况来说，秀吉根本无法和家康抗衡。

　　大纳言秀长为了哥哥可以豁出性命，粉身碎骨。织田信长和美浓的斋藤龙兴作战时，秀长遵哥哥秀吉之命，果敢攻向了稻叶山城，立下赫赫战绩。每每想到那时的情景，秀吉就会拉起弟弟秀长的手："小一郎，那时你大难不死，真是太好了，真是老天保佑啊……"甚至到了现在，秀吉都会泪眼婆娑地悔恨道："那时我真是愚蠢，竟会把如此危险的任务交给你去做……"

　　秀吉的意思是说，倘若秀长因那次极其危险的作战送了性命，那就不会有今日的自己。

　　秀长虽有丰功伟绩，可他只是世人眼中"伟大英雄"丰臣秀吉背后的"无名英雄"。虽然事迹不能全被世人所知，秀长还是不计较得失地卖命工作，这更让秀吉欢心不已。

　　长年累月的辛苦奔波，逐渐摧毁了秀长的健康身体……直到抱病身亡，大纳言秀长都放心不下哥哥秀吉，留下遗言："哥哥此后当放宽心态，放缓一统天下的脚步。如若不然，火急攻心，恐有损天命。"

　　秀长十分了解哥哥一刻不停地东奔西走，四处征战的辛劳，一直暗暗担心哥哥的安危。

　　说实话，自从服侍织田信长那时开始，丰臣秀吉便是身心疲惫、精疲力竭……纵然统一天下，住着京都和大坂的豪邸，过着奢华的生活，丰臣秀吉的内心依旧空虚。他就像一辆日夜不停、急速行驶的车辆无法立刻停下一样，一旦强行刹车，车辆便会受损。

　　秀吉虽然年逾五十，那瘦小的体内却充盈着南征北战的欲望。

　　话说，在进攻小田原的前一年，丰臣秀吉的侧室淀殿诞下一子。

　　秀吉年轻时，有个侧室曾给他生了一个男孩，可惜不久便告夭折。自那之后，秀吉再没有过孩子。因此，已成为天下人且年过五旬的秀吉老来得子，其欣喜不难想知。

　　秀吉的欢喜之情充分体现在了他进攻小田原的战术上——欢心无比的秀吉在石垣山上建了一座豪华的城。只有秀吉才会将这场战争视为外出游玩，在轻松的氛围中尽量避免敌我双方的流血牺牲。

　　丰臣秀吉一直就不喜欢兵刃相见，鲜血横流。攻打小田原时，秀吉依靠强大的实力，充分用战略体现了他无比高兴的心情。

　　鹤松诞生后，秀吉固然高兴万分，但他亦曾说道：“我会先把位置让给大纳言（秀长）——大纳言来当天下人的话，绝对无可挑剔。”

　　“待得鹤松长大成人，再由大纳言当其后盾，把天下人之位让给鹤松……”这就是秀吉的算盘。

　　倘若鹤松和秀长都能再活几年，丰臣天下按照秀吉的构想延续下去，日本的历史无疑将被大大改写。

　　秀吉满心欢喜地想：“只要大纳言在，便可将天下放心交给鹤松。”

　　结果，大纳言秀长只活到了五十一岁。

　　秀长身患重疾，没有参加小田原之战，但在兄长秀吉凯旋京都之时，他仍从郡山赶来迎接。秀吉一见面便紧紧抱住了他，欣然说道："哎呀，你好了啊。这真是太让人高兴了！"

然而，第二年的正月二十三日，秀长便离开了人世。葬礼在郡山城举行，据说漫山遍野有二十余万人前来送秀长最后一程——郡山城主大纳言秀长的人品极受世人好评。

秀长的去世让秀吉备受打击。雪上加霜的是，这一年的八月五日，体弱多病的鹤松也离秀吉而去，年仅三岁。悲痛万分的秀吉号啕大哭。真田幸村曾写信给哥哥信幸，描述这种情形："殿下一度悲伤得失去神智……"在鹤松葬礼的当天，丰臣秀吉怀抱爱儿棺木，寸步不离鹤松遗体，突然拔出腰刀，砍下一撮发髻，供奉神前。

诸大名和一众家臣见此情景，慌忙都剪下发髻，供奉到神灵面前。一旁的幸村大感别扭，不忍再看下去。结果，只有幸村和御伽众内匠山中长俊两人没有剪发……其余人则都纷纷效仿秀吉。

悲痛万分的秀吉失去理智做出此番举动，着实不太正常。但这位父亲确实将悲哀表达得淋漓尽致，根本不介意别人对"天下人"会如何评价，率然将自身柔弱无助的一面摆到了世人面前，这一点让幸村十分敬佩。然而，众大名和家臣们竟然东施效颦，盲目追从秀吉的威风……他们的滑稽举动，让幸村觉得虚伪至极。

空见逝人遗物，悲而落泪。痛失明日之星，前路迷茫。

这是秀吉悼念鹤松之死而做的和歌。

鹤松死后，秀吉加快了出兵朝鲜的计划。幸村觉得他这是要把失去爱弟和爱儿的悲痛倾注到别的事上，是一种焦虑心态的表现。

第柒话

信幸虽是真田氏的分家，跟德川家康的关系却日益密切。

最近这段时间，幸村没有向沼田派去密使，但他和上田城的父亲昌幸之间一直存有联系。伊豆守信幸当然知道父亲和弟弟利用壶谷又五郎指挥下的"草者"，在京都、大坂遍布耳目，以了解天下动态。

近来，信幸屡屡会有种莫名的孤独之感，他不清楚何以如此。

虽然不知缘由，却总是觉得孤单。

自从离开父亲，设立分家，当上沼田的新城主，开始新生活之后，信幸的这种感觉便日益强烈，几欲痛彻心扉……

他觉得和父亲、弟弟间的距离正日渐变大。虽然成立了分家，但他毕竟是真田氏的一员，这一点永远无法改变。他和家臣们都坚信沼田分家和上田本家会保持一致，共同进退。但他和父亲、弟弟之间竟然渐渐不能像以前那样心灵相通了。

幸村派密使给信幸捎来信函，将京都、大坂的情形和丰臣秀吉的言行告知信幸，可这些情报和信幸后来从德川家康那儿获得的完全一样。

最初，幸村还会在信中发表一些想法，可自从大和大纳言秀长死后，幸村几乎不在信中表露个人观点了。

这是怎么回事呢？

信幸搞不明白，却察觉自己不再是以前的自己……

从这一年的春季开始，信幸给父亲和弟弟的信中不再表明立场了。

德川家康常常经由信幸的岳父本多忠胜给信幸带来一些不为人知的情报，而且总会提醒信幸："这件事，你知道就行了，不要再告诉别人。"

信幸虽是真田氏的分家，跟德川家康的关系却日益密切。其中的一个缘故当然是他迎娶了德川家的女儿。

而且，丰臣秀吉挥兵灭亡小田原北条氏的那段期间，德川家康一直坚持其对上州沼田领土问题的主张，信幸和小松殿定下婚约之后，家康更是切身帮真田家考虑，主张由真田家治理沼田。

有关沼田的统治问题，秀吉亦打算交给家康处理。小田原战役结束后，他曾征询家康的意见："我想把沼田还给真田家，你觉得怎样？"

家康欣然同意。

所以，真田信幸既然当上了沼田城主，那他当然就欠下德川家康一个很大的人情。

在铃木右进和阿顺事件的第二天，本多忠胜的家臣三宅清太夫从江户来到沼田，向信幸传达了德川家康对迫在眉睫的出兵朝鲜一事的态度。

这一次，清太夫同样叮嘱信幸："请不要泄漏给大人本家。"

　　信幸点了点头，示意："知道了。"心中想的则是："又来了啊……"虽有意见，但仔细想想家康的话，又觉得"只好这样了吧"……

　　真田昌幸把次子幸村送到丰臣秀吉身边，和越后守上杉景胜一样受到秀吉优待。而且，秀吉将信、越两国的统治交给了他们两人。

　　这意味着，秀吉很可能会向昌幸和景胜下达一些不想让家康知道的指令。就像三宅清太夫叮嘱伊豆守信幸那样，秀吉没准会同样叮嘱昌幸和景胜："不要让别人知道……"

　　自从大纳言秀长身亡和秀吉的独子鹤松夭折之后，这倾向日渐明显。

　　一想到五十有六的太阁秀吉……不，一想到丰臣家的未来，真田信幸就忍不住担心。

　　"未来会怎样呢？"

　　上田城的父亲似乎没有思虑得如此深远，但信幸觉得这种担忧真不是杞人忧天。

　　鹤松夭折后，丰臣秀吉觉得再不会有孩子了，遂决定让外甥秀次接班。他把那座无比华丽的京都聚乐第让给了秀次，打算再去京都附近的伏见地区另建一座新城——伏见城。

　　关白之位同样被让给了秀次。

　　而秀吉则以"太阁"自称——所谓"太阁"便是"退隐关白"之意，亦可用来尊称摄政和太政大臣。

　　太阁秀吉的嗣子丰臣秀次是秀吉的近亲三好吉房之子，其母亲是秀吉的姐姐友子。秀次从十六岁时参军打仗，秀吉封给他两万石。哪知第二年的小牧·长久手战役中，秀次明明占有优势，却被德川军打了个漂亮的翻身仗，大败而归。

当时，秀吉狠狠训斥了这位年方十七的外甥。

此时，秀次二十四岁，称不上是如何出色的将才，虽然喜好学问，却根本无法媲美二十四岁时的信长、秀吉和家康。他以后的发展尚且难以断言，但眼下确实没有继承秀吉和统治天下的能力。

二十四岁固然年轻，可当时的二十四岁却相当于现代的三十四岁甚或四十四岁了。

真田信幸和德川家康对丰臣家的继承者——关白秀次，不约而同都抱持怀疑态度："唉……他真能担当如此重任？"

第捌话

三宅清太夫返回江户的那天晚上，真田信幸留宿在妻子小松殿的卧房，他很久没有和妻子同床共枕了。

昨夜，三宅清太夫留宿沼田城，今天一大早就来到二丸的小松殿住处问候，两人屏退左右，密聊了很长时间。

"岳父大人好像一切都好。"信幸躺下说道。

"嗯。"

"三宅清太夫大人半点都没变呢。"

"他完全不显老，真让我觉得匪夷所思。"

"他是不是吃了些什么东西啊？"

"这个嘛……"

小松殿微笑不语。

"老婆……"

"嗯？"

"明年好像会有大事……"

小松殿默然不答——虽没回话，却慢慢伸出双臂，贴近信幸的身体。信幸把脸埋进了妻子的秀发之中。

"咦？"

他忽然觉得妻子的身体竟有些陌生。不是说身体的哪里有了变化，而是眼前的妻子的身体和上次同床共枕时明显有了不同。

"老婆……"

"大人，我……那个……"

"你怎么了？"

"那个……我有了。"

小松殿低语着，把脸轻轻贴到了信幸宽阔的胸膛上。

"真的？"惊喜之下，信幸的声音不觉有些颤抖。

"是的，是真的……"

"是吗？这、这……"信幸紧紧抱住小松殿，来回蹭她的脸，"这太好了！"

据说，半月前，小松殿就出现了怀孕征兆。

十天前，信幸在此留宿时，小松殿没告诉他这一喜讯。

"当时尚未确定，所以……"

所以没有立刻向信幸报喜。

五日前，医师和从本多家跟随小松殿嫁到真田家的侍女长和泉野明确告知小松殿："绝不会错。"

就是说，信幸要在鸟仙间把阿顺收为侧室之前，小松殿就怀孕了。但是，她没有阻止信幸收阿顺为侧室。

信幸是个男人，他当然希望除了妻子，还能再抱抱别的年轻女子。但这次并不是他主动策划的。

在岩柜生活时，真田信幸曾和两三名侍女有过男女关系，可和在男女问题上放荡不羁的弟弟幸村相比，信幸要收敛、老实得多。

而且，他现在根本没有这份心思——丰臣秀吉很早就给他下了命令："准备参加进攻朝鲜的战斗。"

信幸不得不在听取德川家康和父亲昌幸的意见基础上，进行部队的整编。同时，信幸还打算在建设好城下之后，着手改建沼田城。他忙于这些事情，一日不得休闲。

小松殿看准了贴身服侍的阿顺，有意挑选她当信幸的侧室。

还没到三月，小松殿就提出了这事。

结婚三年，仍未和信幸有个一男半女，这让小松殿深感不安。如此下去，怎能尽身为大名之妻的责任——她甚至如此自责。

小松殿自知身体绝无问题，且从未放弃希望，但她总想让信幸尽快有个男孩。因此，她和侍女长和泉野、侍臣矢野丹后秘密商议了此事。矢野丹后寻机向信幸一说，信幸登时回道："这样啊……容我想想"。

信幸和妻子的想法一样，而且他不讨厌阿顺。

既然正室建议纳妾，信幸当然就没有任何顾忌。

事情顺利进行，也得到了上田阿顺父亲的同意。

对小松殿怀孕一事全不知情的矢野丹后跑前忙后，才在几天前的鸟仙间定下此事。

丹后和和泉野一样，都是从本多家跟随小松殿而来的侍臣。

将此事告知阿顺的同样是丹后。

"大人看上你了……"他对阿顺如此说道。

以他看来，侍女阿顺无疑会因此觉得非常荣幸……

“前几天，阿顺闯祸了？”

小松殿任由信幸的手掌肆意揉搓着她的胸部，轻轻问道。

“不规矩的家伙是右进。”

“铃木右进？”

“嗯。”

“怎么回事？”

“可以告诉你，但只能你一个人知道哦。”

“好。”

信幸突然笑了。

“大人，到底怎么回事？”

“右进这小子……哈哈……哈……”

“什么事这么好笑？”

“老婆，其实是这么回事——”

信幸把事情的原委讲给小松殿听，小松殿时而震惊，时而失笑。

“真想不到，右进竟能干出这种事啊。可是，我想不通阿顺是怎样独自从鸟仙间出去的。”

“后来，我让阿顺从地板下出来，让右进通过地板下离开了那儿。”

“是这样啊……”

“嗯，无所谓的事情。”

“不，都是我做得不周到，才会让大人您受此惊扰。”

“嗯，既然事已至此……”

“啊？”

“我明年就要带兵打仗去了，那之前，我想办完右进和阿顺的喜事，不知你的看法如何？”

"那当然好呀。"

"别太繁琐，我们来做媒就行了。"

"好，那我这就着手准备。"

"这事就交给你了。"

"是。大人要带铃木右进去肥前吗？"

"不，右进就留在这里好了。"

"那我就放心了。"

信幸夫妻都不希望右进二人新婚不久就被分开，但他们做梦都不会想到这份用心竟使右进和阿顺的关系朝着意想不到的方向发展。

"那好，正事就讲完了。"信幸挑逗着小松殿，"对了……"

"嗯？"

"没事……"

"别，你说呀。"

"不，我觉得……"

"我的身体怎么了？"

"身体的话……"

"嗯？"

"这附近……"

"你快说呀。"

"这一块好像比以前胖了……"

小松殿轻轻摇了摇头，呼吸变急促了。和三年前相比，小松殿不光后背和蛮腰更丰润了，浑身的肌肤都更加圆润。

此刻的信幸依旧觉得妻子比阿顺好。

第玖话

次日傍晚，萨摩守矢泽赖纲被十名骑士护卫着抵达了沼田城。

他此来是要和信幸商讨来年攻打朝鲜一事。

若是岩柜城时期的真田信幸，凡有大事，必会亲自骑马去上田商议。可现在的信幸已另立门户，而且是沼田城的城主，其父昌幸因而才让老臣矢泽赖纲代表他前来和信幸商议。

当然，伊豆守信幸此前已然多次向上田派去使臣，向父亲禀明想法。信幸对这次出征的想法，简单来说就是："出征不可避免，但希望尽量精简兵力。"

兵力少了，军费便会下降。先前持续不断的战争几乎让真田家倾尽所有，如今战乱平息，他们最重要的就是养精蓄锐，进行建设。

丰臣秀吉命令真田昌幸出兵两千，分家的信幸出兵一千二百。

这意味着他们要抽出大概三分之二的兵力去打仗。

虽然本城只留下极少的兵力，他们却无需担心。全日本的大名都服从秀吉的统一指挥，意欲攻打海外异国。

可是，要一下子调配如此大量的兵力赶赴九州，这对真田家而言无疑极其困难。

这跟当时攻打关东的北条氏完全不同。因此，真田昌幸经由上杉景胜，真田信幸经由德川家康，纷纷向丰臣秀吉请求消减出阵兵力。

秋天以来，秀吉一直忙着准备出兵朝鲜和大明。

执掌"参谋本部"的是德川家康、前田利家、蒲生氏乡、黑田如水、浅野长吉这些大名和石田三成、增田长盛、大谷吉继、长束正家等丰臣政权的奉行。

万幸，这个"参谋本部"对真田家的本家和分家都怀有好感，所以他们不久前决定让真田本家出兵一千，分家出兵五百。

真田父子得悉情况，直说："这太好了……"方始放下心头一块大石。尤其是信幸——他独立不久，家臣的人数自不太多。

德川家康似乎非常照顾信幸，再加上秀吉本身对真田家在小田原之战的问题上怀有愧疚，便接受了家康的说情。

只需出兵五百的结果，大大出乎信幸意料。

这次又欠下家康一个人情了……

从岳父本多平八郎忠胜处得知此事之后，信幸深深感知了德川家康对他的关照之情。

信幸和矢泽赖纲的讨论没花费太长时间——父亲带给他的情报和他从德川家获得的完全一样。

真田家不是渡海出战的先锋，而是驻守肥前名护屋的大本营。

"这样啊……"信幸装出一副初次听闻的表情，微笑着点头说道，"那真是太好了呢。"

矢泽赖纲说道："想必你早就从江户那里听到这事了吧……"

"不，不知道。"

"哦？"

赖纲那沧桑的脸上露出苦笑。

信幸顿时觉得万事都瞒不了这位叔公，继而开始后悔为何不直接说出："我之前确实从江户那里听说了这件事情。"

矢泽赖纲六十一岁，是父亲昌幸的叔父，从小看着信幸长大，对信幸疼爱有加，信幸对这样的大恩人竟然撒了谎……

可是，眼前的叔公似乎在说："没关系，这样挺好的嘛。"依旧用慈爱的眼光看着信幸。

信幸只觉得腋下直冒冷汗。

面对父亲的时候，信幸反倒没有这种感觉。

大部分时间，都是弟弟幸村待在父亲身边，信幸几乎是在矢泽赖纲的照顾下长大的。在岩柜时，信幸更得到了担任沼田城代的这位叔公的大力辅佐。

信幸不久前犹以"叔公大人"、"萨摩大人"尊称矢泽赖纲，但自从他另立门户成为分家的当主之后，矢泽赖纲就提醒他说："你不能再像以前那样称呼我了，记住没有？"

他肃容告诫信幸："虽说是本家、分家，但你是分家的当主，我身为本家的家臣，必须尊敬你才行。你亦要把我视作本家的家臣，不能特殊对待。"

再有就是——"既然分了家，你身为当主，假设……假设你跟本家有了根本利益上的冲突，我作为本家的家臣一定会和你斤斤计较。既然是分家，你就是决策者，无论何时何地都必须坚持自身的意志。我一直就是抱着这种理念来教育你的。"

信幸牢记着这番话，他一辈子都不会忘记。

后来，信幸深切体会到了叔公这番话的分量，真乃至理名言……

"人生一世，这种事情难保不会出现……"矢泽赖纲铿锵对信幸说道，"如果本家和分家的争执必须用战争解决，我便会向你举枪！你就抱着这种思想准备，秣马厉兵，好好治理领地吧。"

这是矢泽赖纲对信幸最后的熏陶。

此后，赖纲对信幸彻底拿出了一副本家家臣的态度。

第拾话

谈完正事，伊豆守信幸唤来妻子小松殿，在二丸外的居馆和矢泽赖纲举杯共饮。

刚喝起来，矢泽赖纲就问起杉野源右卫门之女阿顺要被信幸纳妾一事。信幸苦笑道："没这事了，我妻子都怀孕……"

"真的啊？"

"真的。"

"恭喜，恭喜啊！"

矢泽赖纲的喜悦之情一览无遗。

"我有一事请教。"

"嗯？"

"是阿顺的事……"

"啊？"

"实际上……"信幸将铃木右进和阿顺的事情和盘托出，只见矢泽赖纲的脸色渐渐凝重。

“那……你原谅右进了？”

“原谅了。”

“这样的话……”

“你是想说，别把这件事的来龙去脉告诉其他家臣，对吧？”

“是的。”

“嗯，这一次我原谅他。”

“这……”

一直盯着信幸看的赖纲，听到这句话，脸上很快露出了笑容。

“我觉得你这样做是对的。”

“哦？”

“考虑到铃木右进的身世，你这样做是可以理解的……”

“你也这样认为？”

“是的。”

“太好了。”

“不敢。”

“可是，右进的事……”

“嗯？”

“想请你回上田后，将此事告知父亲和杉野源右卫门。”

“知道了。”

“我这次不打算带右进出征。”

“有道理。”

“我一想到名胡桃陷落时他经受的痛苦，就觉得不这样不行。”

“这……”

“对吧？”

矢泽赖纲点了点头，说道：“这让我想起了一件事情。”

“哦？”

“有人来本家提亲了……”

“是幸村？”

“对。”

“呵呵，那太好了。”

信幸看了一眼小松殿，只见她跟着说道：“这真是太好了……”

“女方是谁？”

“大谷吉继大人之女，是太阁殿下做的媒呢。”

大谷吉继的生父据说是九州地区丰后国大友家的家臣，就连真田昌幸亦不知道他的真实姓名。他年轻时以“纪之介”自称，是丰臣秀吉的一名侍童，秀吉欣赏他诚实认真的工作态度，便将名字中的“吉”字赐了给他，对他加以重用。

六年前的天正十三年，大谷吉继当上了秀吉的奉行，出任“从五位下”的“刑部少辅”一职，受封越前国（福井县）敦贺五万石。

年轻时的大谷吉继非常英勇，贱岳一战中立下赫赫战功，功勋只比“七本枪”稍逊一点。

大谷吉继对被送到秀吉身边的真田幸村一直照顾有加。幸村曾写信给哥哥信幸说：“他对我非常照顾……”

吉继以前当过秀吉的侍童，感同身受，很可怜离开家乡、被送到大坂当“人质”的幸村，对他很是同情。

这门亲事几乎就是大谷吉继向丰臣秀吉提出的请求：“希望殿下能给小女当个媒人。”

“这门亲事很好啊……上田的父亲觉得如何？”信幸问矢泽赖纲。

“这、这个嘛……”

“父亲不太满意？”

“是的，想必你也听说有关大谷刑部少辅大人的传言了吧？”

“有所耳闻。”

信幸有些失望。

民间传言，说大谷吉继身染疾患——麻风病。

五年前，大坂每天晚上都会发生路人被杀的恶性事件。

不是三五人被杀害，而是二三十人被残忍杀害。

那时，人心惶惶——

“这一定是大谷刑部少辅干的！”

谣言越传越广。

当时的医学界尚不知麻风病是一种通过细菌传染的疾病。人们但见大谷吉继的脸上和身上出现令人恐怖的病患征兆，便认定他得了“孽病”。

“这种病必须喝人的生血，否则无法治愈。”

所以，吉继每晚都会杀人，喝掉他们的鲜血……这就是当时的传言。

熟知大谷吉继的人，对该谣言都只是一笑而过：“何等蠢话。”

但事关爱子幸村的婚事，真田昌幸虽知道那是谣言，仍不免心有余悸：“太巧了吧……我们要迎娶大谷的女儿？”

恰好矢泽赖纲要来沼田，昌幸便吩咐赖纲：“你顺便问问伊豆守的意见。”

“问我，我哪知道啊……重要的是幸村的意思如何。”

“就是啊。”

据矢泽赖纲讲，幸村好像对这门亲事很感兴趣，致信给父亲昌幸："这门亲事不光是有太阁殿下做媒的缘故，我本人真的很愿意。"

"既然如此，我说什么都无所谓了。此事既有太阁殿下做媒，幸村本人又很满意，那不就是板上钉钉的事情了嘛。"

"你先别管别人，我就想听听你的意见……"

信幸沉默不语，他此前从没听说过弟弟的这门亲事。

幸村什么都没跟我说——这让信幸心里有些不痛快。所以，信幸说道："我觉得幸村高兴就行了。你就这样转告父亲吧。"

"知道了。"

让信幸意外的是，矢泽赖纲闻言竟无一丝讶异，很快就换了话题。

小松殿从二丸居馆退下后，伊豆守信幸和矢泽赖纲继续对饮闲聊。

侍臣、陪同们都退了下去，只有两人把酒畅谈。

他们从近在眼前的出兵朝鲜谈开，追忆大和大纳言秀长之死……更说起年幼的丰臣鹤松的夭折以及千利休之死。

千利休本名宗易，曾是当时日本最大的贸易港——堺市——的商人。他跟随堺的商人武野绍鸥学习茶道，集大成创立"侘茶"。六年前的禁中茶会上，天皇赐予宗易"利休"雅号，他一时名声大震。

但是，丰臣秀吉让千利休自尽了。

第拾壹话

千利休自尽时七十七岁。他身材高大，体格健壮，宛如青年壮汉，头剃得光光的，给人的感觉犹如直插云霄……

其走路姿态比在场的诸大名更显威风凛凛——真田幸村曾在大坂和京都见过千利休几次，他的印象便是如此。

利休本是堺市的一介商人，却受到天下人丰臣秀吉的宠爱，成为茶道权威，君临天下。

年轻的幸村曾在走廊上遇到利休，他一副傲然不逊的态度，俯视着幸村，宛如在说："你这个信浓的小地主……"幸村对他鞠躬行礼，但他只是"嗯"了一下。幸村感觉他不是低头回礼，而是将脑袋昂然伸向屋顶……幸村曾在给哥哥信幸的信中，如此描述了他的亲眼所见，且称："这不是我的一己偏见。"

当时，关于千利休这个人，真田信幸记得自己说过："我听说他是个无情的人。人都有两面性，所以幸村你可多看一看利休大人的优点。"

小田原之战，幸村的父亲真田昌幸和前田利家的大公子利长一起前去石垣山城拜见丰臣秀吉时，曾受到千利休以茶相待。

昌幸本来是不喜欢茶道的。千利休端出郑重其事冲泡的茶水时，昌幸根本没觉得有何特别之处。

昌幸不是不知道利休的大名，正因为如此，他才说道："竟能喝到司茶大人冲泡的茶水，我真是三生有幸。难怪关白殿下会如此喜欢你，你能如此威风，真是让我开了眼界。"

千利休对昌幸则根本就是嗤之以鼻。

信幸、幸村兄弟俩未离开父亲之前，从不知世上竟有茶道一事。直到去大坂当差，幸村才体会到茶道在以丰臣秀吉为中心的"中央政府"中，受到何等热烈的欢迎。

早在奈良时代，饮茶的风俗就从中国传到了日本，有记载称："召百僧到皇宫宣讲《大般若经》，以茶招待……"

到了平安时代，皇宫里流行饮茶礼仪，饮茶风俗很快便在贵族和僧侣中流传开来。作为一种闲情雅致，也会举行一些茶会活动。那时饮茶的方法是将茶叶捣碎，加入甜蔓草、生姜，做成丸子形状，放入热水中煮，即"团茶法"。

镰仓时期，流行在热水中加入茶叶末，搅拌以后饮用的"抹茶法"。当时，饮茶已非常方便，人们都喜欢其独特风味，茶成为人际交往中不可或缺的东西。据说镰仓时期就有了"茶店"这种店铺。

茶是一种特殊的饮品，在战乱不断的时期，其栽培也受到了很大的限制，饮茶也只是贵族、僧侣、大名、武士及富有商人们的奢华嗜好。

这些人聚在一起品茶交流，逐渐形成一种固定形式——茶会。

　　既有在贵族、大名们居馆内举行的高档次茶会，也有僧侣们交流心得而进行的朴实无华的茶会。后来，奈良称名寺的僧人村田珠光创造了一种人称"茶道"的形式。武野绍鸥继承了珠光的茶道并发扬光大，使其发展成更简洁的侘茶方式。

　　绍鸥是堺的一名商人，是当时颇有名头的知识分子。

　　出生在堺的千利休，就是跟随武野绍鸥学习的茶道。

　　绍鸥在四张半榻榻米的小小茶室内完备了侘茶的做法，还创立了三张榻榻米、二张半榻榻米这种更狭窄的茶室。在这种狭小而固定的空间里，主客双方静静品茶。

　　他更用一枝花代表天地，将品茶人带到"和敬清寂"的境界——主客双方平心静气，互相尊敬，共同度过祥和、安静的一段时光。这里没有任何奢华的东西，选用的都是普通百姓饮食使用的器物和工艺品，加以打磨，作为美丽的装饰品。

　　战国末期，诸国一片混战。在这时局动荡、朝夕变换的时代，人们——尤其是武士们，当然愿意在清寂的茶会中休憩心灵。

　　老师武野绍鸥去世后，自立门户的茶师千利休开始为织田信长服务。信长身亡后，他转而为秀吉服务……

　　千利休的茶道可以这样概括："陋室一间，遮风避雨即可；粗茶淡饭，填饱肚子足矣。这才是佛的教诲，是茶道的真谛。"

　　但是，在天下人信长、秀吉的宠爱下，利休的权威越来越大，纵是粗茶淡饭时使用的一个普通茶碗，都会被附加上权威和价值。

　　比如，舶来（从当时的大明等国进口而来）的茶碗和茶杯若被利休夸赞"这个很漂亮"的话，就会身价倍增，成为价值连城的稀世宝物。

茶室、庭院建筑、室内装饰、茶道使用的工艺……这一切都期待着得到千利休的"推荐"。

丰臣秀吉赐死千利休的理由之中，有这样几个罪名："在茶道工具的鉴定中没能做到公正"、"亲自动手加工新茶具，冒充古物，高价销售"……

但这些在真田幸村看来，算不上什么稀罕事。

果真如此的话，这和利休所提倡的侘茶之道简直背道而驰。

安房守真田昌幸听闻利休之死时，只说了句："一代茶道宗师的下场也不过如此嘛。"堪称是付诸一笑。

不过，真田信幸觉得千利休是个了不起的男人。

第拾贰话

随着不断得知千利休离开人世时的情形，信幸的这种想法越来越强烈——纵是攸关性命之际，利休都没把天下人丰臣秀吉放在眼里，他根本不惧怕秀吉的威风。

然而，千利休到底是个怎样的人物，信幸毕竟未曾亲见。

在小田原军营中，信幸见过利休一两次，可几乎没留下印象。

弟弟幸村曾对信幸说过："千利休大人太受殿下宠爱，时时过问政事，不知不觉便掌握了权势，导致殿下对他头疼了吧……"

绝不仅仅是因为这个——信幸暗想。

千利休被赐死的其中一个罪名，是将自己的木头雕像放置在京都大德寺山门的楼上。那里是天皇、贵族、大名们的必经之路，一介茶匠的雕像怎能和神灵、佛祖共同安放？秀吉觉得这是极其狂妄的行为，不免暴怒。

而另一个原因则是——丰臣秀吉看上了千利休的女儿，对利休说想要纳她为妾，利休不以为然地拒绝了秀吉的提亲。

当时，秀吉的使者劝告利休："把女儿嫁给太阁大人，对你大有益处……"

利休冷笑道："这种事，你可能做得出来，但我绝对不会做。"

使者大怒，威胁道："信不信我把你这番话如实禀告殿下？"

"随你便。"

"如果我据实禀告殿下，你将大祸临头！你不害怕？"

"那你们取我首级便是。"利休淡然一笑。

信幸虽没亲眼看到，但这纵然只是玩笑话，亦足以显出千利休此人的度量之深、性格之豪。

德川家康对天下人丰臣秀吉都不得不低头屈服，利休却胆敢公然反抗，世人为之瞠目结舌。信幸觉得利休淡然接受了秀吉的赐死，切腹自杀——"秀吉一定不会痛快。"

据说那天大雾弥漫，天上飘着雨，虽是春季却雷声轰隆。三千名士兵按秀吉的命令，包围了利休的家。

不少大名都非常敬爱千利休，秀吉唯恐这些人会来救他。

利休走进茶室，听着茶壶里沸腾的水声，断然切腹自尽。弥留之际，利休写下遗言："将插在我身的这把大刀，抛于天空。"

有名的人面临死亡时总会说些激昂壮志的话语——千利休的遗言是何其悲壮，何其豪迈。

千利休的头颅和大德寺他的木头雕像，被用锁套在了一起，悬挂在一条戾桥上。然而，利休这一次显然从气势上战胜了秀吉。

作为茶道世界的王者，利休并未向秀吉屈服。

曾经亲密无间的主从二人，为何会走到今天……利休死后，这问题一直困扰着真田信幸。

俗话说得好："爱和恨，只隔着一层纸。"

这就像秀吉和利休的关系……

信幸甚至觉得，利休新死未久，丰臣秀吉就匆匆发动了对朝战争，说不定千利休早就看破秀吉的这种性格了吧。

丰臣秀吉凭借强大的权力随心所欲——率大军包围敌人，斥巨资筑城、将妻妾叫到战场饮酒品茶，等待敌人来投……正因秀吉的财力雄厚，才可能这样行事。

经由故主织田信长的苦心经营，天下大部分都告平定，秀吉坐享其成，顺顺当当将天下据为己有。千利休平日在秀吉身边服侍，占有天时、地利、人和的秀吉的一举一动都被他看在眼内。

"真正的骄傲自大之人，岂不正是丰臣秀吉？"

对千利休本人通过鉴定、制作茶具获取利益一事，真田信幸的看法是："他绝不是贪图金钱，贪得无厌之人。"

若利休真是如此之人，他一定不会放弃眼前衣食无忧、富贵奢华的生活。换言之，若有私心的话，他绝不会那样壮烈、从容地选择死亡。

秀吉原本希望自己动怒后，利休能前来负荆请罪。

假如利休能向秀吉低头认罪，那秀吉应该不会命他自尽。秀吉的母亲大政所、正室北政所和敬爱利休的大名们不断劝说利休向秀吉请罪。然而，利休拒绝了所有人的劝告："我要用这双手，来了结我的性命……"

利休越是接近秀吉，就越发明白他跟秀吉是志不同、道不合。秀吉贵为天下人，却不能做到平心静气，内心不断澎湃着征服的欲望，现在竟又莽撞地挑起战争，侵略朝鲜。

秀吉依仗雄厚的财力，一味追求豪华、绚烂的世界。现在的秀吉离开金银灿烂的光芒就无法生存。

权倾天下的太阁大人似乎完全忘掉了曾流血流汗、努力奋斗的自己和年轻时的那段光阴。

千利休只觉得现下的丰臣秀吉真是可笑之极。

当然，他没有忘记秀吉给予他的恩惠。全赖着信长和秀吉的支持，利休的"艺"和"术"才取得破天荒的权威，成就了一番事业。

第拾叁话

其实，千利休明白得很："利休的这份心思，太阁大人是不可能理解的。"

以曾出任织田信长茶师的利休看来，秀吉只是信长的一个家臣。利休眼中继承信长遗志的秀吉，兴许只是要模仿"前无古人、后无来者"的英雄——旧主信长，一味追赶英明的旧主，故而焦虑急躁。

不管怎样，利休毕竟是离开了人世。

弟弟大纳言秀长和千利休……这两个心腹的死，对秀吉而言无疑是失去了精神上的支柱。而且，年幼的爱子鹤松同样离开了秀吉。

千利休的性命是秀吉亲口下令取走的。

一人之下、万人之上的秀吉，竟没能让利休这区区一介茶匠臣服。囊括天下的秀吉一下子从幸运的顶点跌进了不幸的深渊。这之后的几年里，秀吉依旧是天下人，但他的精神压力很大。

失去鹤松的两年之后，秀吉又得到一名男孩，不由得欣喜若狂。秀赖——这名男孩同样是侧室淀殿所生。

不料这喜悦竟然立刻就变成了苦恼，让秀吉疲惫不堪的身体更难承受。

"我觉得天下不会太平很久。"矢泽赖纲如此对信幸说道。

不知不觉中，他们一直聊到天空现出鱼肚白。

"你说天下还会再兴战事？"

伊豆守信幸醉意微醺，杯不离手。

当班的侍从几番去取酒。

"对，"矢泽赖纲点点头，"如此下去，天下并不能太平。"

"你说太阁殿下？"

"是的。"

嗣子鹤松夭折之后，丰臣秀吉前不久才决定让外甥秀次继承家业，将关白之位让给了他，而以"太阁"自居。

前文有表，秀次是秀吉之姐嫁给三好武藏守之后所生下的孩子，后被阿波国大名三好康长收作养子，在小牧·长久手之战中大败而归，被秀吉狠狠训了一顿。后来，他随军征讨纪州，英勇威猛，立下战功，改善了秀吉对他的印象——"这才像话。"

秀吉将"羽柴"一姓赐给了这个外甥，加以重用。

秀次是亲姐姐所生之子，秀吉无甚近亲，世代相随的心腹重臣更少，一直孤军奋战。他当然希望自己人越多越好，如此方能保住丰臣家的天下。

秀吉当上关白后，其甥秀次自"从四位下"的"右近卫中将"一路升至"参议"，最终当上了"正二位"的"权大纳言"一职。

这期间，秀次拼命努力，确实做出了一些成绩。

　　年近花甲的丰臣秀吉根本没想到，几年后他竟然又有了一个孩子。眼下，他必须赶紧决定丰臣家的继承者，一定要趁着身体健康时为丰臣家的天下打下坚实基础。

　　是年，丰臣秀次二十四岁。

　　秀吉把京都的聚乐第让给秀次，另去伏见地区建了一座新城。

　　伏见新城尚未建好，秀吉就要出兵异国，这让所有人都大惑不解："他为何要远渡重洋，发动战争？"

　　丰臣秀吉从青年时期就一直南征北战，而今日本战乱平息，秀吉默默祈愿着天下太平和丰臣政权的稳固，却又不安现状……

　　"那个……"真田信幸给叔公斟了杯酒，换了个话题，"幸村那件事……"

　　"是。"

　　"他和大谷吉继大人的女儿完婚之后，有何打算？"

　　"这我不甚清楚，据说太阁殿下会让他返回上田。"

　　"嗯……"

　　经由幸村，丰臣秀吉更信任真田家了。

　　"那太好了。"

　　"分家大人你也觉得这门亲事很好？"

　　"刚才我就说了。"

　　"那我就如此禀明大人。"

　　"一切随幸村喜好。"

　　"是，我明白了。"

　　"那……我有些困了。"

　　"我就此返回上田。"

“不用如此着急，你好好歇歇。”

“不，我休息好了。那，我就此告辞……”

两人结束了关于出兵的谈话。

吃罢早饭，矢泽赖纲便动身赶回上田。

送别赖纲后，信幸一直睡到午后。起床入浴之后，他召集重臣，商议出征人选。

“那……该怎么安排铃木右进呢？”

透过浴室的窗户，信幸遥望着窗外飘落的细雪，脸上露出一丝微笑。全身都被热乎的洗澡水浸泡着，信幸觉得无比舒畅。

让右进和情投意合的姑娘成亲啦……

昨夜，信幸对矢泽赖纲透露了想法：“我不打算让右进随军。”

说这话时，信幸尚未下定决心，他不知别的家臣们会如何看待他对右进的特别照顾。

——不，不管他们怎么想，就这么定了。

侍童给信幸搓着背，信幸拿定了主意。

真田家的人应该都知道右进和其父母在名胡桃事件中所经历的苦难。

因之，他和重臣们讨论出征部队的人员编排时，一致排除了铃木右进。

第拾肆话

信幸觉得右进不适合带兵打仗。

但是，这件事给铃木右进的打击很大。

出征部队的人员名单一公布，没等过完年，大家就纷纷着手准备。

"老婆……"真田信幸对妻子小松殿说道，"我想尽快替右进把喜事办了。"

"好呀。"

"我想把阿顺的父亲从上田喊来，就算只走个形式，也该让他们喝个交杯酒嘛。"

"那当然。"

"还有，右进依旧心情沉重啊。这小子好像觉得我余怒未消。"

"可是，大人你不是说过要把阿顺许配给右进吗？"

"我说过。"

"那么，右进应该会明白大人的这份良苦用心。"

小松殿对右进一直很恭敬，她觉得他本该当上名胡桃的城代。

小松殿非常清楚名胡桃事件的详细情况。

“这，别提了……”伊豆守信幸手握酒杯，苦笑着道，“右进这小子，从昨天开始，到现在都没露面。”

“他想干什么呢？”

“不清楚。说是突然病了，不能出门。”

“真的？”

“骗人的吧。”

“他为什么要这样做……”

“大概是嫌我不带他出征打仗，心里不舒服吧……”

此前，铃木右进一刻都没离开过信幸身边。

结果，和信幸形影不离的右进竟不去随军打仗。

“他一定认为我还在生气……”信幸暗想。

“好，我知道了。”小松殿点了下头，“我会尽快准备婚礼的。”

“那太好了，一切拜托给你了。”

“知道了。”

“我明天就派使者去上田，向父亲和杉野源右卫门禀明此事。”

“阿顺想必会很高兴的。”

“她现在的状况如何？”

“她好像就连眼睛都炯炯有神……”

“她称心如意了吧……”

“十分抱歉。”

“她可是老婆你给我选的姑娘，失望了吧。”

“所以，大人……”

“嗯？”

"我再给你找个别的姑娘吧？"

"你说什么呢？"

"哎哟，你在干什么？"

"你说呢？"

"哎哟……"

"怎样，这个怎样？"

"啊……好了……行了，快住手……"

"不，不行。你身怀我的孩子，为什么还说这种玩笑话？"

"请……请大人原谅。"

"不，不能原谅。"

不是在斥责，也不是被批评。

他们在嬉戏耍闹。

卧房里预备好了酒菜，这一夜只有他们夫妻二人。

说说笑笑中，酒意袭来，信幸满脸通红，莫名的兴奋使他血液沸腾。

妻子小松殿从未见信幸如此冲动。

信幸抱起小松殿，放到床上，低语道："会有一阵子不能相见……"

小松殿什么也没说，只用尽全身力气，双臂紧紧缠住信幸的脖子，双唇紧紧吻住丈夫的嘴唇。

真田家虽不用渡海赴朝，但谁也不知道日后会有何情况。打仗不是过家家，既然要去打仗，就得做好一切思想准备。没准哪天丰臣秀吉一道命令，他们就不得不去异国参战。

信幸和小松殿都很清楚此事。

正因如此，这一夜，两人缠绵得尤其大胆、肆意。

窗外，雪一直下着。

在沼田城三丸家里的居室内，铃木右进给主人伊豆守信幸写了封信。正如信幸所料，右进称病根本就是骗人。唯一的区别是，右进没觉得信幸余怒未平。

对自身的鲁莽和轻率，右进深感不齿。

这里面当然包括阿顺的事情。

只因一时兴奋，右进就夹在信幸和阿顺之间，还胡言乱语说和阿顺海誓山盟了，结果不得不由信幸做媒，和阿顺成亲。

右进不讨厌阿顺，却不想娶那样瘦弱的姑娘为妻——"她总让人觉得太可怜了。"

激情退却后，右进就是这样看待阿顺的。

"幸亏大人也没纳这样柔弱的姑娘为妾……"

右进的这种想法其实是在保护阿顺。对没能随军出征一事，铃木右进自有一番理解："大人觉得我是个不能带兵打仗的男人……"

右进甚至自我反省，觉得大人这么想毕竟不是没道理的。

所以他拼命锻炼身体，改变了年幼时的虚弱体质，确实很不容易再生病了。然而，真的上了战场之后，他能否既保护主人信幸，又策马舞枪冲进敌营，独当一面？

眼下，右进尚不具备当一名战士的实力。这一点他本人亦很清楚。他从未参加过真正的战斗。北条军攻破名胡桃城，右进和母亲被抓住，被软禁在城内的那段生活，就是他所经历过的最恐怖的场面。

作为一名武士、战士，右进有种自卑感——"我还不是个合格的武士。"

正因为如此，他才会拒绝真田大人的好意，执意不做责任重大的名胡桃城代和众多家臣的主人，而是作为一名普通侍从在真田信幸身边效力。

"我能有今天，全仗大人庇护。若不变成一个男子汉，誓不回到大人身边。"

右进的信上，最后如此写道。

两天前，他动了出走的念头，决意连贴身侍从都不带，只身一人离开沼田。

但他并未考虑清楚离开沼田后去往何方。

结果，这次未被排进出征人员的名单更让他觉得："现在的我，对大人全无用处……"

次日早上，雪停了，晴空万里。

铃木右进一早就离开了沼田城，消失不见。